AMERICA[S]

ÉGALEMENT CHEZ POCKET

ALABAMA 1963
AMERICA[S]

LUDOVIC MANCHETTE
CHRISTIAN NIEMIEC

AMERICA[S]

le cherche midi

P. 296, haut : © Shutterstock/Gimas
P. 296, bas : © The Estate of David Gahr/Contributeur/Getty
P. 297, haut : © James Aylott/Contributeur/Getty
P. 297, bas : © Michael Ochs Archives/Intermittent/Getty
P. 298, haut : © Bettmann/Contributeur/Getty
P. 298, bas : © Los Angeles Times Photographic Archive, Library Special Collections, Charles E. Young Research Library, UCLA.
P. 299, haut : © John G. Zimmerman Archive
P. 299, bas : © GLOBE PHOTOS/REX/SIPA

ISBN : 978-2-266-32933-0
Dépôt légal : mars 2023

En août 2014, nous avons pris en stop une jeune fille (quoique pas aussi jeune qu'Amy) qui allait rejoindre sa sœur. Après l'avoir déposée, notre imagination s'est enflammée.

Ce roman lui est dédié.

« On croise beaucoup de gens dans sa vie,
mais on en rencontre peu. »

Jean-Marie Périer

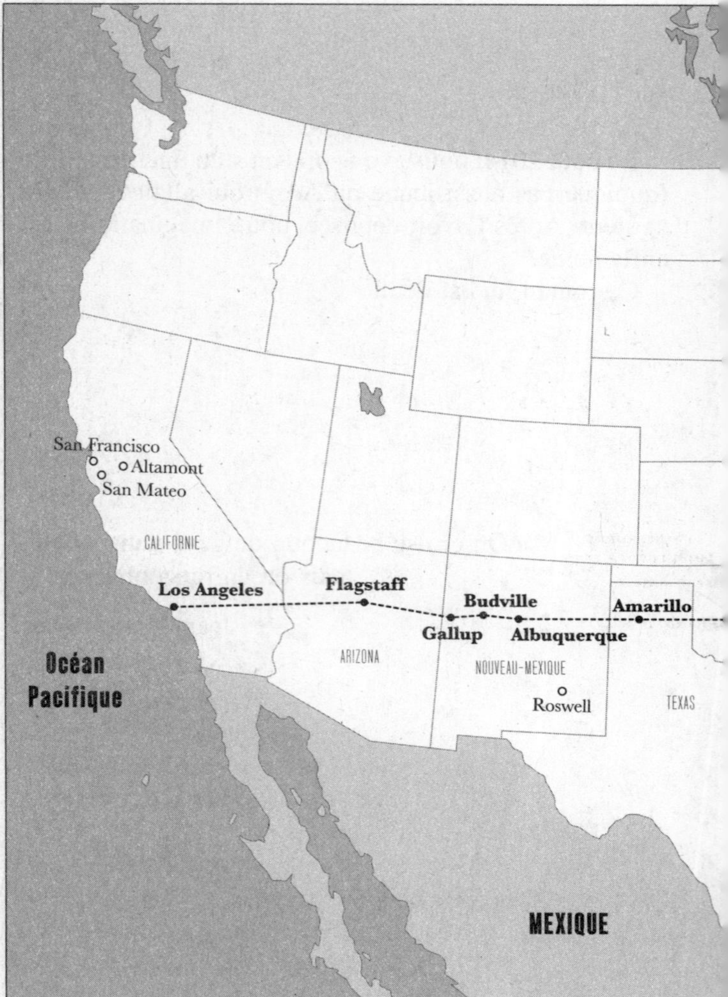
San Francisco
Altamont
San Mateo
CALIFORNIE
Los Angeles
Flagstaff
Budville
Gallup
Albuquerque
Amarillo
ARIZONA
NOUVEAU-MEXIQUE
Roswell
TEXAS
Océan
Pacifique
MEXIQUE

CANADA
NEW YORK
Woodstock
Saginaw
New York
Roslyn
MICHIGAN
PENNSYLVANIE
Philadelphie
Cleveland
Harrisburg
Chicago
Pittsburgh
Columbus
Wheeling
INDIANA
ILLINOIS
OHIO
VIRGINIE OCCIDENTALE
Indianapolis
Lawrenceville
Saint-Louis
Vincennes
Salem
MISSOURI
Springfield
Cairo
Joplin
Van Buren
Nashville
lsa
Miami
TENNESSEE
klahoma City
AHOMA
Birmingham
Océan Atlantique
ALABAMA
FLORIDE
Miami
Golfe du Mexique
400 km

Dimanche 22 juillet 1973

J'avais une meilleure amie, avant.

Sandy.

Je l'adorais. Tout le monde l'adorait, mais c'était *moi* sa meilleure amie. Et, un jour, il y a deux mois et demi, elle est partie. À quatorze ans, sans prévenir. On s'amusait dans la rue, on rigolait, et une voiture est venue la faucher sur le trottoir. Le type au volant avait fait un malaise ; en tout cas, c'est ce qu'il a raconté après. Sandy est morte sur le coup. Depuis, je veux plus de meilleure amie. Je veux plus d'amie tout court.

J'avais aussi une sœur, avant.

Bonnie.

Je l'adorais aussi. C'était ma grande sœur. Et une nuit, il y a un an, elle est partie. À dix-sept ans, sans prévenir. Si je m'étais pas réveillée, je crois qu'elle m'aurait même pas dit au revoir. Soi-disant qu'elle voulait pas me voir pleurer, mais je lui en ai quand même un peu voulu.

Elle a fini par m'avouer où elle allait : à la *Mansion*, le Manoir Playboy, à Los Angeles. Elle rêvait de devenir *playmate*. Les *playmates*, c'est les filles qui posent à moitié toutes nues dans *Playboy*, le magazine. Et, pour ça, elle allait traverser tous les États-Unis en stop, avec un gars qu'elle venait de rencontrer. Je lui ai proposé de venir avec eux, mais elle m'a dit que c'était pas possible, à cause de l'école et tout ça. De toute façon, je sais pas si je serais partie. Pas à cause de l'école. À cause de Sandy.

Ce que je me demande, c'est si elle est arrivée là-bas. On n'a plus jamais eu de nouvelles, même moi, alors qu'elle avait promis de m'écrire.

Une fois, j'ai essayé de regarder si je la voyais dans *Playboy*. J'ai dû monter sur une pile de magazines parce qu'ils étaient sur une étagère tout en haut, mais je me suis fait attraper par le marchand de journaux. J'ai aussi appelé la *Mansion* plusieurs fois. Ils m'ont dit qu'ils connaissaient pas de Bonnie Pryde. J'essaie de me rassurer en me disant que, si elle est là-bas, elle leur a peut-être pas donné son vrai nom, mais, en fait, je crois que je sais que c'est pas normal. C'est pour ça que j'ai décidé d'aller la retrouver. Enfin, *j'espère* que je vais la retrouver.

La police l'a recherchée, au début. Ils étaient deux, la première fois qu'ils sont passés à la maison. Après, ils étaient plus qu'un, et là, ça fait un moment qu'on voit plus personne. Moi, je pouvais pas leur dire où elle était. Elle m'avait fait jurer. Sur la tête de Sandy. Comme quoi c'est vraiment n'importe quoi ce truc de jurer sur la tête de quelqu'un, parce que j'ai rien dit à personne et ça a pas empêché Sandy de mourir.

Bref, aujourd'hui, il y a plus rien qui me retient à Philly[1].

« Tu voyages toute seule ? »

Il m'a fait sursauter, ce vieux bonhomme !

« Non… C'est mon père là-bas, devant. »

Il regarde le type que je lui montre, assis à l'avant du car, il retire sa casquette rouge et passe une main dans ses cheveux (il en a plus beaucoup) avant de la remettre.

« Ah, d'accord. Je te trouvais bien jeune pour voyager toute seule.

— J'ai seize ans », je lui réponds.

Il a pas l'air de me croire, mais il insiste pas et va s'asseoir derrière. Je me regarde dans la vitre : je ressemble quand même pas à une gamine, surtout avec mes lèvres rouges, mes paupières bleues et mon trait de crayon sous les yeux ! J'aurais préféré avoir les yeux presque noirs d'Ali MacGraw et ses beaux cheveux bruns, mais j'ai les yeux verts et les cheveux châtains… Tant pis.

Je me tourne du côté de l'allée pour regarder les gens qui montent. Je vois une femme d'environ vingt-six ans (je sais pas pourquoi, je donne toujours des âges précis aux gens) qui s'avance avec sa petite fille de deux ans (et demi) dans les bras et un sac sur l'épaule. La petite laisse tomber son doudou par terre et commence à chouiner. Sa mère se tortille comme elle peut pour essayer de le ramasser. C'est compliqué, avec sa jupe. Les gens déjà installés la regardent : on dirait qu'ils attendent de voir si elle va y arriver ! Je me lève et j'y vais.

1. Diminutif de Philadelphie.

Je rends le doudou à la petite.

« Merci, me dit sa mère. Tu dis merci ? » qu'elle demande à sa fille, qui me regarde avec des grands yeux ronds.

Sa mère lui sourit, comme ma mère m'a jamais souri.

« Elle est timide », qu'elle m'explique.

Elle embrasse de bon cœur ses bonnes grosses joues.

« C'est pas grave », je réponds.

J'ai honte, mais je suis jalouse de cette gamine. Mes parents à moi, ils me voulaient pas. C'est ma mère qui me l'a dit un jour. Jusque-là, je croyais que j'étais une petite fille normale, mais non, je suis « un accident ».

Je me rassois, côté fenêtre cette fois, et je pose mon sac sur le siège à côté de moi. Quand je dis « mon sac », c'est pas vraiment *mon* sac. C'est celui de ma mère. Une grosse sacoche en cuir marron que ses parents lui avaient achetée pour son voyage de noces et qui lui a jamais servi, en fin de compte.

Je le pose à côté de moi pour être sûre que personne viendra s'asseoir à la place de Sandy. On avait prévu de partir ensemble. Ça faisait des semaines qu'on en parlait. Et puis…

Je sors ma bouteille d'Orange Crush et mon paquet de Scooter Pies, j'abaisse le repose-pieds, et on démarre. On n'est pas nombreux, seulement neuf, en comptant le chauffeur et la petite. Mais il faut dire qu'il est six heures et demie du matin, un dimanche de juillet.

Je ferme mon blouson : j'ai pas très chaud, avec la climatisation. Je garde mon soda et mes petits gâteaux sur mes genoux et je prends ma carte des États-Unis. Je regarde la route qui m'attend. J'ai pris un billet jusqu'à Pittsburgh. J'ai pas osé dire au guichet que j'allais plus loin. Après, je passerai par Columbus, Indianapolis, Springfield… Je ferai pas tout en car, hein, ce serait trop cher. Il y a un moment où je ferai du stop. Je verrai.

Je range ma carte et je dis au revoir à Philly. C'est la première fois que je m'en vais. J'avais un peu de peine pour ma mère en partant de la maison ce matin, et puis j'ai repensé à hier soir, quand mon père lui a mis une baffe, que je me suis jetée sur lui et qu'elle m'a crié dessus. Et j'ai eu moins de peine.

En fait, je crois qu'ils sont un peu siphonnés, tous les deux. Déjà, mon père, il su-ppor-te pas qu'on soit pas d'accord avec lui. Tout de suite, il s'énerve et il vous en fout une. Quand je dis « vous », c'est ma mère et moi. Et ma sœur, avant… Mais ça peut aussi bien être un voisin, s'il connaît pas les règles. La tête de M. Persky quand ça lui est tombé dessus ! Il avait osé se plaindre parce que le son de la télé était trop fort (nos maisons sont collées, et les murs sont pas très épais). Je vous dis, personne est à l'abri. Même son patron y a eu droit, à l'imprimerie où il travaillait. D'ailleurs, depuis ce jour-là, mon père passe ses journées devant la télé, une bière à la main.

Ma mère aussi est spéciale. Elle est rancunière comme pas deux. Un jour, il y a au moins dix ans, un voisin à qui elle disait bonjour lui a fait remarquer qu'elle avait les mains froides. Franchement, c'était pas méchant… Eh ben, quand il est mort, l'année dernière, elle nous a sorti : « Qui c'est qu'a les mains froides maintenant ? » Dix ans après ! Enfin, peut-être pas dix ans, mais même… Et puis, sinon, là où elle exagère vraiment, c'est qu'elle peut vous faire la tête pendant des jours pour un rien. Une fois, j'ai eu le malheur de dire que vingt minutes de cuisson, c'était peut-être un peu beaucoup pour des pâtes. Ben, elle m'a pas parlé pendant deux jours. Et je vous raconte pas quand je lui ai dit qu'Elvis, qu'elle adore, devrait pas mettre des costumes qui le boudinent…

Je me rappelle, la première fois où je me suis dit que mes parents étaient largués, je devais avoir sept ou huit ans. Le choc. On était à table, je les regardais engueuler Bonnie et, d'un coup, j'ai compris : ils *jouaient* aux adultes, mais, en vrai, ils en savaient pas plus que moi. Peut-être même moins. Évidemment, j'ai rien dit…

Vous vous rendez compte qu'ils ont jamais quitté Philly, ni l'un ni l'autre ? Mon père, il dit toujours : « Pourquoi partir ? De toute façon, il faudra bien revenir ! » Et des fois : « Suffit de faire comme si on était déjà rentrés ! » Il dit aussi qu'il y a des gens qui viennent en vacances ici et que c'est « complètement con », quand on y vit, de partir en vacances ailleurs. Qu'est-ce que vous voulez répondre à ça ? Rien. Ben voilà, je réponds rien. Même pas que les touristes, c'est pas dans notre quartier qu'ils viennent. Ma mère non plus répond jamais rien, et je sais pas si c'est parce qu'elle est tout le temps d'accord ou si c'est juste qu'elle veut pas s'en ramasser une. Ça m'étonnerait quand même qu'elle soit tout le temps d'accord, parce qu'il en dit, des conneries…

Des fois, j'ai l'impression qu'elle sait pas qu'on est en 1973 et plus en 1903. Je dis 1903 comme ça, au hasard, hein, parce que c'est vieux. J'aurais pu dire 1901 ou 1922. Il s'est rien passé de spécial en 1903, enfin pas que je sache.

Je pense que mes parents m'ont adoptée.
J'espère qu'ils m'ont adoptée.

*

Pendant deux heures, j'ai pas arrêté de regarder le paysage. Oh, il avait rien de spécial, j'ai eu la drôle d'impression de voir le même arbre tout du long, mais ce qui était bien, c'est que plus je le voyais et plus je m'éloignais de la maison. On s'est arrêtés quelques minutes à Harrisburg. Le temps de finir mon paquet de gâteaux et on repartait.

« Je crois que ton père t'a oubliée ! »

C'est encore le vieux bonhomme qui me fait *encore* sursauter. Je regarde devant : le type que je lui avais montré est descendu. Le vieux, qui doit avoir au moins cinquante ans (je dirais cinquante-quatre), prend mon sac, qu'il met au-dessus de mon siège, sur le compartiment à bagages, et s'assoit à côté de moi ! À la place de Sandy ! Je suis sciée. Il me tend une main.

« Harry. »

J'hésite un peu. Il a l'air gentil, ce monsieur, mais je me méfie un peu des inconnus. Enfin, je finis quand même par serrer sa grosse main.

« … Alice. »

J'ai failli répondre « Amy ». Mon vrai prénom.

J'ai donné le premier prénom qui m'est passé par la tête.

« Je vais à Cleveland », qu'il ajoute.

Il me regarde. Il a l'air d'attendre que je lui dise où je vais, moi aussi. Et comme je suis polie :

« Et moi, je vais à Pittsburgh. »

Il attend encore, alors :

« Chez mon oncle.

— Oh… Le frère de ton père qui est descendu à Harrisburg ? »

Je vois bien qu'il essaie de me mettre en boîte, mais je fais comme si je comprenais pas. Il s'allume une cigarette et il tire dessus avant de recracher la fumée. Longtemps. Très longtemps.

« C'est dangereux de voyager toute seule, qu'il finit par me dire. T'as pas peur de faire des mauvaises rencontres ?

— Dans le car ? Qu'est-ce qui peut m'arriver ? »

Ça le fait rire. Je vois pas ce que j'ai dit de drôle.

« T'as l'air d'avoir un sacré petit caractère, dis donc ! C'est bien. »

Il fume en silence. Je regarde par la fenêtre parce que j'aime pas beaucoup l'odeur de sa cigarette. Il me dit :

« Je vais prendre un nouveau départ à Cleveland.

— Ah…

— Ici, j'ai tout perdu. En six mois. D'abord, mon boulot. Après, c'est ma femme qui a foutu le camp. Et, comme si ça suffisait pas, ma baraque a brûlé ! J'ai plus rien. »

Je sais pas trop quoi lui dire. J'ai que « C'est affreux » qui me vient, mais c'est pas ça qui va l'aider. Il continue :

« Y en a qui se seraient foutus en l'air. Eh ben, moi, j'ai pris ça comme un signe. Peut-être qu'on essaie de me dire que je dois tout recommencer ailleurs. J'ai acheté une valise, quelques affaires pour mettre dedans, et me voilà. Assis dans ce car. Et tu sais c'est quoi le plus drôle ? »

J'ai même pas le temps de répondre, qu'il me sort : « Personne m'attend à Cleveland. »

Il rigole encore. Il a vraiment un drôle de sens de l'humour.

« Et toi, qu'est-ce que tu vas faire à Pittsburgh ?

— Oh, rien. Je vais chez mon oncle pour les vacances.

— Ah oui, c'est les vacances. Tu travailles bien à l'école ?

— Ouais, ça va. Je suis la première de ma classe. »

C'est pas vrai.

« C'est important l'école, qu'il me dit. Tu sais ce que tu veux faire plus tard ? »

Je sais jamais quoi répondre quand on me pose la question. Tout sauf la vérité. J'aurais trop peur que les gens se moquent. Parce que ce que je voudrais vraiment, c'est soigner les baleines. Sauf que, quand je l'ai dit à mes parents, mon père a éclaté de rire. Lui qui rit jamais... Il m'a dit que c'était pas un métier, alors je sais plus trop. En tout cas, ce jour-là, je me suis juré de plus le dire à personne. Il y a que Sandy qui savait. Elle, elle voulait être chanteuse, alors c'était pas mieux.

« Je sais pas, je finis par répondre. Peut-être institutrice. »

Ça plaît toujours. Ça et infirmière.

« C'est un beau métier. T'as quel âge, déjà ?

— Seize ans. »

Il se recule, mais, bizarrement, c'est pour mieux me regarder.

« T'es sûre ?

— Ben, oui ! »

Il arrête pas de me regarder. Ça me gêne.

« Si tu le dis… »

Il se lève.

« Allez… Bon voyage, mademoiselle.

— Merci. À vous aussi. »

Il me fait un clin d'œil et va se rasseoir derrière.

Je regarde le paysage défiler un moment. Toujours le même arbre qui me suit. Je pense à Bonnie qui est passée par là avant moi. Et à Sandy. Ça aurait été tellement chouette de faire ce voyage avec elle.

Je commence à avoir sommeil. Le bruit du moteur me… me berce… J'ai pas beaucoup dormi, il faut dire. J'entends une conversation un peu plus loin. Je crois que je vais… je vais pas tarder à…

*

Je me réveille quand j'entends des klaxons et des sirènes de police et d'ambulance. Ça commence à bouger et à discuter autour de moi, et des immeubles ont remplacé l'arbre : on est à Pittsburgh. Je regarde ma grosse montre (c'était celle de mon père, mais il la porte plus depuis qu'il passe ses journées sur le canapé) : il est presque une heure de l'après-midi.

Mon sac est plus là ! Où il est ?

Ah oui, c'est le monsieur avec la casquette, Harry, qui l'a mis au-dessus. Je monte sur le siège pour le récupérer, mais Harry se lève, le prend et me le tend avec un sourire.

« Merci.

— De rien, mademoiselle. »

Il me fait encore un clin d'œil et se rassoit. Je me rassois aussi et j'attends qu'on arrive.

Quand le car s'arrête, on dirait que tout le monde est pressé de descendre. Ils en ont peut-être un autre qui les attend. Harry passe devant moi avec sa valise :

« Ravi de t'avoir rencontrée. Bonnes vacances, alors.

— Merci.

— Bonjour à ton oncle.

— Oui. Et bonjour à… »

Personne.

« … Cleveland.

— J'y manquerai pas. »

Il s'éloigne. Je laisse encore passer un type, la femme avec sa petite fille (qui me sourient toutes les deux), et un couple d'amoureux, avant de me lever. Je suis la dernière à descendre et, quand je sors enfin, j'en reviens pas de la chaleur qu'il fait dehors ! Tout de suite, je pose mon sac par terre pour enlever mon blouson et mon pull.

J'entre dans la gare et je me dirige vers les toilettes. Dans une cabine, je retire mon pantalon et je mets mon short en jean, qui va bien avec mon tee-shirt orange. Je change aussi mes tennis contre une paire de chaussures rouges à semelles compensées que Bonnie avait laissées. Elles sont un peu grandes, mais je les adore.

Je commence à avoir faim, alors je vais voir ce que je peux trouver. Tout à l'heure, en arrivant, j'ai repéré un genre de coin snack-bar. J'hésite un peu et je finis par me décider pour un sandwich, deux donuts et un Coca. Je prends mon porte-monnaie dans mon sac… Il est vide.

QUOI ?!

Je regarde encore.

VIDE !

Je lève les yeux vers la serveuse, qui attend que je la paie. Je re-re-regarde dans mon porte-monnaie, des fois que j'aie mal vu. Mais non. Je bafouille :

« Excusez-moi, je… j'ai pas mes sous… »

Elle soupire :

« Merde, faut que j'annule tout. »

Je vais m'asseoir sur un banc au milieu de la gare. Comment c'est possible ? J'avais pris toutes mes économies. Douze dollars et quarante-huit cents. Je vide tout mon sac par terre, mais je trouve pas mes sous. Pourtant, je suis sûre que je les avais mis dans mon porte-monnaie. Je comprends pas, j'ai pas quitté… Putain, le vieux ! À tous les coups, c'est lui. Pendant que je dormais. Je le revois me faire des clins d'œil, avec sa tête de faux cul. « Ravi de t'avoir rencontrée » ! Ben, tiens ! Quel enfoiré ! Il faut que je le retrouve. Je remets tout dans mon sac, n'importe comment, et je fonce à un guichet pour demander au type d'où et quand part le car pour Cleveland.

« Il vient de partir, mademoiselle. »

Là, sans prévenir, je sens les larmes qui montent, et, d'un coup, elles descendent. Je voulais pas pleurer, mais je peux pas m'en empêcher. Le gars au guichet essaie de me consoler :

« Y en a un autre cet après-midi, si… »

Je l'écoute même pas jusqu'au bout. Comment je vais faire ? J'ai du mal à respirer. Je… je me sens…

Je sors de la gare et je m'assois par terre, contre un mur.

Au bout d'une minute, ça va un peu mieux. Je le sais pourtant, qu'il faut que je me méfie des gens ! Pour une fois, c'est mon père qui avait raison : on peut faire confiance à personne.

Je sais pas si je vais pas retourner au guichet demander au gars qu'il appelle mes parents, ou la police… Ce qu'il y a, c'est que je vais m'en prendre une quand je vais rentrer, et une bonne. Ça fait réfléchir ! Alors je réfléchis encore un peu.

De toute façon, j'avais prévu de faire du stop à un moment donné. J'avais pas assez d'argent pour faire tout le voyage en car. Et, pour manger, je verrai. Peut-être que je pourrais faire la manche… Peut-être que ça peut marcher. On l'a fait, une fois, avec Sandy, pour s'amuser. Elle avait chanté pendant vingt minutes, et on avait pu s'acheter des glaces. Mais, moi, je sais pas chanter. Après, si tous les gens qui passent me donnent quelques cents, même une personne sur deux, j'aurai bien de quoi me payer un repas par jour.

Quand même, ça aurait été tellement plus simple si l'autre salopard m'avait pas piqué mon fric. J'ai mis tellement de temps à l'économiser… Je m'achète jamais rien et je donne douze dollars et quarante-huit cents à un inconnu ! Ça me rend malade quand j'y pense. Avec cet argent, j'aurais pu offrir le dernier album des

Carpenters à Sandy ! Elle les adore. Elle les ado*rait*. Il est sorti quatre jours avant qu'elle meure. Elle venait de l'acheter quand elle s'est fait renverser. Elle a même pas pu l'écouter…

Et voilà que je me remets à pleurer.

« Ça va pas ? Tu t'es perdue ? »

Je lève les yeux, et je les essuie. C'est un gars vachement balèze qui s'accroupit devant moi. Il fait un peu peur. On dirait mon père, en plus jeune (je dirais trente-six ans).

« Non, je suis pas perdue. Mais un type m'a volé tout mon argent. Douze dollars et quarante-huit cents…

— Ah, l'enculé. »

Il parle comme mon père. Il se relève et cherche autour de lui :

« Où il est, que je lui éclate la tête ?

— Il est parti… »

Le type continue quand même à regarder, des fois qu'il le verrait, alors qu'il sait même pas à quoi il ressemble. Et puis il jette un œil à mon sac et, là, il se remet accroupi et il me demande :

« Et où tu voulais aller ? »

Je peux pas lui dire que je vais à Los Angeles… Je cherche un nom de ville et je me souviens juste de :

« Columbus.

— Toute seule ?

— Oui. C'est pas loin, Columbus. »

Sur la carte, en tout cas. Je renifle encore et je prends mon mouchoir, dans ma poche. Je mets du bleu et du noir dessus en m'essuyant les yeux et les joues, et je me mouche.

« T'as quel âge ?

— Quinze ans. »

Seize, c'était pas crédible.

« Tu te fous de moi ?

— Non. »

Sans mon maquillage, je dois faire moins. Il me regarde droit dans les yeux et, après, il regarde mes nénés. C'est sûr que j'en ai pas beaucoup, et même que ça me complexe vachement. Je finis par baisser les yeux et regarder mes nénés, moi aussi. Il se lève.

« OK, je t'emmène. Viens. »

Je me lève à mon tour et j'attrape mon sac.

« Tu veux que je prenne ton barda ?

— Mon quoi ? »

Il me regarde comme si j'étais une demeurée et il répète, en montrant mon sac :

« Ton barda.

— Non, ça va. »

Il hausse les épaules :

« Comme tu veux… Je suis garé un peu plus loin.

— D'accord. »

Je le suis.

« Je m'appelle Rob, au fait.

— Karen », je lui réponds.

Je me dis qu'il vaut mieux que je donne un prénom différent à chaque fois, que ça compliquera les recherches de la police.

C'est Sandy qui avait écrit à Karen Carpenter, un jour. C'était sa chanteuse préférée. N'empêche qu'elle avait reçu une photo dédicacée « Salut, Sandy ! *Peace & love*, Karen Carpenter » ! Sandy disait que c'était ce qu'elle avait de plus précieux au monde. C'est pour ça que j'ai demandé à sa mère si on pouvait mettre la photo dans son cercueil, avec le disque qu'elle a pas eu le temps d'écouter.

« Oh, tu sais pas la meilleure ! s'exclame Rob. Je viens de déposer un mec qui retrouvait sa copine à la gare routière, et tu sais comment qu'elle s'appelait ? Kathy ! Kathy à la gare routière de Pittsburgh ! Alors moi, évidemment, je lui ai demandé s'il venait de Saginaw ! »

Il éclate de rire. Lui aussi, il a un drôle de sens de l'humour.

« Ah oui, c'est marrant… »

Je dois pas avoir l'air convaincue parce qu'il m'explique :

« Comme dans la chanson ! Tu sais, Simon and Garfunkel ! "America" !

— Ah, mais oui ! »

Il se met à chanter :

« *"Kathy," I said as we boarded a Greyhound in Pittsbuuurgh*
"Michigan seems like a dream to me nooow"
It took me four days to hitchhike from Saginaw
I've gone to look fooor Ameeeericaaaa[1] »

C'est vrai que c'est marrant, son histoire, en fait.

On arrive devant un énorme camion bleu qui transporte des espèces de gros tubes d'acier (je sais pas pourquoi je dis « des espèces » de gros tubes d'acier, *c'est* des gros tubes d'acier).

1. « "Kathy", j'ai dit alors qu'on montait dans un Greyhound à Pittsburgh/"Le Michigan me paraît si loin maintenant"/Il m'a fallu quatre jours pour venir de Saginaw en stop/Je suis parti à la rencontre de l'Amérique. » *(Toutes les traductions sont des auteurs.)*

Rob m'ouvre la portière.

« Monte, je reviens. Je vais faire une petite course. Installe-toi et comme je dis toujours : fais comme chez toi, mais n'oublie pas que c'est chez moi ! »

Je monte sur le marchepied et je grimpe. Je m'assois et je pose mon sac à mes pieds. Il reste encore un peu de place, même avec tout le bazar qui se trouve là, par terre : une glacière, un tee-shirt roulé en boule, des papiers d'emballage… Je referme la portière, je relève les yeux : il y a des cadrans et des boutons partout, on se croirait dans un avion (enfin, j'imagine, vu que je suis jamais montée dans un avion). Et puis on est tellement haut ! Ça fait une drôle d'impression, mais j'aime bien. Je me retourne : juste derrière les sièges, il y a un petit matelas dans une cabine. Et plein de photos qui sont scotchées, des photos de femmes toutes nues qui ont des gros nénés, elles. Je me demande si c'est des *playmates*. Je pense à Bonnie et à son rêve. Un jour, si elle réussit, elle sera peut-être en photo dans ce camion.

Au bout d'un moment, le gars revient avec un pack de bières. Il me rejoint là-haut, cale une bouteille entre ses cuisses et met le reste dans la glacière.

Après, il me tend deux rouleaux de Bottle Caps et il en garde un troisième. Je crois que ça fait partie de mes bonbons préférés.

« Tu peux mettre ça dans la boîte à gants ? »

Je le fais. Enfin, pas tout de suite parce que, quand j'ouvre la boîte à gants, je tombe sur deux pistolets. Ah non, trois. Deux gros et un petit.

« C'est des vrais ?

— Bah oui, évidemment ! »

Je range les bonbons avec. Il démarre. Toute la cabine se met à trembler. Je me sens vraiment toute petite. Et, d'un autre côté, j'ai l'impression qu'il peut rien m'arriver là-haut. C'est vrai, même si on avait un accident, c'est l'autre qui serait pulvérisé. À moins qu'on rentre dans un camion encore plus gros. Si ça existe.

« Et… pourquoi vous en avez trois ?

— Oh, tu sais, ça se mange vite. »

Quoi ? Ah oui, il parle des rouleaux de Bottle Caps.

« Non, je veux dire, trois pistolets.

— Ah. On n'est jamais trop prudent. Surtout aujourd'hui, avec tous les cinglés qui sont dans la nature… »

Rob entame ses Bottle Caps avant de les remettre dans la poche de sa chemisette.

« Qu'est-ce que tu vas faire à Columbus ? »

Il m'en propose même pas ?!

« Euh… je vais voir une copine. Elle… Elle s'est fait renverser par une voiture. Elle est toute seule chez elle… avec une jambe dans le plâtre.

— Elle a pas de parents ?

— Ils sont en voyage. »

On longe un fleuve. On pourrait aussi bien être à Philly. N'empêche, j'en reviens pas, pour les bonbons !

« Et tes parents à toi, ils pouvaient pas t'emmener ?

— Non, ils sont partis en voyage aussi… avec ses parents à elle.

— Mmh… »

On passe sur un pont.

« Et donc, on t'a piqué ton fric à la gare…

— Oui.

— C’est dégueulasse. »

Là, on entre dans un tunnel qui me paraît interminable. Et, comme on parle pas, ça me paraît encore plus interminable. Je déteste les silences. Sauf quand je connais les gens.

« C’est gentil de m’emmener. »

Le type me sourit, mais je me méfie quand même : le dernier qui m’a souri, il s’est taillé avec tout mon fric.

On sort du tunnel et on a déjà quitté la ville. Il regarde sa montre.

« Je te préviens, je suis en retard, alors pas de pause pipi ni rien. »

Il allume un poste de radio et il prend une sorte de micro.

« Tu connais, ça ?

— Non.

— C’est une CB. C’est pour discuter avec d’autres conducteurs. Comme ça, on peut savoir si la route est propre.

— Pourquoi ? Vous voulez pas salir votre camion ? »

Il rigole.

« Non, je veux dire, on peut savoir si y a des flics. Mais on peut aussi juste discuter, histoire de pas être seul.

— Ah oui. »

Ça m’arrangerait qu’il y en ait pas, des flics… Mes parents ont dû se rendre compte que j’étais pas là. Toutes les polices du pays doivent me rechercher… Rob baragouine des trucs dans son micro. Il parle un peu en codes, avec des chiffres et des drôles d’expressions que je comprends pas. Quand c’est les autres qui lui répondent, c'est pas plus clair, entre les codes et les grésillements… Il coupe sa CB.

« C'est bon, c'est propre jusqu'à Wheeling.

— Tant mieux. »

Là, j'ai mon ventre qui fait un gargouillis qui en finit pas. Rob se tourne vers moi. Il a entendu, même avec le bruit du camion !

« T'as faim ?

— Un peu… »

Il me regarde. Il plonge une main dans le vide-poche de sa portière et en sort un sac en papier.

« Tiens, je me suis acheté deux sandwichs à midi et j'en ai mangé qu'un. »

J'hésite.

« Vas-y, prends. Écoute, je vais te dire un truc, Karen… »

Ça me fait bizarre de l'entendre m'appeler Karen.

« … Quand on te donne quelque chose, tu prends. Toujours. Même si t'en veux pas. C'est pour toutes les fois où on te donne pas quelque chose que t'aurais voulu ! »

Comme ses bonbons.

« En plus, ça te fera pas de mal de te remplumer. »

Je prends son sandwich.

« Merci. »

J'essaie de pas l'engloutir, mais il fait quand même pas long feu. Et, après, Rob me tend son rouleau de Bottle Caps !

« Tiens, si tu veux un dessert… »

Je prends un bonbon. Et je m'en mets un autre de côté, au Coca, parce que le premier, c'était cerise et c'est ceux que j'aime le moins. C'est comme les yaourts : chez nous, quand on en achète avec plusieurs parfums, il reste toujours ceux à la cerise. Franchement, pourquoi ils en font ? Il y a des gens qui aiment ça ?

Je lui rends son rouleau.

« Non, tu peux le garder.

— Vous êtes sûr ?

— Ouais.

— Euh… merci. »

Il décapsule à la main la bière qu'il avait posée entre ses cuisses et il boit une gorgée avant d'allumer la radio, la vraie cette fois, qui diffuse une chanson qu'on n'a pas arrêté d'entendre l'année dernière, « Too Late to Turn Back Now » de Cornelius Brothers & Sister Rose. Ils ont raison : il est trop tard pour faire demi-tour, maintenant. Je le prends comme un signe, comme Harry avec sa maison qui a brûlé et tout.

En fait, maintenant que je sais que c'est un salaud, je me dis que, si ça se trouve, c'étaient des bobards, sa maison qui a brûlé, sa femme qui l'a quitté et même Cleveland.

Rob s'allume une cigarette et m'en propose une. Je fais non de la tête.

« Le monde est vraiment rempli de pourritures. »

Je comprends pas pourquoi il me dit ça. Ah si, ça y est : par rapport à Harry qui m'a piqué mon fric. Enfin, je crois. C'est marrant, les gens qui vous parlent comme si vous saviez ce qu'ils ont dans la tête.

« Tu sais quoi ? Des fois, je me dis qu'on est tous des salopards en puissance et que les gens qui se comportent bien, c'est juste qu'ils ont pas encore eu l'occasion de se comporter comme des salopards. »

Ça me rassure pas vraiment…

Il coupe la radio et on se retrouve encore rien que tous les deux. Il continue :

« Le problème, c'est qu'y a pas de justice. J'ai vu des tas de mecs géniaux crever comme des chiens pendant que des ordures s'en sortaient. »

Une voiture se rabat juste devant nous.

« Regarde-moi ce connard ! »

Il klaxonne. Ça fait un peu le même bruit que les bateaux quand ils quittent le port de Philly.

« Je te jure, c'est la jungle… Enfin, non, j'y suis allé dans la jungle, la vraie, et *là-bas*, c'était l'enfer. Tu sais, au Viêtnam. On t'en a parlé du Viêtnam ?

— Un peu. Mon père.

— Il y est allé ?

— Non.

— Ben alors qu'il ferme sa gueule. »

Je réponds pas.

« T'es pas d'accord ?

— Si. »

Et je dis pas ça juste parce que j'ai peur de m'en prendre une. C'est vrai que mon père ferait pas mal de se la fermer, des fois, et pas que sur le Viêtnam.

Rob tourne la tête vers moi :

« J'ai perdu des amis… des frères même. Tu sais ce que ça fait de voir ton meilleur ami se faire cramer au lance-flammes ? »

J'ai l'impression qu'il attend une réponse.

« Euh… non… »

Par contre, je sais ce que ça fait de voir sa meilleure amie se faire écraser par une voiture.

J'aimerais bien qu'il regarde devant lui.

« C'est horrible », qu'il me dit.

Il se tourne à nouveau vers la route. Pas longtemps.

« Il me parlait tout le temps de sa nana. Laurie. Comme quoi il allait l'épouser, ils allaient être heureux… Il était intelligent, il aurait eu un super boulot, je suis sûr. »

Je regarde la route pour lui. Il suit mon regard.

« Il avait plein de projets, une vie qui l'attendait… »

Il se remet à me regarder.

« Et d'un coup (il fait le bruit du lance-flammes) plus rien. »

Je sais pas quoi dire.

Il se reconcentre sur la route.

J'ai pas envie de lui parler de Sandy, alors je fais :

« Mmh. »

Je crois que ça lui fait plaisir.

Il se tait un long moment.

Je l'entends renifler plusieurs fois. Je le regarde : il a des larmes qui coulent sur ses joues ! C'est la première fois que je vois un homme pleurer et ça me fait bizarre. Il s'essuie le nez avec le dos de sa main, alors je prends mon mouchoir, que j'hésite à lui donner parce que je m'en suis servi, mais, quand je l'entends renifler encore, je lui tends. Il le prend sans faire de chichis et se mouche.

« Pourquoi c'est moi qui suis là et eux qui sont morts ? »

Je réponds pas.

« Hein ? Pourquoi ?

— Je sais pas.

— Moi non plus. »

J'aimerais bien avoir la réponse.

On se tait encore un moment, et puis il finit par me dire :

« Y a pas de honte à chialer, tu sais. J'en ai connu, des gros durs, là-bas. Je les ai tous vus craquer, les uns après les autres. »

Il se mouche encore, avant de me tendre le mouchoir.

« Non, vous pouvez le garder.

— Merci. »

Il le fourre dans la poche de son pantalon.

« Qu'est-ce qu'on est allés foutre là-bas ?

— Je sais pas. »

Il a l'air étonné que je lui réponde.

« Pardon, je croyais que vous me posiez la question…

— Heureusement, c'est terminé. J'ai un autre copain qu'est rentré au mois de mars. C'était un des derniers qu'étaient encore dans ce merdier. Nick, qu'il s'appelle. Avec un nom lituanien à coucher dehors. Alors lui, tu le verrais, il est déglingué. Il est arrivé à Saïgon parfaitement normal, mais il est revenu complètement frappadingue. Je me demande si un jour il va pas se faire sauter le caisson. De toute façon, on y a tous pensé, à un moment ou à un autre. En même temps, y a de quoi. »

Il commence à se ronger les ongles, pas longtemps parce qu'il a plus rien à ronger, de toute façon.

« J'ai des images qui me reviennent… Terrifiantes… Et des odeurs aussi. De sang… Je savais même pas que le sang avait une odeur. La merde, oui, je savais, mais le sang… ? Putain, cette odeur, c'était… inimaginable. Tu peux pas imaginer. »

Il me regarde.

« Essaie même pas d'imaginer. »

J'essayais pas.

« Je suis mieux dans mon camion. Libre. Sans personne pour me gueuler dessus. Ou me tirer dessus. »

Il se retourne.

« Ouais, je suis bien, là, avec toutes mes copines. »

Je me retourne aussi et je regarde les photos de ses « copines » toutes nues.

« Et sinon… tu sais ce que tu veux faire, toi, plus tard ?

— Infirmière. »

*

Ça fait presque une heure qu'on roule et jusque-là, la route est propre. À part quelques petits animaux écrasés de temps en temps. Je sais pas trop ce que c'est. C'est dur à dire quand ils sont tout écrabouillés. C'est comme Sandy. Si j'avais pas su que c'était elle, je sais pas si je l'aurais reconnue.

Je me rends compte que Rob arrête pas de regarder sa montre. Je lui demande :

« Ça va ?

— Je suis en retard. Je dois livrer à cinq heures. Déjà que le gars vient exprès un dimanche…

— Vous aussi, vous travaillez un dimanche.

— Mais moi, je m'en fous ; j'ai pas de nana, pas de gosses… L'autre gars va pas m'attendre cent sept ans.

(Il soupire.) On n'y sera jamais. Et, s'ils ont pas leur matos demain, ça bloque tout le chantier. »

On peut pas rouler plus vite : le camion est tellement chargé… Il regarde encore l'heure ! Il me fait penser au Lapin blanc dans *Alice au pays des merveilles*, celui qui arrête pas de courir avec sa montre.

On croise un gars qui fait pipi au bord de la route, pas gêné. Rob le klaxonne et le pauvre fait un de ces bonds ! Ça nous fait rire, surtout quand on s'imagine qu'il s'en est mis partout.

J'ose pas dire à Rob que j'ai envie de pipi, moi aussi, vu qu'on est déjà en retard.

Au bout de vingt minutes, j'en peux vraiment plus, alors je lui dis et il me répond :

« Tu pisseras à Columbus.

— On arrive quand ?

— Dans un peu moins de deux heures. »

Je moufte pas, mais je sais que je ferai pipi avant. Dans son camion, au pire.

Je me tortille encore dix minutes. Je sens que ça l'énerve et j'ai peur de m'en prendre une, mais il finit par s'arrêter à une station-service, en râlant.

« Dépêche-toi. »

Je fonce aux toilettes. Enfin, je fonce comme je peux, avec mes chaussures à semelles compensées.

Oh non, les toilettes des femmes sont fermées !

Tant pis, je vais dans celles des hommes. Il y a un type moustachu (trente-quatre ans) qui se lave les mains. Je lui dis :

« Bonjour. »

… avant d'aller m'enfermer dans la première cabine. Là, j'ai l'impression que je vais jamais m'arrêter de faire pipi. Je pense à Rob qui m'attend, mais je peux pas aller plus vite. C'est comme lui avec son camion.

Quand j'ai fini, je me rends compte qu'il y a plus un bruit, ni d'eau, ni de pas, ni de rien. Le moustachu a dû sortir. Pourtant, j'ai rien entendu. Je me penche pour regarder sous la porte et je vois ses bottes. On dirait qu'il reste planté à côté des lavabos. Il doit se recoiffer… Je sors et je vais me laver les mains, à côté de lui. Je sens qu'il me regarde.

« Je sais bien ce que t'es venue chercher dans les toilettes des mecs. »

Quoi ? Qu'est-ce qu'il raconte ?

Il se rapproche.

« Petite allumeuse. »

Il pose sa main sur mes fesses. J'ose même pas fermer le robinet, même plus respirer. Il se colle contre moi et il me tripote les nénés, enfin, le peu que j'ai. Là, j'ai le cœur qui bat à cent à l'heure, mais tout le reste est comme engourdi. Je sens plus mes jambes, mes bras, plus rien. Il m'embrasse dans le cou. Ça me dégoûte. Ça me pique et ça me dégoûte. Jusqu'à ce que ça me fasse plus rien, parce que j'ai l'impression que c'est plus moi qu'il touche. C'est plus moi que je vois dans la glace. C'est plus moi. Comme si je le regardais faire ça à quelqu'un d'autre. À la télé. Dans un épisode de *La Quatrième Dimension*. Les images passent au ralenti, les sons se mélangent jusqu'à ce que j'entende plus qu'une respiration, au loin, mais pas la mienne. Je sais pas combien de temps ça dure. Peut-être une minute, peut-être cinq. J'attends que ça se passe. Je suis plus là. Je rentre de l'école avec Sandy. On parle du film qu'on a vu la veille. De l'histoire, des acteurs, de qui était extra, qui était nul, et pourquoi ils ont pas pris quelqu'un d'autre ? Sandy, elle mettrait bien Lee Majors partout. Moi, c'est toujours…

La porte des toilettes s'ouvre.

« Qu'est-ce tu fous, Kar… »

C'est Rob.

Le robinet se remet à couler et le type retire sa main de mon short. Rob se jette sur lui.

« Oh, putain ! »

Il lui fout un de ces pains ! Ça fait un bruit affreux, rien à voir avec ce qu'on entend dans les films. Je referme mon short. L'autre est étalé par terre. Il beugle en se tenant le nez, qui pisse le sang sur le carrelage blanc. Rob s'avance vers lui. J'ai l'impression qu'il va le tuer. Je le retiens :

« Non ! »

Il me regarde et c'est comme si, je sais pas, comme s'il se souvenait que j'étais là. Il se tourne vers l'autre type, il braque sur lui un pistolet imaginaire et il fait comme s'il lui tirait une balle dans la tête (il fait même le bruit du coup de feu). Et, après, il lui crache dessus. Et puis il me prend par le bras et il me dit :

« On se replie. »

Je dois presque courir pour le suivre. On remonte dans le camion et il démarre. On se parle pas pendant un bon moment, mais là ça me dérange plus du tout. D'un coup, je m'aperçois que je tremble. Rob aussi s'en rend compte :

« Ça va aller. Tu vas t'en sortir. T'es plus forte que ce gars. »

Quoi ? Ben, oui, évidemment que je vais m'en sortir. Je m'en suis *déjà* sortie. C'est pas moi qui ai le nez pété.

Rob s'allume une cigarette.

« T'as pissé au moins ?

— Ouais. »

C'est qu'un peu plus tard, quand il jette son mégot par la fenêtre, que j'ai comme un doute :

« Je crois que j'ai pas fermé le robinet. »

*

Ce qui s'est passé avec ce type dans les toilettes, c'est plutôt le genre de truc qui aurait pu arriver à ma sœur. C'est Bonnie la jolie, et moi, je suis l'intello. C'est ce qu'ont toujours dit nos parents. Ça veut pas dire que Bonnie est bête, mais elle, elle a jamais trop travaillé à l'école.

Je sais que, quand elle avait à peu près dix ans, elle a été embêtée par un type qui devait en avoir au moins quarante. Il l'attendait à la sortie de l'école et il voulait qu'elle aille chez lui. Soi-disant pour lui montrer ses tortues, mais, d'après ma mère, il voulait surtout lui montrer autre chose. C'est les autres enfants qui l'avaient dit à une prof, qui l'avait répété à mes parents. Mon père est allé voir le type, il lui a foutu une baffe et Bonnie l'a plus jamais revu.

Elle, c'est vraiment une jolie fille. J'ai jamais compris comment nos parents avaient pu avoir une aussi jolie fille. Elle leur avait dit qu'elle voulait être mannequin et je pense vraiment qu'elle pourrait. C'est là que mon père avait ricané en disant « Mannequin grosses fesses ! ». Je sais pas si ça a un rapport, mais depuis elle veut être *playmate*.

Depuis qu'elle est petite, tous les garçons sont amoureux d'elle. Enfin, peut-être pas tous, mais presque. Et ceux qui sont pas amoureux d'elles, c'est qu'ils sont « pédés », comme elle dit. En tout cas, elle en a déjà embrassé plein, elle, des garçons. Elle m'a même dit que des fois, c'était allé plus loin, mais je sais pas trop où. Sandy aussi avait déjà embrassé deux garçons. Il y a que moi qui l'ai jamais fait… De toute façon, les garçons, ils me voient pas. Quand j'étais avec Sandy, ils voyaient qu'elle, et, depuis deux mois et demi, ils voient plus personne. Mais je m'en fiche, je les vois pas non plus. Surtout que depuis deux ans et demi, « mon cœur est pris », comme dirait Bonnie. Par le plus beau et le plus gentil de tous les garçons du monde : Ryan.

O'Neal.

L'acteur.

La première fois que je l'ai vu, c'est grâce à Bonnie. C'est elle qui avait voulu voir *Love Story* et elle m'avait emmenée (elle avait des copains qui travaillaient au cinéma et qui la faisaient entrer gratuitement). Qu'est-ce qu'on a pleuré cet après-midi-là ! Même que, quand on est rentrés, ma mère, en voyant nos têtes et nos yeux tout rouges, nous a demandé ce qui se passait. Je lui ai dit que Jenny était morte. Elle a demandé : « Qui ça ? » J'ai répété « Jenny » et je me suis remise à pleurer. C'est Bonnie qui lui a expliqué : « La femme d'Oliver. » Ma mère comprenait rien. « C'est dans *Love Story*… C'est un film… », a fait Bonnie. On voyait bien que ma mère en avait rien à faire de Jenny et d'Oliver.

Moi, je suis retournée les voir, avec Sandy. Deux fois. Enfin, *le* voir, surtout. Ryan. Et plus je voyais le film, moins ça me dérangeait que Jenny meure.

Bref, depuis deux ans et demi, je suis amoureuse. Bon, ça, je l'ai dit qu'à Sandy. Même Bonnie le sait pas. Des fois, je me demande si elle a pas été amoureuse de lui, elle aussi, au moins au début. Avant de passer à autre chose, comme d'habitude. Moi, je sais que je passerai jamais à autre chose. C'est aussi pour ça que je vais à Los Angeles. C'est là que Ryan habite. Je suis sûre que lui, il va me voir. Il faut juste que je sois pas avec Bonnie.

« Ça va ? »

C'est Rob qui veut savoir si je vais bien. Je fais « oui » de la tête.

« Prends des bonbons si tu veux. »

J'en prends, dans la boîte à gants.

« Prends ça aussi. Le petit. »

Il parle du petit pistolet.

« Par contre, fais attention, il est chargé. Le pointe jamais vers toi, ni vers quelqu'un que tu veux pas blesser.

— Non, je…

— Prends, je te dis.

— … »

Je le prends.

*

Quand on arrive à Columbus, j'ai englouti les trois rouleaux de Bottle Caps. Rob regarde sa montre.

« Où tu veux que je te dépose ? Elle habite où, ta copine ?

— Déposez-moi où vous voulez, je me débrouillerai.

— Tu rigoles ? Je t'ai dit que je t'emmenais chez ta copine, je t'emmène chez ta copine. Par contre, je vais livrer d'abord, parce que le gars m'attend, et je te déposerai après. Elle habite où ? »

Je sais pas quoi lui dire.

« Euh… plus loin… Mais vous embêtez pas, je…

— Non non, je te laisse pas n'importe où. On sait jamais…

— D'accord. Je connais pas l'adresse, mais je sais y aller. Je vous montrerai.

— OK. »

Il regarde sa montre encore dix fois avant qu'on arrive devant un entrepôt. Il coupe le moteur.

« Attends-moi ici. »

Il descend et rejoint un type qui l'entraîne à l'intérieur.

Qu'est-ce que je fais ? Je m'en vais ? Mais si jamais il revient…

J'hésite.

Il revient pas.

Je prends mon sac, je descends… et je me tire en courant.

*

Je marche depuis deux heures, vers le centre, avec mon sac énorme qui pèse de plus en plus lourd. J'ai demandé ma route, plusieurs fois (qu'à des femmes). Il est huit heures du soir, je suis fatiguée et j'ai faim, alors je m'arrête devant un petit restaurant. « *Delicatessen* », c'est écrit. J'hésite à entrer vu que je suis jamais allée au restaurant et que, surtout, j'ai pas de sous. Il y a pas beaucoup de tables à l'intérieur. Les gens entrent et ressortent avec leur repas. La serveuse, une femme brune qui doit avoir quarante-neuf ans, finit par sortir et me demande :

« T'attends quelqu'un ?

— Euh… non…

— T'oses pas entrer ?

— J'ai pas d'argent.

— Comment ?

— J'ai pas d'argent », je répète plus fort.

Elle regarde mon gros sac.

« Je rentre de chez une copine. J'ai passé trois jours chez elle. Je… je trouve plus mes clés et ma mère est pas rentrée.

— T'habites où ?

— Euh… à côté… »

Je montre vaguement le coin de la rue. Elle se gratte la tête et me dit :

« Bon, allez, on va s'arranger. Tu viendras me régler demain. »

Je la suis à l'intérieur et elle me montre une table :

« T'as qu'à t'asseoir là. Qu'est-ce que je te sers ?

— Je sais pas trop.

— Un bagel ? »

Je sais pas ce que c'est.

« Euh… oui.
— À quoi ?
— Ce que vous voulez.
— D'accord. Ce sera la surprise alors. »

Je m'assois dans un coin et j'attends. Elle apporte des glaces à des gens à deux tables de moi : un couple et leur fils qui doit avoir neuf ans. Ils ont l'air de drôlement bien s'entendre, tous les trois. J'ai du mal à pas les regarder, mais j'essaie d'arrêter parce que la mère s'en est rendu compte. Je regarde ailleurs, mais j'écoute : ils parlent d'un cousin du garçon qui doit venir passer une semaine chez eux. On dirait que tout le monde est content qu'il vienne, même le père.

Je les écoute pendant encore cinq minutes et la serveuse m'apporte mon « bagel » avec des gros cornichons à côté. J'aurais préféré des frites. Le bagel, ça ressemble à un gros donut, mais c'est plutôt comme du pain. Je sais pas ce qu'il y a dedans, par contre.

« T'aimes pas le saumon ? me demande la serveuse.
— Si si. Merci ! »

Elle repart.

En vrai, j'en ai jamais mangé, du saumon, mais j'ai pas osé lui dire. Je soulève le pain du dessus : je crois qu'il y a du concombre, du fromage blanc et… d'autres trucs. Je suis pas sûre que ça me plaise. Je goûte et finalement je me régale. Je sais que c'est bête, mais ça me donne presque envie de pleurer !

N'empêche, je suis assez fière de manger au restaurant. Et toute seule, en plus. Mon père a jamais voulu qu'on y aille et ma mère… je sais pas. En tout cas, on n'y est jamais allés. Est-ce qu'ils y sont déjà allés tous les deux, avant la naissance de Bonnie ? J'arrive pas du tout à les imaginer.

Je pense à Rob qui a été tellement gentil avec moi. Je m'en veux un peu d'être partie comme ça. Il a pas dû comprendre… J'imagine sa tête quand il est revenu au camion. Sûrement la même tête que ma mère quand elle a vu que j'étais pas dans mon lit ce matin. Elle a dû appeler mon père, qui devait encore dormir. Je me souviens, quand Bonnie est partie, c'est comme ça que ça s'est passé. Moi, je m'étais levée comme d'habitude et j'avais rien dit. J'avais attendu que ma mère s'en rende compte. Elle avait appelé mon père quand elle avait vu que Bonnie avait emporté des vêtements.

Je crois que j'ai bien fait de leur laisser un mot pour pas qu'ils s'inquiètent. Je leur ai juste dit que j'allais retrouver Bonnie, sans préciser où, évidemment. J'aurais dû laisser un petit mot à Rob aussi, mais j'y ai pas pensé sur le moment. De toute façon, j'avais rien pour écrire.

J'ai fini de manger et je suis prête à me lever quand la serveuse s'approche et me demande :

« Qu'est-ce que tu veux comme dessert ? »

Je réfléchis. Je vois sur son badge qu'elle s'appelle Glinda.

Elle me propose :

« Le strudel ?

— D'accord. »

Elle repart aussitôt. « Bagel », « strudel », elles ont des drôles de noms, les spécialités de Columbus. Et « Glinda », c'est original aussi… Ça me dit quelque chose. Je me demande si c'est pas dans un film.

Elle revient deux minutes après avec mon dessert.

« Merci beaucoup. »

Je goûte. En fait, c'est un gâteau aux pommes et à la cannelle. C'est vachement bon.

Le couple et leur fils se lèvent. Le père paie au comptoir et ils s'en vont. Glinda vient à ma table :

« C'était bon ?

— Délicieux.

— Tant mieux. Comment tu t'appelles ?

— Euh… Penelope.

— Penelope ? Comme la femme d'Ulysse ?

— Euh… ouais. »

Comme la fille des *Fous du volant*, surtout. C'était mon dessin animé préféré quand j'étais petite.

« Mais tout le monde m'appelle Penny.

— C'est pourtant joli, "Penelope".

— Merci.

— Tu crois que ta mère est rentrée ?

— Oui… je pense.

— Bon. Tu viens me régler demain alors ?

— Oui, d'accord. »

Je me lève, un peu gênée. Je la remercie encore et je lui dis au revoir en me promettant de revenir la payer… un jour.

Je sors et je fais quelques pas. La nuit va pas tarder à tomber et les lumières s'allument dans les immeubles en face. J'imagine les appartements, les gens qui habitent là, et leur vie. Je vois une femme qui entre dans son immeuble et une minute après, une fenêtre s'éclaire. Elle sait pas la chance qu'elle a d'avoir un toit pour la nuit.

Je prends une ruelle tranquille à côté du restaurant. Je suis pas très rassurée. Je pose mon sac par terre, et comme j'ai un peu froid, je mets un sweat et mon pantalon par-dessus mon short. J'arrive pas à le fermer, mais c'est pas grave. Je m'assois contre le mur, entre deux grosses poubelles pour pas qu'on me voie depuis la rue. Je regrette tellement que Sandy soit pas là avec moi… On aurait pu discuter et même rigoler, comme quand j'allais dormir chez elle (elle, elle a jamais dormi chez moi, mon père voulait pas). Ça me manque tellement de plus avoir quelqu'un avec qui discuter et rigoler.

Je reste comme ça, assise entre mes deux poubelles, pendant une bonne demi-heure. Je suis bien contente que la ruelle soit un peu éclairée. J'ai jamais passé la nuit dehors, évidemment, alors j'ai peur. À un moment, j'entends des voix qui se rapprochent, deux types qui braillent. Je crois qu'ils s'engueulent. Je serre mon sac contre moi. Je l'ouvre tout doucement et je pose une main sur mon pistolet. Et je bouge plus. Je me fais toute petite. Je respire à peine. En fait, ils s'engueulent pas, ils se parlent, mais ils sont bourrés. Ils vont passer devant moi. Je prie pour qu'ils me voient pas… mais je croise le regard d'un des types. J'en ai des frissons. Il s'arrête et retient son copain par le bras.

« Attends ! qu'il lui dit. Regarde ça ! »

Et il me montre du doigt.

« Qu'est-ce tu fous là, toi ? »

Je réponds pas.

« Hein ? Qu'est-ce tu fous là ? »

Ils font tous les deux un pas vers moi.

« Qu'est-ce t'as dans ton sac ? » me demande l'autre.

J'hésite. Et je sors mon pistolet. Ils reculent.

« Woh ! Doucement ! Range ça. »

Je le range pas. Ils attendent. Moi aussi.

« Viens, on se casse, dit le premier.
— Ouais… »
Ils font trois pas sur le côté (on dirait deux crabes), sans me quitter des yeux, et je les vois plus. Je tremble comme une feuille. Quelques secondes après, il y en a un des deux qui crie, de loin :
« CONNASSE ! »
Je sais pas combien de temps il se passe avant que je range mon arme, mais je tremble encore. Et là, c'est un rat qui passe devant moi ! Je me lève d'un bond ! Je peux pas rester ici, c'est pas possible… J'entends une porte qui s'ouvre et, avant que j'aie le temps de prendre mon sac et de filer, je vois Glinda. Ça doit être la porte des cuisines du restaurant. Elle a des sacs-poubelles à la main.
« Penelope ? »
On reste plantées là, toutes les deux.
« Ta mère est pas rentrée ?… Oh… »
Je crois qu'elle a compris. Elle s'avance et jette ses sacs dans une des poubelles.
« Viens. Tu vas pas passer la nuit ici… Allez… J'habite à côté.
— Et votre mari, il sera d'accord ?
— Quel mari ? »
Je la suis.
« T'es partie de chez toi, c'est ça ?
— Non…
— Tu peux me le dire.
— Non, je vous jure, mais ma mère est pas rentrée…
— Elle travaille si tard que ça ? Qu'est-ce qu'elle fait ? Elle est infirmière ?
— Non… Elle fait le tapin. »

Elle arrête de marcher (et moi aussi, du coup). J'y suis peut-être allée un peu fort. Je voulais juste qu'elle arrête de me poser des questions, mais, maintenant, je me dis qu'elle pourrait appeler les services sociaux ou je sais pas qui…

« T'as quel âge ?

— Quatorze ans. »

Elle soupire et on se remet à marcher.

« Ma pauvre… »

En fait, je crois que ça lui fait de la peine pour moi.

On entre dans un immeuble et on monte les escaliers jusqu'au troisième étage. Il y a un petit rouleau accroché à côté de sa porte. Elle le touche et embrasse ses doigts avant d'entrer. C'est bizarre. C'est peut-être une coutume de l'Ohio ?

« Euh… Je dois faire pareil ?

— T'es pas obligée, mais ça porte bonheur. »

Si ça porte bonheur… Je le fais et j'entre. Elle pose ses affaires dans l'entrée. Moi aussi.

C'est très différent de chez mes parents. Déjà, c'est rempli de livres. Des tonnes de livres, sur des étagères, sur des meubles et même par terre, en tas. Quand je pense que mon père a travaillé dans une imprimerie pendant des années et qu'il a jamais rapporté un seul bouquin à la maison… Moi, j'aime bien lire. Je vais souvent à la bibliothèque qui est à côté de chez moi. J'aime bien le cinéma aussi, et la radio, que j'écoute tous les soirs jusqu'à ce que je m'endorme.

C'est peut-être idiot, mais je m'attendais pas à trouver autant de bouquins chez une serveuse. Et encore moins un piano.

« Vous savez jouer ? »

Elle s'assoit sur le tabouret et joue quelque chose que je connais pas, mais que je trouve très joli. À la fin, je lui demande :

« Qu'est-ce que c'est ?

— "Summertime", de George Gershwin.

— C'est joli. Et sinon, euh… vous connaissez la musique de *Love Story* ? »

Elle va se servir un verre de je-sais-pas-quoi, elle boit une gorgée et elle se remet au piano. C'est merveilleux. Vraiment merveilleux. Un voisin frappe au mur, mais elle continue. Il frappe de plus en plus fort. Je suis vachement gênée. Quand elle a fini de jouer, ça continue de taper dans le mur, alors elle se lève et tape aussi :

« VA TE COUCHER, GROS *SCHMOCK* ! »

Elle se rassoit. Je suis pas très à l'aise.

« Il a jamais aimé la musique !

— En tout cas… vous êtes drôlement douée. Vous auriez pas aimé être pianiste ?

— Si, j'aurais adoré. Mais c'était compliqué. La vie a fait que… j'ai rencontré un CONNARD (elle crie en direction du mur) qui voulait que je reste à la maison, j'ai élevé mon fils, le temps a filé… Et puis j'ai appris que mon mari me trompait avec la voisine, alors je l'ai foutu dehors. Oh, il est pas allé bien loin ! (Elle me montre le mur du doigt.)

— C'est lui qui tapait ?

— Oui ! Bref, quand je me suis réveillée, le train était passé.

— Le train ? »

Elle sourit.

« C'est une expression. Ça veut dire qu'après l'heure, c'est plus l'heure. Mais bon, ça pourrait être pire, je pourrais être encore marié avec ce gros…

— "*Schmock*" », je répète.

Je sais pas ce que ça veut dire, mais j'ai quand même une petite idée.

« Oui. Au moins, j'ai plus personne pour me dire quoi faire. Par contre, je suis seule. C'est le prix à payer… Mais je vais te dire, j'étais seule aussi quand j'étais avec mon mari et c'était bien pire. »

Elle boit une autre gorgée. Elle voit que je regarde le chandelier sur le piano.

« C'est une ménorah.

— Ah, c'est pas un chandelier ?

— Si, mais c'est un chandelier traditionnel. Il symbolise la lumière divine. C'est le symbole de notre religion. Bon, moi, je pratique à petites doses, mais la religion, c'est important chez nous.

— Chez vous ?

— Chez les juifs.

— Ah. »

J'ai un peu honte, mais je sais même pas ce que ça veut dire exactement, « juifs ». Je sais juste que mon père les aime pas.

Elle se lève et me propose à boire. Elle me donne un Coca et se ressert un verre.

« Je t'ai jamais vue dans le quartier… »

Elle s'assoit sur le canapé et moi dans un fauteuil, en face.

« Non, on vient d'arriver. On vivait à Nashville avant. Ma mère voulait être chanteuse, mais ça a pas marché. »

Je sais pas où je vais chercher tout ça. Ça sort tout seul. Des fois, je me fais presque peur.

Glinda part au quart de tour :

« Il faut qu'elle s'accroche. Le train est peut-être pas encore passé pour elle… Et, surtout, qu'elle continue de chanter si elle aime ça. Moi, j'ai jamais arrêté de jouer. Pour mon plaisir… et celui de mon voisin ! »

On rigole.

« Tu sais ce que tu veux faire, toi, plus tard ? »

Institutrice ? Infirmière ?

« J'aimerais bien conduire un camion. »

Ça change. Et c'est vrai que j'étais bien, là-haut, avec Rob.

« Un camion ? C'est pas commun pour une fille. Mais pourquoi pas ? »

Elle se perd dans ses pensées. Moi je regarde les livres sur la table basse et par terre. Il y en a même en chinois !

« Vous les avez lus, ceux-là ?

— Oui.

— Vous parlez chinois ? »

Ça la fait rire.

« C'est du yiddish. »

Du yiddish ? C'est une langue, ça ? Jamais entendu parler.

Je regarde un autre livre, qui est pas en yiddish celui-là, et qui s'appelle *Tess d'Urberville*. La femme sur la couverture me regarde. On dirait un fantôme, dans sa longue robe blanche, avec son chapeau couvert de fleurs, blanches aussi. Elle porte un bouquet de roses rouges comme si c'était un enfant. Glinda me raconte :

« C'est l'histoire d'une jeune fille que ses parents, des gens pauvres, envoient vivre chez un riche cousin éloigné, enfin, c'est censé être un cousin éloigné, mais c'est plus compliqué que ça. Bref, ils espèrent qu'elle sortira de sa condition sociale. Évidemment, rien ne se passe comme prévu. Elle tombe enceinte et à partir de là, c'est le début de la fin. Prends-le si tu veux.

— Euh… c'est gentil, mais…

— Ça se passe en Angleterre au dix-neuvième siècle, à une époque où les femmes avaient besoin des hommes pour exister. Heureusement, on n'en est plus tout à fait là… Je crois que c'est bien que tu le lises, ne serait-ce que pour apprécier ta chance. En tout cas, moi, quand je regrette de pas avoir un homme dans ma vie, je pense à Tess et ça va tout de suite mieux ! »

Elle rit et me le tend.

« Tiens, je te l'offre.

— Oh non, merci.

— Prends-le, ça me fait plaisir. Je l'ai lu et relu. »

Je sais pas comment lui dire que j'en veux pas. Ça va alourdir mon sac pour rien, vu que je suis pas sûre de le lire. Tant pis, je finis par le prendre quand même. C'est pour les choses que je veux et qu'on me donne pas. Je le glisse à côté de moi, contre l'accoudoir.

« Merci…

— On va peut-être aller mettre un mot sur ta porte ?

— Ma porte… ?

— Ta mère va s'inquiéter si t'es pas là quand elle rentre.

— Non, elle se dira que je suis restée chez ma copine. Et souvent, elle rentre pas avant le matin.

— OK. Tu vas dormir ici alors. »

Elle se lève, réfléchit, soupire et se rassoit.

« Les mères sont jamais comme on voudrait qu'elles soient. Mon fils a sûrement plein de choses à me reprocher… Mais bon, il a pas trop à se plaindre. D'ailleurs, il se plaint pas. Tandis que ma mère à moi, tu m'excuseras, mais c'est une vraie *klafte*. Toujours à critiquer tout ce que je fais. Mon frère, non, elle le critique jamais. Lui, c'est un dieu ! Il est parti vivre au Mexique et il prend jamais de ses nouvelles, mais ça, c'est normal, ça la gêne pas ! Moi, par contre, j'ai tous les torts : c'est de ma faute si mon mariage a pas duré, si mon fils va pas la voir, s'il est pas encore marié… Sa grande théorie, c'est que je l'ai trop couvé ! C'est sûr qu'elle, on peut pas dire qu'elle m'ait couvée : elle me tapait dessus ! Une fois, elle m'a même balancée dans les escaliers, à treize ans… »

Elle s'arrête. J'ai l'impression qu'elle va pleurer.

« Et votre père ?

— Pff, je pouvais pas compter sur lui pour me défendre : c'était une vraie couille molle. »

Elle se lève et prend des feuilles de papier sur le piano.

« Je lui ai écrit une lettre. À ma mère. Une lettre de rupture. Où je lui dis tout ce que j'ai sur le cœur : que c'est pas une mère, qu'elle m'a pourri la vie, et tout et tout. (Elle soupire.) Il faut juste que je la poste. L'enveloppe est prête, tu vois. »

Elle me la montre, sur le piano.

« Sauf que des lettres comme celles-là, j'en ai écrit des dizaines, ces dernières années. Et je les envoie jamais. Je continue à avoir peur de lui faire de la peine…

— Vous devriez pas.

— Lui envoyer ?

— Non, avoir peur de lui faire de la peine.

— Je sais. Mais, cette fois, je vais la poster. Ça devient trop lourd… Je peux plus. Ça va m'enlever un poids. »

Elle repose sa lettre sur le piano et elle vient se rasseoir. Elle finit son verre :

« Eh ben, je pensais pas te raconter tout ça ! » qu'elle s'étonne.

Elle regarde l'heure et elle se relève.

« Il est tard. Je crois qu'il est temps que t'ailles te coucher. »

Je termine mon Coca avant d'aller faire ma toilette. C'est un peu le foutoir dans la salle de bains. Il y a plein de flacons partout. On voit qu'elle s'attendait pas à avoir de la visite. Je fais vite, pour pas trop la déranger.

Quand je reviens dans le salon, elle a préparé mon lit, enfin, le canapé. Je m'assois dessus. Elle me dit :

« Tu seras bien, là.

— Vous allez vous coucher aussi ?

— Oui. J'ai rendez-vous avec Rubinstein.

— Euh… C'est votre… chéri ?

— Rubinstein ?! Non, Arthur Rubinstein ! C'est un pianiste. Enfin, quand je dis *un* pianiste… je devrais dire *le* pianiste.

— Ah.

— Je vais retrouver les jours de ma jeunesse. »

J'ai du mal à la suivre, mais je crois que ça l'amuse.

« C'est le titre de ses mémoires, *Les Jours de ma jeunesse*. J'adore bouquiner au lit. C'est mon petit rituel du soir. Là, je pense plus à rien. C'est comme quand je joue du piano. J'ai plus de mère, plus de frère, plus d'ex-mari, plus rien. Je suis… ailleurs, avec… une autre famille : Tess d'Urberville, Scarlett O'Hara, Don Quichotte…

— Oui, je comprends. »

Elle me sourit.

« Dors bien, ma grande.

— Merci de me laisser dormir chez vous.

— Penses-tu ! C'est normal. Allez, fais de beaux rêves. On se voit demain.

— Bonne nuit. »

Je me couche.

« Je peux éteindre ? qu'elle me demande encore avant de me laisser.

— Oui. »

Elle éteint et elle va dans la salle de bains.

J'entends les bruits de la rue, comme à Philly. Il me manque juste la radio. Je remonte le drap jusque sous mon menton, pas parce que j'ai froid, mais… pour me sentir protégée, je crois. Et aussi parce qu'il sent bon la lessive.

Avant de m'endormir, je pense à Bonnie et à nos conversations, le soir, dans son lit, quand on discutait de ses copains et de la vie qu'elle aurait plus tard. Elle me parlait de son travail de *playmate*, des voyages qu'elle allait faire. Elle me décrivait son mari, ses enfants, sa maison. Elle avait même choisi la couleur de ses rideaux. Orange. Parce que mon père avait pas voulu qu'elle ait des rideaux orange dans sa chambre, chez nous. Il disait que ça faisait « hippie ».

Je me demande où elle est. Si elle a ses rideaux orange. Et si elle pense à moi, elle aussi.

Lundi 23 juillet 1973

J'ai mal dormi : j'ai passé la moitié de la nuit à me battre avec un vieux salaud qui me tripotait. Quand je me réveille, il fait à peine jour. Je reconnais pas ma chambre et je sais pas où je suis. Et puis je me souviens : le car, Rob, le moustachu… Glinda.

Elle doit dormir : il est tôt et la porte de sa chambre est fermée.

Je vais dans la salle de bains sans faire de bruit. Je me lave encore, vite fait. Je sais pas si je pourrai me laver ce soir. Et puis je mets du rouge à lèvres et du fard à paupières.

Je retourne dans le salon et je range mes affaires dans mon sac. Je mets le pistolet de Rob tout au fond, sous mes vêtements. Et puis je jette un œil à ma carte des États-Unis. Je vais faire du stop. Je dirai que je vais à Indianapolis. Je peux pas dire que je vais plus loin, sinon on va me poser trop de questions. Je range ma carte et je prends le livre que Glinda m'a donné. Avant de partir, je vois cinq dollars dans un vide-poche, mais je décide de pas les prendre. Elle a été tellement gentille. Elle serait tellement déçue. Déjà qu'elle sera déçue quand elle verra que je suis partie comme ça… Je trouve une feuille et un stylo et je lui écris un mot : « Merci beaucoup. J'ai bien dormi. J'espère que vous aussi. » Je pose la feuille sur le piano, bien en évidence, à côté de la lettre qu'elle a écrite à sa mère et qui commence par « Maman ». Même pas « Chère maman ». Moi, sur le mot que j'ai laissé à mes parents, j'ai écrit « Mes chers maman et papa ». Je trouvais que ça faisait bien. Je regarde sa lettre (je la lis pas, hein, je fais que la regarder), j'hésite un peu, et puis je la mets dans l'enveloppe qui est à côté, que je fourre dans mon sac. Ce coup-ci, je m'en vais, avant que Glinda se réveille.

À la première boîte aux lettres que je croise, je sors l'enveloppe. Je la glisse à l'intérieur, mais au moment de la lâcher, j'ai quand même un doute : est-ce que Glinda voudrait que je la poste ? Je réfléchis. Elle m'a bien dit qu'elle se sentirait plus légère, et je suis sûre qu'elle osera jamais l'envoyer. Je l'imagine à treize ans, battue… et je lâche l'enveloppe, que j'entends tomber sur un coussin de lettres. Je crois que j'ai bien fait.

Je marche encore pendant une heure, vers l'ouest, jusqu'à une station-service. Quand je pose enfin mon gros sac et que je m'assois, un peu à l'écart des pompes à essence, je suis en nage et je crève de soif.

J'attends. Il faudrait que j'aille voir les gens qui font le plein et que je leur demande s'ils vont vers Indianapolis, mais j'ose pas.

Il faut que je me décide, sinon je vais jamais quitter cet endroit.

Il se passe bien dix minutes avant que je me lance. La première femme à qui je pose la question me dit non, que c'est pas sa route. Après, je demande à une autre femme, mais elle reste à Columbus. Je demande aussi à deux bonshommes, mais on dirait que personne va là-bas, ou alors personne veut de moi. Si, il y a deux gars qui veulent bien m'emmener, mais le premier peut pas parce que sa voiture est pleine (en fait, il y aurait assez de place pour moi, mais j'ose pas lui dire) et le deuxième arrête pas de regarder mes jambes, alors c'est moi qui veux plus.

Qu'est-ce que j'ai soif ! J'aurais dû prendre quelque chose à boire chez Glinda au lieu de me coltiner son livre… Je peux peut-être aller demander un verre d'eau au coffee shop, en face ?

Je traverse la rue, mais au moment d'entrer, je me dégonfle. Je reste plantée là, devant le café. Je sais plus quoi faire. À l'intérieur, une femme me regarde. Blonde, les cheveux coupés au carré. Elle me fait un petit coucou de la main. J'en fais autant. Elle a gardé ses lunettes de soleil à l'intérieur, bizarrement. Le gars qui est assis en face d'elle aussi. Ils doivent avoir le même problème aux yeux. Si c'est un couple, c'est bizarre que tous les deux… Sauf s'ils se sont rencontrés à l'hôpital où on les soignait pour la même maladie. Ou alors ils sont frère et sœur, et c'est héréditaire… Elle lui dit quelque chose et, comme ils me quittent pas des yeux, j'ai l'impression qu'ils parlent de moi.

Et là, dans la vitrine, je vois passer le reflet d'une voiture de police juste dans mon dos ! Je m'avance pour faire semblant de regarder les dizaines de polaroïds scotchés sur la vitre, à l'intérieur. De tas de clients qui ont l'air de passer un bon moment. Et parmi eux… Bonnie ! Enfin, on dirait Bonnie, mais elle est presque de dos et la photo est floue et toute passée, à cause du soleil… Je suis pas sûre. J'ai presque le nez contre le carreau, mais rien à faire, j'arrive pas à voir si c'est vraiment elle.

J'entre dans le café. Le juke-box passe de la musique country. Il y a trois tabourets libres côte à côte au comptoir. Je vais m'asseoir sur celui du milieu, pour gêner personne avec mon gros sac.

Je demande à la serveuse, qui doit avoir à peine vingt et un ans :

« Je pourrais juste avoir un verre d'eau, s'il vous plaît ?

— Un verre d'eau… ?

— Oui.

— Juste de l'eau ? Normale ?

— Oui, de l'eau normale. Du robinet. C'est gratuit, non ? »

Elle soupire et me sert un verre d'eau du robinet.

« Merci. »

Je bois une gorgée. D'eau chaude.

« Je peux vous poser une question ? »

Elle me répond pas, mais je la pose quand même :

« Y a une fille en photo, sur la vitrine, je crois que c'est ma sœur. Vous pourriez me dire si vous la connaissez ?

— Je viens d'arriver ici. Je connais personne.

— Ah. »

Ça tombe mal.

« Et vous savez à qui je pourrais demander ?

— Non. »

Elle s'en va. Elle est aimable, ça fait peur. Ma mère serait là, elle la traiterait de « sale bête ». Mon père, je vous dis même pas.

Je bois mon eau chaude. Et là, il y a deux flics qui s'assoient à côté de moi. Merde, merde, merde ! Un de chaque côté. Énormes. Je me sens toute petite au milieu.

Ils continuent à se parler (fort) comme si j'étais pas là. Je bois une autre gorgée, histoire de faire quelque chose. L'un d'eux me bouscule sans faire exprès.

« Oh, pardon, ma petite.

— Non, c'est rien. »

Il regarde mon sac.

« Tu pars en vacances ?

— Euh… oui.

— T'as de la chance. J'en ferais bien autant !

— Tu peux pas l'emmener ? me demande l'autre, pour rigoler.

— Tu fais le malin, mais tu serais perdu sans moi ! »

La serveuse, qui était en train de débarrasser une table, repasse derrière le bar et vient vers nous. Le flic qui m'a bousculée lui demande :

« C'est votre petite sœur ? »

Je crois que je vais tomber dans les pommes. Elle le fixe avec ses grands yeux de vache, comme dirait mon père.

« Non. »

Les deux flics se regardent et détaillent les autres clients. Celui qui voulait que j'emmène son collègue en vacances me demande, à moitié pour rire :

« Tu voyages pas toute seule quand même ?

— Non. Je… »

J'ai la voix qui tremble. L'autre policier veut savoir :

« Ils sont où, tes parents ?
— Ils sont… pas loin.
— C'est où "pas loin" ?
— Euh… je sais pas… Enfin, si…
— Tu sais pas où sont tes parents ?
— Si si, je sais. Mais euh…
— C'est bon, ma chérie ? T'as fini de bouder ? »

C'est la blonde qui s'approche. Je la regarde en deux fois. Pourquoi elle fait ça ? Elle enlève ses lunettes de soleil, qu'elle accroche à son débardeur. Du coup, ça tire dessus et ça lui fait un de ces décolletés ! Les deux policiers en perdent pas une miette.

« Bonjour, messieurs. J'espère qu'elle vous a pas dérangés. Elle nous faisait un petit caprice.
— Oh non, elle est mignonne comme tout.
— Comme sa maman, ajoute l'autre.
— C'est gentil, qu'elle leur dit avec un beau sourire. Bonne journée. »

Elle me prend par le bras, je ramasse mon sac et elle m'entraîne à sa table. Pendant qu'on marche, elle me dit à voix basse :

« Eh ben, on dirait que je t'ai sauvé les miches ! »

On va s'asseoir avec son frère. Ils prenaient leur petit déjeuner. Elle, je lui donne trente-trois ans. Lui, plutôt trente-six. C'est le genre de type qui plaît à Bonnie. Beau, un peu mauvais garçon, mal rasé comme elle aime. Par contre, sa chemisette est toute froissée.

« T'es toute seule ? qu'il me demande.
— Non. »

Il enlève ses lunettes et me regarde droit dans les yeux.

« Tu te fous de moi ? On a bien vu ton manège à la station-service.

— … OK. Oui.
— Comment tu t'appelles ?
— Jane. »

Bonnie a un grand poster de Jane Fonda dans sa chambre. Assise, habillée en Barbarella, les jambes écartées avec des grandes bottes argentées. Alors elle, mon père peut pas l'encadrer. Il faut pas lui en parler. Il dit que c'est une « gouine mal baisée qui défend les Viets ». Moi, je m'en fous qu'elle défende les esclaves de Sogo (dans *Barbarella*) ou les Viets. Je la trouve belle.

La blonde me dit :

« Lui, c'est Trent, et moi, c'est Roxy.
— Pourquoi vous m'avez aidée ?
— Tu sais garder un secret ?
— Oh oui. »

J'en connais plein que j'ai jamais dits à personne. À part à Sandy.

« On est… »

Trent la coupe :

« Non, Roxy…
— T'inquiète ! C'est pas elle qui va aller voir la police !
— Non, je leur dis pour les rassurer.
— Y a des gens qui nous recherchent. (Trent soupire et secoue la tête.) Et c'est ça, le truc : ils cherchent un couple, pas un couple avec un enfant…
— Pourquoi ils vous recherchent ?
— Il vaut mieux pas que tu le saches.
— Pour ta sécurité », ajoute Trent.

Ouah. J'ai vraiment envie de savoir maintenant.

« T'as quel âge ? me demande Roxy.
— Quatorze ans.

— Et où ils sont tes parents ?

— Ils sont morts.

— Oh, pardon. »

Je prends ma tête d'enterrement. Ils ont l'air gênés et ils osent plus rien dire. Et puis Trent jette un œil à mon sac :

« Et euh… où tu vas comme ça ?

— Chez ma tante Glinda. À… »

J'hésite.

« … Oklahoma City. »

C'est vachement loin, mais je tente le coup.

Je m'attendais à ce qu'ils bondissent de leurs sièges, mais tout ce que Roxy trouve à dire, c'est :

« Glinda ? Comme, euh… »

Elle cherche.

« C'est dans un film, non ? qu'elle demande à Trent.

— Non, le film, c'est *Gilda*, qu'il répond. Avec Rita Hayworth.

— Non, c'est pas à ça que je pensais. »

Moi non plus. J'en ai jamais entendu parler, de ce film. Roxy réfléchit quelques secondes et dit :

« Ah non, je sais. Comment c'est, cette actrice ? Celle qui a eu l'Oscar y a trois ans ? Glinda… ?

— Non, *Glen*da, corrige Trent. Glenda Jackson.

— C'est ça ! »

C'était il y a deux ans, pas trois. Et c'est Ali MacGraw qui aurait dû l'avoir, cet Oscar, pour *Love Story*. Ryan aussi était nommé et il l'a pas eu non plus. C'est honteux.

« Et t'y vas en stop, à Oklahoma City ? » veut savoir Trent.

Il a pas l'air de tiquer plus que ça.

« Ouais. »

Roxy lui demande :

« Alors ? On l'emmène ?

— Ouais, ça peut se faire.

— Ah, vous y allez aussi ? »

Il se regardent encore et Trent me répond :

« Ouais.

— Vous habitez là-bas ? je demande.

— Non, me répond Roxy.

— Vous habitez où ?

— On cherche un endroit où s'installer, m'explique Trent. Hein, ma belle ? »

Il l'embrasse. C'est pas son frère. Un frère et une sœur, ça s'embrasse pas comme ça.

« Vous cherchez où ? je demande quand ils ont fini.

— Partout. Pour l'instant, on voyage, à droite à gauche…

— Ah. Au hasard ?

— C'est ça. »

Si ça se trouve, ils pourraient carrément m'emmener à Los Angeles. Je vais quand même attendre avant de leur en parler. Je veux pas exagérer. Surtout qu'ils proposent de m'offrir le petit déjeuner. Je crois que c'est mon jour de chance.

« Elle pouvait pas venir te chercher ? veut savoir Roxy au moment où je commence à manger mes pancakes.

— Qui ça ? je demande la bouche pleine.

— Ben, ta tante.

— Euh… non… Elle conduit pas, elle est en fauteuil roulant. En fait, la maison où elle vivait avec mon oncle… Harry… a brûlé. Ma tante a réussi à sauter par la fenêtre mais, depuis, elle marche plus. Mon oncle, lui, il a voulu récupérer sa casquette rouge qu'il adorait et il est mort brûlé vif… Dans d'atroces souffrances…

— Quelle horreur ! »

Elle a l'air vraiment choquée. Moi, je mets du beurre de cacahuète sur mon deuxième pancake et je dis juste :

« Ouais. »

Mais je pense : « Bien fait pour ce con de Harry ! Il avait qu'à pas me piquer mon fric ! »

Elle reprend :

« Mais tu vas vivre où, alors, si la maison de ta tante a brûlé ?

— Oh, ça, c'était y a cinq ans. Elle vit dans un appartement maintenant.

— Ah, d'accord.

— Mais elle sait que tu voyages toute seule ? demande Trent.

— Je voyage pas toute seule, je suis avec vous ! »

Il sourit.

« T'es un drôle d'oiseau, toi ! »

Les deux policiers se lèvent. Ils nous font un petit au revoir de la main avant de sortir. Je dis à Roxy et Trent :

« Eh ben, on dirait que je vous ai sauvé les miches ! »

*

Ce qui est bien avec Roxy et Trent, c'est que j'ai pas besoin de faire la conversation. À peine montés dans la voiture, ils ont allumé la radio et ils parlent que tous les deux, tout bas. J'entends rien du tout. Pourtant, c'est pas faute d'essayer.

Ça fait que je peux penser à plein de trucs et surtout à Bonnie. Est-ce que c'était elle sur la photo ?

Elle est partie avec un garçon que je connaissais pas. Je me demande si elle est toujours avec lui, elle qui a tendance à se lasser au bout d'un moment.

Si on croise une voiture blanche, elle est toujours avec lui.

Alors…

Verte. J'en étais sûre.

Je pensais que Trent conduirait plus vite que ça. On risque pas de se prendre une amende, ni d'avoir un accident ! À moins qu'il fasse un malaise, comme le gars qui a tué Sandy. Mais il y a pas beaucoup de risques : l'autre, il était vieux, il avait au moins soixante ans.

C'est lui qui aurait dû mourir.

Trent freine tout d'un coup. Il s'arrête et fait une marche arrière. Je me retourne et je vois un gars qui court vers nous avec son sac à dos.

« Qu'est-ce qu'y a ? je demande.

— Tu vas avoir de la compagnie », me répond Trent.

Le type arrive à la portière de Roxy.

« Salut… ! (Il reprend son souffle.) Je vais à Indianapolis !

— C'est bon, qu'elle répond. Monte ! »

Il s'installe derrière elle et pose son sac entre nous deux. Je lui donne pas plus de vingt ans, même avec sa barbe. Enfin, son début de barbe : trois poils qui se battent en duel, comme dirait mon père.

« Salut ! qu'il me dit.

— Salut.

— Moi, c'est Gino.

— Jane. »

Trent redémarre. Personne parle et c'est un peu bizarre comme ambiance. Je demande à Gino :

« Ça fait longtemps que t'attendais là ?

— Non, cinq minutes. Les gens sont plutôt sympas. Ils s'arrêtent facilement quand ils voient un auto-stoppeur. »

Après, il y a un silence. Un long silence. Très long. Je cherche quelque chose à dire et j'ai l'impression que lui aussi. Il demande à Roxy et Trent :

« Et sinon, vous, ça fait longtemps que vous roulez ? J'ai vu que vous aviez une plaque du Maine. Vous êtes en vacances ? »

Roxy se retourne et lui répond :

« On emmène la petite chez ma sœur. Glinda.

— Ah, cool. Et vous vivez dans le Maine, c'est ça ? »

Elle chuchote :

« On y a vécu, mais je suis pas sûre qu'on y retourne. »

On l'entend à peine, avec Dr. John qui chante « Right Place, Wrong Time ».

« Pourquoi vous parlez tout bas ? demande Gino en parlant tout bas aussi (on se croirait à la bibliothèque).

— On n'est peut-être pas tout seuls dans la voiture… On vient de l'acheter et on se demande si le type qui nous l'a revendue était pas un agent de la CIA. On n'a pas trouvé de micro, mais on sait jamais… »

Je regarde Trent dans le rétro, mais il quitte pas la route des yeux.

« Euh…, répond Gino. Cool… »

Il a l'air de penser comme Dr. John, qui chante :

« *Wonder which way do I go to get on out of here*[1] »

« Mais…, chuchote Gino, je peux quand même me rouler un joint ? »

Roxy fait oui de la tête.

« Et tu peux le faire tourner, mais… (elle met un doigt devant sa bouche) chuuut. »

À la radio, Dr. John conclut :

« *I took the right road, but I must have took a wrong turn*

I took a right move, but I made it at the wrong time

I been in the right trip, but I made it in the wrong car[2] »

*

Ils ont fumé tous les trois la même cigarette et, depuis, plus personne parle.

Je m'ennuie un peu. Si Sandy était là…

On avait toujours des trucs à se raconter. Quand je la raccompagnais chez elle, à tous les coups, on avait encore des choses à se dire, alors c'était elle qui finissait

1. « Je me demande par où aller pour me sortir de là »

2. « J'ai pris la bonne route, mais pas le bon virage/J'ai pris la bonne décision, mais pas au bon moment/J'ai pris la bonne direction, mais pas dans la bonne voiture. »

par me raccompagner chez moi. Et puis on repartait chez elle… On pouvait faire le trajet cinq-six fois, comme ça. Ça me manque, ça aussi.

Je continue à lui parler tous les jours. Pour lui raconter ma journée, lui parler d'un film que j'ai bien aimé, ou lui demander de me faire un signe. De temps en temps, je crois en voir, des signes. Par exemple, quand j'entends les Carpenters dans un magasin ou quand j'entends son prénom dans la rue. Je sais bien que les Carpenters passaient déjà tout le temps à la radio avant qu'elle meure et que plein d'autres filles s'appellent Sandy, je suis pas idiote, mais si ça me fait plaisir de me dire que c'est elle qui me fait un signe, qui ça dérange ?

Sans le savoir, Gino interrompt Sandy. Il me demande à voix basse :

« Elle vit à Indianapolis, ta tante ?

— Non, à Oklahoma City.

— Ah, OK… »

Il regarde la route devant.

« Tu fais souvent du stop ? je lui demande.

— Tout le temps. Je me déplace que comme ça.

— Et ça se passe toujours bien ?

— Ouais, toujours. En tout cas, pour moi. Mais bon, il faut faire gaffe quand même. Des fois, tu peux mal tomber.

— Ah bon ?

— Ben, ouais, t'as des gens qui sont pas nets. Je sais qu'y a un couple d'auto-stoppeurs qui s'est fait buter par ici l'année dernière.

— Quoi ?! »

Trent et Roxy se retournent. J'ai parlé trop fort.

« Quoi ? je répète, tout bas.
— Ouais, je sais. C'est pas cool…
— Quand ça ?
— Je sais pas, l'année dernière.
— Des jeunes ?
— Ouais, dix-huit ans, je crois.
— Ils venaient d'où ? Ils allaient où ?
— Oh, j'en sais rien. Ils devaient aller en Californie, comme tout le monde. »

Comme Bonnie et son copain…

J'ouvre la fenêtre.

« Ça va ? » qu'il me demande.

Il me faut un petit moment avant de lui répondre :

« J'ai ma sœur qui est partie en stop y a un an. Elle allait en Californie avec son copain. Et j'ai plus de nouvelles.
— Ah, meeeerde… ! »

Il regarde Roxy et Trent.

« Non, mais t'en fais pas, ça doit pas être elle… »

Qu'est-ce qu'il en sait ?

Si on croise une voiture verte, c'est pas elle. Euh… non, plutôt une voiture bleue. Parce que des vertes, il y en a pas beaucoup.

J'ai le cœur qui va exploser.

Il y a une voiture qui arrive. Elle est trop loin, je vois pas…

Je respire plus.

…

Bleue !

Ouf…

Je le savais, elle va bien.

Évidemment qu'elle va bien.

« Euh… Et sinon… qu'est-ce qu'elle allait faire en Californie, ta sœur ?

— Mannequin.

— Ah ouais, coooool ! Elle doit être jolie alors.

— Magnifique. »

Il doit se demander comment je peux avoir une sœur magnifique, mais c'est pas ça qu'il me pose comme question :

« Et euh, toi… tu sais ce que tu veux faire plus tard ?

— Non… Et toi ?

— Moi, je veux réussir.

— Réussir quoi ?

— Ben, réussir !

— Mais dans quoi ?

— Ça, je m'en fous. Du moment que je gagne du fric… Là, je vais travailler avec mon oncle. Il a une agence immobilière à Indy[1].

— Et ça te plaît comme boulot ?

— Si ça rapporte, ça me plaira. »

Je sais pas si ça rapporte de soigner les baleines. Je me suis jamais posé la question.

« Et tu veux de l'argent pour faire quoi ?

— Ben, pour m'offrir tout ce que je veux ! Une belle voiture, des beaux costumes, une belle baraque. Et, quand t'as tout ça, t'as pas de mal à trouver une belle nana.

— Tu crois ?

— Je suis sûr, même ! Y avait une fille que j'aimais bien… Enfin, je l'aimais plus que bien… Ben, tu sais avec qui elle s'est fiancée ?

---

1. Diminutif d'Indianapolis.

— Non.

— Un gars con comme un balai ! Sauf que lui, ses parents, ils sont pleins aux as.

— Alors c'est pour ça que tu veux gagner de l'argent ?

— Et parce que je veux pas de la petite vie étriquée de mes parents. Je veux la *grande* vie ! Eux, ils avaient rien en arrivant ici, maintenant ils ont un peu, et moi, un jour, j'aurai tout.

— Tout ?

— Tout. »

Je crois que c'est un « enfoiré de capitaliste », comme dirait mon père.

Après notre petite conversation, il s'endort. Je le regarde et je trouve ça bizarre de voir ce gars que je connais pas dormir à côté de moi. Je le vois, là, complètement détendu, et j'ai une drôle d'idée qui me passe par la tête : je me dis que si je veux, je peux lui mettre une claque ! C'est pas que j'ai *envie* de lui en mettre une, mais si je veux, je peux. C'est quand même dingue !

Une fois, avec Sandy, on s'est retrouvées à marcher derrière Dick Cavett[1]. Je sais pas ce qu'il faisait à Philly. C'était la première fois (et la seule) que je croisais une vedette. Eh ben, d'un coup, je me suis dit : « Si je veux, je fous un coup de pied au cul de Dick Cavett ! » Je sais pas pourquoi j'ai pensé à ça. Bon, je l'ai pas fait, hein.

Mais j'aurais pu.

---

1. Présentateur de télévision américain.

Sans prévenir, Trent accélère et prend une sortie à fond la caisse ! On est bien secoués à l'arrière. Gino se réveille :

« Qu'est-ce qui se passe ?!

— On était suivis », répond Roxy, à voix basse.

On se retourne.

« Non, vous retournez pas ! »

Gino me regarde.

Trent va se garer derrière un magasin et on attend.

« Je crois que je vais y aller, dit Gino.

— T'es sûr ? chuchote Trent. On repart dans cinq minutes.

— Non non, c'est bon. Merci, en tout cas. C'était… cool. »

Quand il prend son sac, il me souffle à l'oreille :

« Ils sont sympas, tes parents, mais ils sont complètement cintrés. »

Je me demande comment il le sait. Et puis je comprends qu'il parle de Roxy et Trent.

« Salut, je lui dis. J'espère que t'auras tout un jour.

— Toi aussi, je te le souhaite », qu'il me répond en descendant de la voiture.

Moi, je veux pas forcément tout.

Juste Ryan.

*

Après Indianapolis, Trent a décidé de pas passer par Saint Louis et de prendre des petites routes. Des fois, Roxy, qui a une carte sur les genoux, le prévient trop tard qu'il fallait tourner. Et d'autres fois, il ralentit pour laisser une voiture nous dépasser. Bref, on n'est pas près d'arriver.

Je fais pipi dans l'Illinois. Dans un bois entre Vincennes et Lawrenceville. Roxy, qui avait envie aussi, est pas loin.

On en profite pour changer de conducteur. Trent, qui voulait dormir, s'allonge à l'arrière et je me retrouve à la place du passager. Je préfère, j'entends mieux la radio.

D'un coup, Roxy me demande :

« On est mardi ou mercredi ?

— On est lundi.

— Ah ? »

Elle me dit rien d'autre pendant quelques minutes, et puis encore, d'un coup :

« Profite d'être jeune et innocente… Ça passe vite, tu sais. Un matin, tu te réveilles et tu te dis plus "Chouette, encore une belle journée qui s'annonce, qu'est-ce qui va m'arriver de bien ?", tu te dis "Merde, il faut encore remettre ça aujourd'hui, qu'est-ce qui va *encore* me tomber sur le coin de la gueule ?" Et *là*, tu sais que t'es passée de l'autre côté. »

Euh… non… Moi, je passerai jamais de l'autre côté. Je serai heureuse, quand je serai grande. Plus heureuse que maintenant. Et même que j'ai hâte d'y être.

« Je me revois à ton âge. C'était la belle vie… »

La belle vie ?! Je crois qu'elle a oublié ce que c'est ! On peut rien faire, les parents décident de tout, on est obligés d'aller à l'école. On n'a pas d'argent, pas de voiture, pas de maison à nous, juste une petite chambre où on peut même pas mettre les posters ou les rideaux qu'on veut. Non, c'est les adultes qui ont la belle vie.

« … Pas de soucis, pas de chagrin… »

Quoi ?! *Pas de chagrin ?!* Les adultes, ils croient que parce qu'on est petits, on a des *petits* chagrins. Moi, je crois que c'est tout le contraire. Tout est plus grand quand on est petit…

Elle continue :

« Tu vois, là, on bourlingue, on va où on veut… On pourrait croire qu'on est libres… Mais pas du tout. »

Elle monte encore un peu le son de la radio et elle me dit, en se penchant vers moi et en me regardant droit dans les yeux :

« On est surveillés. On est *tous* surveillés. »

Et elle regarde à nouveau la route.

« T'as un joli profil, qu'elle me dit encore.

— Euh… merci. »

C'est drôle, sa façon de changer de sujet !

À la radio, ils annoncent les actualités et ils parlent du Watergate, comme d'hab. Ça m'intéresse pas du tout, mais Roxy pince la jambe de Trent pour le réveiller et monte encore le son, pour mieux écouter, cette fois. Ils parlent de Nixon, qui vient de refuser de donner des bandes magnétiques au juge. Je sais pas si c'est à cause de ça, mais Roxy frappe plusieurs fois sur le volant, « hystérique », comme dirait mon père. Elle se met à rouler sur les graviers au bord de la route et elle s'arrête. Elle sort de la voiture comme une folle, ferme même pas sa portière, s'enfonce en courant dans un champ et, la tête entre ses mains, pousse un long cri de rage !

Trent pose un doigt sur ses lèvres, comme pour me faire « Chut », puis il dit, assez fort, très calmement :

« Allez, viens, Roxy… Ça va nous faire du bien de nous dégourdir les jambes ! »

Il descend, claque sa portière et celle de Roxy, et va la rejoindre au milieu du champ. Il la prend dans ses bras.

Je me demande si Gino avait pas raison. Je crois qu'ils sont complètement jetés, tous les deux.

*

On a mangé des pizzas à Salem. Roxy s'était calmée entre-temps et on a fait comme si de rien n'était, surtout elle. Avec Trent, ils m'ont invitée et ça m'a un peu gênée, mais j'ai repensé à Rob. Je crois qu'il a raison. En tout cas, j'ai pris.

Entre Salem et Anna, il se met à tomber des cordes et, par moments, la voiture est même drôlement secouée par le vent. Trent, qui a repris le volant, coupe la radio, qu'on n'entendait plus de toute façon, tellement la pluie fait du bruit. Je suis bien contente d'être à l'abri dans la voiture. Même à l'arrière.

Je pense à Bonnie. C'est un de ses anciens petits amis, Todd, qui adorait *Playboy*. Je crois que c'est comme ça qu'elle a découvert les *playmates*. Et, quand mon père lui a dit qu'elle pourrait jamais être mannequin, elle a voulu devenir la nouvelle Marilyn Cole,

Miss Janvier 1972. Il faut dire qu'elle a jamais été pudique. Tout le contraire de moi.

Il y a autre chose aussi, c'est qu'elle était vraiment raide dingue de Todd et, manque de bol, il l'a larguée. C'est la seule fois où c'est pas elle qui a décidé que c'était fini. Quand c'est arrivé, elle a mis au moins un mois avant de sortir avec un autre garçon. Un copain de Todd justement, pour le faire souffrir, sauf que ça lui a rien fait du tout. Je crois que ça a encore plus motivé Bonnie à atteindre son rêve.

Elle adorait imaginer la tête de « cet empaffé » quand il ouvrirait la page centrale et qu'il la trouverait là, toute nue, « sublime, maquillée et coiffée comme une star » ! Il en serait malade de l'avoir plaquée pour « une espèce de roulure » ! Il s'en mordrait les doigts, ça c'est sûr. Elle espérait qu'il viendrait frapper à la porte de mes parents pour demander de ses nouvelles, et là, ma mère lui répondrait qu'elle vivait à Los Angeles maintenant… « Bien fait pour sa pomme à ce trouduc ! »

Quand il l'a quittée, il y a un peu plus d'un an, j'étais encore un peu jeune pour qu'elle me raconte ce genre de chose. C'est pour ça qu'elle me l'a pas raconté. Je l'ai lu dans son journal. Je sais que ça se fait pas, mais c'est pas comme si j'avais fouillé dans sa chambre pour le trouver ; je suis tombée dessus par hasard. Je voulais essayer ses chaussures à talons et il était dessous, dans la boîte. J'ai juste lu les dernières pages parce que je voyais bien qu'elle était triste et je m'inquiétais pour elle.

« Qu'est-ce qu'il fout là, lui ? » demande Trent.

Une voiture est arrêtée sur le bas-côté et un type trempé s'agite au milieu de la route pour qu'on s'arrête.

« T'ARRÊTE PAS ! » crie Roxy.

Trent accélère et le pauvre gars se jette contre sa voiture pour pas se faire écraser. Je me retourne et je le vois nous faire des doigts d'honneur.

« C'était peut-être un piège », m'explique Roxy.

Une heure et demie après, on passe à Cairo. Cairo ! J'en reviens pas ! C'est là que Jim, qui est un esclave, veut aller avec Huck pour retrouver sa liberté, dans *Les Aventures de Huckleberry Finn*. C'est un de mes livres préférés ! On traverse même le fleuve Mississippi. Rien que le nom, « Mississippi », ça fait rêver, je trouve. Mississippi… Quand on franchit le pont, je peux pas m'empêcher d'imaginer Huck et Jim sur leur radeau…

Un panneau nous souhaite la bienvenue dans le Missouri. C'est là que la radio nous apprend qu'un avion s'est écrasé à Saint Louis, il y a un peu plus d'une heure, à cause de la tempête. Trente-six morts et huit survivants, dont deux « dans un état critique ». Pendant que moi, j'étais à l'abri dans la voiture.

Je déteste la mort. C'est injuste. Ça te tombe dessus comme ça, comme la foudre sur cet avion. Il y a que mon grand-père qui l'a sentie venir. Le père de mon père. Pourtant, il était en forme. Mais un soir, il a appelé chez nous pour prévenir : « Je vais mourir cette nuit. Passez demain matin. Vers dix heures, ce sera très bien. » Et, quand mes parents sont arrivés le lendemain à dix heures, il était mort, dans son lit.

Sandy, elle, a rien vu venir, et moi non plus. C'était un samedi comme un autre. On devait aller goûter chez elle. On *aurait dû* aller goûter chez elle. On serait restées un peu plus longtemps chez le disquaire, même une minute, même moins, la voiture l'aurait pas fauchée. On aurait marché tranquillement et on aurait vu un maboul se payer un mur devant nous. On serait allées goûter et on aurait écouté le dernier album des Carpenters que Sandy venait d'acheter.

C'est arrivé tellement vite. On a entendu le grondement du moteur qui s'emballait et le bruit de la voiture qui montait sur le trottoir. On s'est retournées, je crois que j'ai couru sur le côté, je sais plus, mais tout de suite la voiture a renversé Sandy, qui a même pas eu le temps de crier. Moi, je sais pas si j'ai crié. J'ai vu Sandy tomber et disparaître sous la voiture qui a été comme soulevée. Ça a fait un bruit horrible. Je l'entends encore. Quand Sandy a réapparu, c'était plus Sandy. Elle était toute… Il y avait du sang partout, sur elle, dans ses cheveux, par terre. Surtout par terre. Tout le monde criait. Des gens ont couru vers elle, ils se sont mis tout autour et je l'ai plus vue. J'entendais une femme pleurer. Quelqu'un m'a entraînée plus loin et me parlait, mais je comprenais rien. Tous les bruits résonnaient et tout est devenu blanc. J'ai senti des picotements sur mon visage. Après, on m'a dit que j'avais fait un malaise.

Les jours qui ont suivi ont été atroces. Et Bonnie était même pas là pour me consoler. J'avais que mes parents : mon père, qui a rien trouvé de mieux à dire que son heure était venue et que c'était le destin, et ma mère, qui m'a juste conseillé de choisir une amie plus moche que moi la prochaine fois.

Je dois avouer que je me pose la même question que Rob, qui se demande pourquoi c'est son copain qui est mort. Pourquoi Sandy et pas moi ?

Je pense à ces gens qui étaient dans l'avion qui s'est écrasé. Ils savaient pas, quand ils se sont levés ce matin, que c'était leur dernière journée. Ils se sont habillés comme un jour normal. Ils avaient des projets, des rendez-vous, des rêves… Et d'un seul coup, plus rien.

Roxy se retourne :

« Tu peux dormir si tu veux.

— Ça va. Je suis pas fatiguée. Mais… on va rouler toute la nuit ?

— Non. (Elle se penche vers moi et baisse d'un ton.) On va trouver un petit motel à Springfield.

— D'accord. »

Après, elle discute avec Trent, mais avec la radio, j'entends pas ce qu'ils se disent.

Je me parle toute seule, dans ma tête, pendant, je sais pas, une heure. Des fois, il y a Bonnie assise à côté de moi, des fois, c'est Sandy. C'est avec elle que je regarde le soleil se coucher. À l'ouest, sur Los Angeles. Sur Bonnie.

Il fait nuit quand on s'arrête dans un *diner*, à Van Buren. Roxy et Trent s'assoient l'un à côté de l'autre, face à la porte (ils me disent qu'ils s'assoient jamais tous les deux dos à la porte). Trent regarde un couple à une table plus loin et il chuchote à Roxy :

« Jack Palance[1]. »

Roxy fait non de la tête, mais il précise :

« La femme. »

On la regarde et on explose de rire. C'est vrai qu'elle ressemble à Jack Palance, cette pauvre dame ! Après ça, on n'arrête pas de rire, tous les trois. Ça faisait longtemps que j'avais pas rigolé comme ça. Au moins deux mois et demi.

1. Acteur américain.

Je sais pas trop quoi commander. Tout me fait envie, mais comme c'est pas moi qui paie…

« Prends ce que tu veux », me dit Trent.

Roxy choisit de la dinde et des pommes de terre. Trent, lui, se décide pour du rosbif avec des petits pois-carottes. Je prends comme Roxy.

Lorsque la serveuse apporte les assiettes, tous les deux, ils font moitié-moitié. Je trouve ça vraiment mignon. J'espère qu'on fera moitié-moitié avec Ryan, un jour.

En dessert, on prend tous les trois du *German chocolate cake* qui, d'après Trent, est « typiquement américain » et a rien d'allemand. Je sais pas si c'est vrai, mais c'est pas grave. Tant qu'il y a du chocolat dedans…

Quand on sort du restaurant, la nuit est très noire et il y a juste un lampadaire qui éclaire la dizaine de voitures et les trois grosses motos qui sont garées sur le parking. Alors qu'on passe à côté des motos, Trent me demande :

« Tu veux monter dessus ? »

Quelle drôle d'idée !

« On n'a pas le droit ! C'est pas à nous…

— OK, tant pis pour toi… T'auras peut-être plus jamais l'occasion de monter sur une Harley. »

Ça, ça m'est égal. Roxy regarde le ciel, alors je lève les yeux et j'ai jamais vu autant d'étoiles de ma vie. Elles brillent pas à ce point-là à Philly. On admire le ciel tous les trois et au bout d'un moment, ça me fait peur de me dire qu'on est tous sur un petit caillou suspendu dans le vide. J'ai un frisson et j'arrête de regarder. Je dis :

« J'aimerais bien voir une soucoupe volante, comme dans *Les Envahisseurs*.

— Ça existe, tu sais, répond Trent. Pour de vrai. C'est pas des conneries !

— T'as entendu parler de Roswell ? me demande Roxy.

— Non…

— Y a un ovni qui s'est écrasé en 1947. Ils ont dit que c'était un ballon-sonde, mais tout le monde sait qu'en fait, c'était une soucoupe volante. »

Moi, je savais pas.

« C'est comme pour la lune, on nous ment, dit Trent. En vrai, on n'y a jamais foutu les pieds… »

Je regarde la lune, qui est coupée en deux, ce soir. D'après Roxy :

« Ils ont filmé les astronautes dans un studio à Hollywood. »

Ils ont quand même des drôles d'idées… Mais il faudra que je leur demande de m'en dire plus sur la soucoupe qui s'est écrasée à Roswell. Pas dans la voiture, à cause des micros, mais plus tard. Ça m'intéresse bien tout ça.

Je m'endors assez rapidement une fois qu'on a repris la route. Je me réveille de temps en temps, je les entends chuchoter, et je me rendors. À un moment, j'entends quelqu'un parler, comme dans une gare. C'est une drôle de musique qui passe à la radio. Ça me file la chair de poule. Je prends mon blouson dans mon sac et je le mets sur moi comme une couverture. À la fin, l'animateur, je sais pas qui c'est parce que moi je connais que David Dye, Michael Tearson et Ed Sciaky, qui passent sur WMMR à Philly, bref, le gars dit que c'était « On the Run » des Pink Floyd. Ça fait peur. J'aime pas du tout. À cause d'eux, j'arrive pas à me rendormir.

Je pense à mes parents. Ils doivent dormir, eux. Moi aussi, normalement, je devrais être au lit à cette heure-ci. Mais, au lieu de ça, je suis dans une voiture dans le Missouri ! Je me demande ce que mon père en dirait, s'il était là. Sûrement que c'était « le destin ».

*

À une heure et demie du matin, j'étais au lit, dans une chambre de motel à Springfield. Je me suis endormie tout de suite. Je sais même pas comment j'ai fait pour me brosser les dents, tellement j'étais fatiguée. Trent et Roxy avaient pas l'air fatigués du tout, eux. Ils ont tiré les rideaux, allumé la télévision, couvert les miroirs dans la chambre et dans la salle de bains, et ils ont regardé partout s'il y avait pas des micros cachés. J'ai même pas eu le courage de les aider. Je me suis endormie avant qu'ils aient fini de chercher, mais je pense qu'ils ont rien trouvé parce que sinon ils seraient pas là, sur le lit d'à côté, à discuter tranquillement, la télé allumée.

Je suis réveillée depuis une dizaine de minutes. Je regarde ma montre : il est quatre heures. J'attends de voir si je me rendors. C'est la première fois que je dors à l'hôtel (enfin, je dors pas vraiment là, mais bon) et je trouve ça chic. La chambre est toute simple, mais il y a quand même un fauteuil. Un fauteuil à côté de mon lit ! C'est classe, non ? Au bout d'un moment, je me redresse sur mon coude. Trent me voit et fait « Chut » à Roxy. Il me dit :

« Tu dors pas ?

— Non…

— Tu… tu veux venir avec nous ?

— Ça vous dérange pas ?

— Non, viens… »

Je les rejoins.

« C'est quoi ça, du "Quaalude[1]" ? » je demande.

C'est écrit sur un flacon posé sur leur table de chevet. Trent me répond que :

« C'est… euh… un médicament pour se détendre. »

Faudrait que ma mère donne ça à mon père…

Roxy est plus détendue que Trent. Elle a l'air un peu rêveuse. Lui est plus nerveux. Il devrait peut-être en prendre un. Il me dit que :

« Les Russes ont fait un essai atomique au Kazakhstan aujourd'hui. Un de ces quatre, ça va péter. Heureusement, on se rendra compte de rien. On sera en train de discuter, ou de manger, et bam ! Pulvérisés en une seconde. »

Roxy le regarde la bouche ouverte. Ça a pas l'air de la perturber.

« C'est pas Nixon qui va nous sortir de cette merde… Au lieu d'espionner les démocrates, il ferait mieux de s'occuper des Russkoffs ! Kennedy, au moins, il s'était pas dégonflé, avec Castro ! Qu'est-ce qu'il attend pour revenir, putain ? Il va pas se planquer pendant cent sept ans ! »

---

1. Médicament très en vogue dans les années 1970 aux États-Unis où il était utilisé comme drogue récréative.

Il s'arrête et il me demande :

« Tu sais qu'il est pas mort ? Il s'est tiré avec Marilyn. Ça fait dix ans qu'ils sont peinards, aux Bahamas ou je sais pas trop où… »

Je comprends rien. Je regarde Roxy, qui a pas bougé depuis tout à l'heure. On dirait qu'elle dort, les yeux ouverts.

« C'est comme Bruce Lee ! T'inquiète pas, il est pas mort, vendredi. Pareil, il se planque. Pour échapper à la mafia chinoise… Je sais pas qui ils vont enterrer, mais sûrement pas lui ! À tous les coups, ils ont déjà trouvé un autre petit Chinois qu'ils vont foutre dans le cercueil ni vu ni connu… »

Roxy se met à rigoler. Trent la regarde et lui dit :

« Je te jure, bébé, dès qu'on trouve un endroit sûr, qui nous plaît, on achète un terrain. Un petit bout d'Amérique rien qu'à nous, où on fera pousser nos légumes, histoire d'arrêter de bouffer la merde qu'on nous donne. (Il se tourne vers moi.) Tu sais, Jane, ils mettent des trucs dans la bouffe…

— Quels trucs ? je lui demande.

— Des tas de saloperies pour que ça pousse plus vite, et ce sera de pire en pire. Tu vas voir qu'ils vont finir par nous empoisonner, avec leurs conneries !

— Je savais pas. C'est grave… »

Je me dis qu'il exagère peut-être un peu. En fait, depuis un moment, je me demande s'il y a vraiment des gens qui les recherchent.

« Pourquoi on vous recherche ?

— Parce qu'on sait des choses qu'on devrait pas.

— Quoi comme choses ?

— Ça, on peut pas te le dire.

— Et comment vous pouvez être sûrs qu'on vous en veut ?

— Y a beaucoup de gens qui sont morts autour de nous. Comme ça, du jour au lendemain. Des amis, des voisins…

— Ils étaient pas malades ?

— Avec la médecine, y a toujours des explications rationnelles à tout. Si tu les écoutes, le cancer, c'est naturel, ça sort pas d'un labo !

— Mais pourquoi on vous a pas tués, *vous* ? Pourquoi on a tué vos voisins, si c'est vous qui savez des choses ?

— Qu'est-ce que t'y connais en méthodes de la CIA, toi ? »

Je suis un peu vexée, alors je lui réponds que :

« Mes parents savaient des trucs qu'ils auraient pas dû et c'est eux qui se sont fait tuer devant moi, c'est pas nos voisins ! »

Je suis peut-être allée un petit peu loin parce que d'un coup, il change de couleur. Il se lève et dit à Roxy en lui montrant la salle de bains :

« Louise, je peux te parler ? »

Pourquoi il l'appelle Louise ? Ils m'ont pas donné leurs vrais prénoms, eux non plus ?

Il me dit qu'ils me laissent « juste deux minutes » et ils vont s'enfermer dans la salle de bains pendant au moins un quart d'heure. Peut-être même plus, je sais pas : après, je retourne dans mon lit et je m'endors.

Mardi 24 juillet 1973

C'est l'envie de faire pipi qui me réveille à sept heures et demie. Je me lève tout doucement parce que Trent et Roxy (ou Louise) doivent encore dormir… et puis je me rends compte qu'ils sont pas là ! Où ils sont passés ? Ils ont déjà refait leur lit. La porte de la salle de bains est ouverte : ils sont pas là non plus. Ils ont dû sortir prendre le petit déjeuner. Je vais faire pipi et je profite d'être toute seule pour prendre ma douche. C'est agréable parce que je peux traînasser, pour une fois : il y a personne pour tambouriner à la porte parce qu'il veut aller au petit coin, pour me demander ce que je fous là-dedans ou me dire que je suis pas toute seule ou qu'on voit que c'est pas moi qui paie l'eau ou je sais pas quoi.

Je retourne dans la chambre, enveloppée dans une grande serviette de bain, j'ouvre les rideaux et je remarque qu'il y a plus leurs affaires. Je regarde sur le parking : il y a plus leur voiture non plus ! Je commence à paniquer. Je me tourne vers mon sac : il est plus là !

Merde… J'aurais dû me méfier et dormir avec. C'est pas vrai… Je me suis déjà fait avoir une fois. Quelle conne ! Maintenant, j'ai plus rien !

Je fais le tour du lit pour être sûre : non, pas de sac ! Je crois que je pourrais vomir, mais c'est pas le moment.

Je vais voir de l'autre côté, derrière leur lit et je le vois, ouvert, et toutes mes affaires à côté, étalées par terre. Je m'approche. Il reste plus que le pistolet au fond du sac. Je m'assois par terre, sur la moquette. Même pas sur le lit, même pas sur le fauteuil. Sur la moquette.

Pourquoi ils ont fouillé dans mes affaires ? C'est peut-être à cause de ce que j'ai raconté sur la mort de mes parents. Je crois que ça leur a fait peur. Et, quand ils ont vu le pistolet, ça a pas dû les rassurer. Merci bien, Rob ! Maintenant, j'ai plus qu'à trouver quelqu'un d'autre pour m'emmener à Oklahoma City.

Je me décide à me relever, à tout ranger dans mon sac et à m'habiller.

Je sais pas comment ça marche, les motels, d'habitude. Si je dois rapporter la clé, si quelqu'un doit passer… Surtout, je sais pas si Trent et Roxy ont payé pour la chambre, alors je rapporte pas la clé. Je la laisse sur le lit, bien en évidence, et je m'en vais.

*

Je respire mieux quand je suis dans la rue, et encore mieux quand j'ai marché cent mètres. Je vais continuer à avancer en faisant du stop et en espérant que quelqu'un s'arrête. Quelqu'un de sympa. Je repense à cette histoire de soucoupe volante ; je regrette de pas avoir posé plus de questions hier soir.

Finalement, ils sont plusieurs à s'arrêter : trois grosses motos. C'est des motos comme celles qu'on a vues hier avec Trent, alors ça doit être des « Harley ». Si ça se trouve, c'est même celles qu'on a vues hier. Il y a un des motards qui a déjà une fille derrière lui, en short, comme moi. Ça doit être sa copine. Les gars ont les cheveux longs, des barbes et des bracelets. Des hippies. Ils ont tous les quatre entre vingt-deux et vingt-huit ans. La fille me demande :

« Tu vas où comme ça... ? »

Elle regarde mes chaussures rouges.

« ... Dorothy[1] ?

— À Los Angeles. »

Là, ils font tous une drôle de tête, alors je leur mens :

« Je rigole. À Oklahoma City. »

Et ça passe tout de suite mieux. Le blond, celui qui a la fille derrière lui, me dit :

« Avec Liza (il me montre la fille), on y va cet après-midi. On peut t'emmener. Mais, avant, faut qu'on s'arrête à Tulsa. On mange un bout et on file.

— Mais vous serez déjà deux...

— Et alors ?

— Ben, y aura pas de place pour moi.

---

1. Le personnage de Dorothy dans *Le Magicien d'Oz* porte des chaussures rouges, en rubis.

— On y va en voiture, me répond Liza.

— On a des fauteuils à récupérer chez un pote, précise le blond.

— Ah, génial.

— Allez, grimpe ! me propose un des types.

— Et mon sac ?

— T'inquiète. Cole, tu le prends avec toi ? »

« Cole » attrape mon sac et l'attache sur sa moto pendant que je m'installe derrière celui qui m'a dit « Grimpe ! ».

« Moi, c'est Hank.

— Et moi… Judy.

— Nooon ?! s'étonne la fille. Comme Judy Garland ?

— Ouais. »

En fait, non. Comme Barbra Streisand dans *On s'fait la valise, docteur ?*. Avec Ryan.

« C'est fou ! T'as les chaussures de Dorothy, tu t'appelles Judy et moi, c'est Liza ! Comme Liza Minnelli, la fille de Judy Garland, qui joue dans *Le Magicien d'Oz* ! C'est un signe ! Il fallait qu'on se rencontre ! »

Sauf que je m'appelle pas vraiment Judy…

« Tu connais déjà Hank, Cole, et lui (elle tapote l'épaule du blond qui est devant elle sur la moto), c'est Billy. »

Quand il entend son prénom, Billy lève la main comme à l'école.

« Salut », je leur dis à tous.

Et on démarre. Ils m'ont même pas demandé mon âge ou ce que je faisais là, toute seule !

C'est chouette, la moto. J'ai déjà fait du vélo, mais c'est beaucoup plus impressionnant. Je m'accroche à Hank et je dois dire que ça me fait bizarre de serrer un inconnu dans mes bras. J'ai pas l'habitude. J'ai même pas l'habitude de serrer les gens que je connais dans mes bras, alors…

J'ai un petit peu peur au début. C'est pour ça que je ferme les yeux. Et puis, assez vite, je m'imagine que c'est Ryan, contre moi. Et j'oublie tout, j'ai plus peur, je risque plus rien. C'est magique. Jusqu'à ce que Hank se retourne pour me demander, en criant, si :

« ÇA VA ? »

Je retombe sur terre, j'ouvre les yeux et je lui réponds, en criant moi aussi, que :

« OUI ! »

On peut pas discuter beaucoup plus, mais ça me dérange pas. Je profite d'être là, d'être bien, de sentir le vent dans mes cheveux. À un moment, les gars roulent un peu moins vite, et Liza met ses bras en croix. Hank me dit de faire pareil si je veux, alors j'essaie. Et là, c'est incroyable. D'un coup, je me sens libre… liiiibre ! Pendant je sais pas, peut-être une minute, je suis plus ni dans le passé avec Sandy, ni dans l'avenir avec Bonnie. Je suis là, avec Hank et les autres. Ici et maintenant.

Liza se met à crier, et les gars font pareil. J'ai envie d'en faire autant, mais ça me gêne un peu. Quand même, je me dis que je devrais peut-être essayer, que sinon je vais regretter. Alors je crie, je hurle même. Ça aussi, ça me fait bizarre. Je me rends compte que j'ai jamais hurlé de ma vie. Je veux dire vraiment hurlé. On peut pas hurler comme ça en ville. Ça se fait pas. Et, même à la campagne, ça doit pas arriver tous les jours. En tout cas, ça fait du bien. Je comprends Roxy, hier, dans le champ. Je hurle encore, de peur ce coup-ci, quand Hank lâche le guidon, et ça le fait bien rire. Moi aussi, mais pas tout de suite. Ça nous fait tous rire.

On s'arrête à Joplin pour faire le plein et une prière pour Janis, même si elle a rien à voir avec cette ville. Billy cueille des fleurs pour Liza. Il lui offre son petit bouquet et lève la tête pour l'embrasser (elle est plus grande que lui). Il me semblait bien que c'était son amoureux.

Le vieux pompiste qui nous sert, qui a presque plus de dents, dit qu'il a voyagé aussi, une fois, quand il était jeune :

« Je suis allé à Miami.

— Ouah ! répond Cole. C'est la classe, mec ! Les palmiers, l'océan… c'est bonnard !

— L'océan ? Non… y a pas d'océan à Miami…

— Ben, si, mec ! C'est la Floride !

— Non… Miami dans l'Oklahoma. Vous y passerez, c'est sur la Route 66. Oh, c'est bien à, pfff, vingt-huit miles[1] ! »

Je crois que c'est un des trucs les plus tristes que j'aie jamais entendus.

On reprend la route, on entre dans l'Oklahoma, et lorsqu'on dépasse Miami, une demi-heure après avoir quitté le vieux bonhomme, je regrette qu'on n'ait pas pu l'emmener.

*

1. Quarante-cinq kilomètres.

Une heure et demie et une pause pipi plus tard (si Rob était passé par là, j'en connais trois qui auraient mouillé leur froc !), on arrive à Tulsa. Enfin, pas exactement à Tulsa : Hank et les autres m'emmènent dans une espèce de campement de hippies en dehors de la ville, avec des maisons en bois, des tentes, des vans repeints de toutes les couleurs et aménagés pour y dormir ou peut-être même y habiter.

Cole donne mon sac à Billy, qui va le mettre dans le coffre de sa voiture orange.

Hank me présente à un type torse nu qui s'appelle Jerry et qui a l'air d'être complètement dans la lune. Je sais pas si Neil Armstrong y est allé, mais lui, j'ai aucun doute ! Il me demande trois fois comment je m'appelle et trois fois je lui réponds « Judy », mais, s'il me repose la question, je crois que je vais changer, pour voir. Il me demande pourquoi je vais à Oklahoma City.

« Je vais voir une cousine à qui on doit faire une greffe. Une greffe de rein. En fait, je vais lui donner mon rein. Je m'en sers pas. »

Ça les fait tous rire. Je sais pas pourquoi. C'est Cole qui m'explique :

« Euh, tu sais qu'on en a deux… ?

— … Ouais… »

En vrai, je savais pas.

« … mais je me sers pas des deux… »

Jerry demande :

« Qu'est-ce qu'y a comme organes qui servent à rien ?

— Aucun, je pense, répond Cole. Y a rien qu'on nous a mis là-dedans juste pour le plaisir ! »

Tout le monde réfléchit. Liza demande :

« L'appendice, c'est un organe ?

— Il me semble, dit Billy.

— Puisqu'on l'enlève aussi facilement, c'est bien que ça sert à rien. Moi, on me l'a enlevé et je vois pas la différence.

— Je sais qu'on peut vivre avec un tout petit bout d'estomac de rien du tout, nous apprend Hank.

— C'est vrai, dit Cole. Et y a des gens qui vivent avec un tout petit bout de cerveau de rien du tout ! Ha ha ! »

Tout le monde rit. Il continue :

« Sans blague, j'ai lu un truc sur un mec qui avait tout le temps mal à la tête. Ils ont fini par l'opérer et ils se sont rendu compte qu'il avait un cerveau de la taille d'une noix ! Autour, y avait que du liquide. Il arrivait à réfléchir et tout, sauf qu'il avait tout le temps mal à la tête. Le gars, c'est une énigme pour la science. »

Un cerveau de la taille d'une noix… On médite tous là-dessus. Jusqu'à ce que Billy demande :

« Ça sert à quoi la rate ? »

Tout le monde se regarde. Personne sait à quoi ça sert. J'imagine que c'est un organe qui intéresse pas les gens.

Un peu plus loin, il y a des enfants qui jouent à se courir après. Souvent, les filles jouent avec les filles et les garçons avec les garçons, mais là, ils s'amusent tous ensemble.

Liza me demande si j'ai faim et je lui avoue que oui, alors on va tous s'asseoir avec d'autres gens qui sont déjà en train de manger. Ce qui me sidère, c'est que les filles ont pas de soutif ! À part Liza, mais elle, elle a des très gros nénés, c'est peut-être pour ça. Les gars, eux, ils ont tous les cheveux plus ou moins longs. Mon père dit que c'est parce que c'est des « tapettes », mais je pose quand même la question et Billy m'explique que :

« C'est en signe de contestation. À la base, c'était en partie pour dénoncer la guerre du Viêtnam. Parce que les soldats devaient se raser la tête, tu comprends ? »

Je comprends surtout que mon père m'a encore raconté n'importe quoi.

« Ce qu'on essaie de faire, qu'il m'explique, c'est de créer une nouvelle société, plus pacifique, plus égalitaire, solidaire… tolérante…

— On se dit que c'est nous l'avenir, ajoute une fille, et qu'on peut créer le monde qu'on veut. Qu'on n'est pas obligés de suivre les règles qu'ont suivies nos parents, nos grands-parents et les générations d'avant. »

Liza me tend une fourchette et un bol rempli de riz… marron.

« C'est quoi ? je demande.

— Du riz brun. Tu connais pas ?

— Non, je connais que le riz normal. »

Ça fait sourire tout le monde.

Je goûte et c'est bon. Moins que le riz normal, mais ça va.

Il y a un petit groupe un peu plus loin qui danse sur de la musique. D'autres repeignent une petite maison en rouge. Chacun a l'air de faire ce qu'il veut.

« Y a longtemps que vous vivez ici ? je demande.

— Cinq ans pour les plus anciens, répond Billy. Mais je suis pas sûr qu'on sera encore tous là dans cinq ans.

— Dis pas ça…, soupire Hank.

— Beaucoup sont partis…

— Mais d'autres arrivent.

— J'ai quand même l'impression que c'est plus pareil.

— Pourquoi c'est plus pareil ? » je demande.

Les autres baissent les yeux. Billy hésite :

« Les gens ont commencé à avoir peur de nous, avec tout ce qui s'est passé ces dernières années...

— Quoi ? Qu'est-ce qui s'est passé ?

— T'as entendu parler de Sharon Tate ?

— Un peu... C'était une actrice, non ?

— C'est ça, elle a été tuée, avec ses amis. Y a quatre ans. Par la "famille" de Charles Manson, des soi-disant hippies. »

Hank précise :

« C'est là que certains d'entre nous ont arrêté de croire au *peace and love* et au *flower power*.

— On nous regardait déjà comme si on était tous dingues, reprend Billy, mais, depuis, on nous prend carrément pour des criminels, complètement dégénérés... Et, quatre mois après, y a eu Altamont, le concert des Stones. J'y suis allé... Ça aurait dû être une grande fête, comme Woodstock, mais, au lieu de ça, ça a été un cauchemar. Ça te dit quelque chose ?

— Non.

— Y a eu une bagarre géante et un gars a été tué... »

Il s'interrompt. Liza lui prend la main. Il continue :

« Et puis y a eu la mort de Jimi, Janis et Jim... »

Je comprends qu'il parle de Hendrix, Joplin et Morrison. C'est drôle, il les appelle par leurs prénoms, comme s'il les connaissait.

Liza conclut :

« C'est la fin d'une époque... »

Je regarde le groupe qui est en train de danser. Ils ont l'air heureux. On dirait pas que c'est la fin. C'est comme s'ils étaient pas au courant. Ou peut-être que si, justement. Peut-être qu'ils veulent en profiter jusqu'au dernier moment.

*

Liza me fait faire le tour de leur « communauté ». On croise Jerry, toujours torse nu, qui a l'air de parler tout seul, mais, en fait, pas du tout : il discute avec des fleurs ! Une vraie conversation. Liza m'explique :

« Il est jamais redescendu… »

J'ose pas lui demander où il était monté.

On croise une fille qui se promène en donnant la main à deux garçons et qui les embrasse à tour de rôle ! J'ai jamais vu ça de ma vie. Moi, je voudrais pas que Ryan embrasse une autre fille devant moi ! À part au cinéma parce que c'est son métier (et encore). Liza voit que je les regarde.

« C'est lequel son amoureux ? je demande.

— C'est les deux.

— C'est possible, ça ?

— Oui, la preuve !

— Mais ça te dérangerait pas, toi, que Billy embrasse une autre fille ?

— Tu rigoles ? Qu'il essaie, tiens ! »

On rit.

Avant de m'emmener à Oklahoma City, elle veut me montrer sa cabane, qu'elle appelle son « Shangri-La ». Dès qu'on entre, je reconnais l'odeur de l'encens que Bonnie a fait brûler dans sa chambre une fois. Du patchouli. Mon père lui avait mis une de ces tartes ! Il disait que c'était « une odeur de drogués ». J'ai jamais bien compris ce que ça voulait dire.

Liza a pas plus l'air d'une droguée que Bonnie. C'est très joli chez elle. Il y a des tissus de toutes les couleurs accrochés aux murs et des coussins partout, même par terre. C'est vrai que ça manque de fauteuils ; ils font bien d'aller en chercher.

« Assieds-toi. *Mi casa es tu casa !* »

Elle me donne un verre de lait et une assiette avec des « dattes », et elle s'assoit en face de moi. Les dattes, c'est un fruit sucré avec un noyau. J'aime bien. Par contre, le lait est bizarre.

« Il est bizarre, le lait. Je sais pas s'il est encore bon.

— C'est du lait de soja. On boit pas de lait animal. »

Je repose mon verre, que je suis pas sûre de finir. Elle me regarde avec un drôle d'air.

« Tu connais ton animal totem ?

— Mon quoi ?

— Ton animal totem. C'est l'animal qui te protège.

— Comment ça ?

— C'est une force supérieure qui vient à ton aide quand t'en as besoin.

— Ah… »

Je reprends une datte.

« Alors ? Tu veux savoir quel animal te protège ?

— Euh… d'accord… »

Elle tape plusieurs fois dans ses mains, toute contente, et puis elle se lève d'un bond pour allumer une bougie.

« Il faut que je fasse un voyage chamanique… Normalement, je devrais le faire au son d'un tambour, mais j'ai mieux… »

Elle me montre le vinyle de « Space Oddity » de David Bowie.

« Avec ça, je décolle à tous les coups. »

Je le connais : je l'ai à la maison. Il fait partie des dizaines de disques que Bonnie m'a laissés : Elton John, Rod Stewart, Led Zeppelin… Plein de nouveaux chanteurs et de groupes que mes parents détestent. Depuis qu'elle est partie, je les écoute en cachette dans ma chambre et j'ai un peu l'impression d'être avec elle.

Avant de sortir, Liza m'explique :

« Faut que j'allume le groupe électrogène. Je reviens. »

Lorsqu'elle revient, elle s'allume aussi un joint. Je sais ce que c'est parce que j'ai déjà vu Gino, Roxy et Trent en fumer un hier.

« Ça m'aide. »

Elle pose le disque sur la platine. Le saphir sur le disque. On entend des crépitements avant les premières notes de guitare.

« *Ground Controool to Maaajor Tom*[1] »

Elle monte le volume pour couvrir le bruit du groupe électrogène.

« *GROUND CONTROOOL TO MAAAJOR TOM* »

Elle se tient debout au milieu de la pièce et se balance doucement de droite à gauche en fumant. Je la regarde,

1. « La Terre au commandant Tom »

j'ose pas bouger. Au bout de quelques minutes, elle tombe raide !

Je comprends pourquoi il y avait des coussins par terre !

« Liza… ? Ça va ? »

Je me lève et je m'approche d'elle.

« Liza ? »

Je lui secoue un peu l'épaule et je l'entends gémir.

« Tu veux que j'appelle quelqu'un ?

— … Non… »

Quand même, elle a pas l'air bien. Je me lève pour aller chercher de l'aide, mais elle m'arrête :

« Attends… »

D'un coup, elle se redresse, en pleine forme. J'ai l'impression qu'elle m'a un peu joué la comédie.

« C'est rien. J'étais en transe… »

Elle s'assoit en tailleur.

« J'ai vu quelque chose.

— Quoi ?

— T'es prête ?

— Ben, oui. »

Elle fait un peu durer le suspense avant de chuchoter, mystérieuse :

« Un éléphant.

— Euh… rose ? »

Mon père dit que c'est ce qui arrive quand on fume des joints.

« Non ! Un vrai éléphant !

— Ah…

— C'est ton animal totem. »

Je suis un peu déçue. J'aurais préféré un loup ou un tigre. Un dauphin, à la limite.

Le disque est terminé et on n'entend plus que le bruit du groupe électrogène et du saphir qui tressaute. Liza se lève pour arrêter la platine.

« J'ai vu un éléphant qui sortait de la brume. Il s'est avancé vers moi et il a planté son regard dans le mien. C'était vachement fort. »

Elle a encore les yeux qui brillent.

« Et c'est bien, l'éléphant ?

— C'est super ! Il symbolise la puissance et la sagesse. Et il sait se défendre. C'est pas pour rien qu'il a des grandes défenses. Non, fais-moi confiance, t'es entre de bonnes mains. »

De toute façon, si elle m'avait dit que mon animal totem était pas terrible, je l'aurais pas crue.

« Je vais éteindre le groupe… »

Je sors avec elle. Avec l'odeur de patchouli, je commençais à avoir un peu mal à la tête.

Je l'attends devant sa cabane. Quand le groupe électrogène s'arrête, on entend mieux les enfants qui rigolent.

Liza revient :

« Bon, on va peut-être y aller ? T'es prête ?

— Ouais. »

Ça fait un moment que je suis prête !

En chemin, on recroise Jerry.

« Ah, Liz ! Julie ! Ça baigne ?

— Ouais, répond Liza. Tu sais où est Billy ?

— Qui ça ?

— Euh… Billy.

— …

— Laisse tomber.

— C'est bien ce que tu fais pour ta cousine, qu'il me dit. De lui donner un rein. C'est une belle histoire. J'adore les belles histoires. Ouais ouais ouais ouais ouais. Moi, il m'est arrivé des sacrées merdes, c'est pour ça que je fume et que je picole, mais ça m'empêche pas d'aimer les belles histoires. Tu vas sauver ta cousine, c'est chouette. C'est une belle histoire. Ouais ouais ouais ouais ouais. J'adore. J'adore les belles histoires…

— Ouais, moi aussi », je réponds.

Il me sourit et il dit plus rien. C'est bizarre, j'ai l'impression qu'il est plus là, qu'il me voit plus, mais il continue de me regarder dans les yeux et de me sourire. Je lui dis que :

« C'est vrai que c'est chouette. »

On se regarde, avec Liza. Et, d'un coup, il est de retour :

« Non, c'est bien ce que tu fais. Elle a de la chance de t'avoir, ta cousine… Moi, je suis pas sûr que quelqu'un me donnerait un rein. C'est pas évident. Non non non non non. En tout cas, moi, j'aime bien les belles histoires. Surtout depuis que ma gonzesse s'est cassée avec une nana. Oh, bon Dieu, depuis ce jour-là… je suis pas bien. Pas bien pas bien pas bien pas bien.

— Je suis désolée.

— Quand je pense à tout ce qu'on a vécu ! Et à tout ce qu'on vivra pas… »

Je cherche quelque chose à lui répondre, mais ça vient pas. De toute façon, je crois qu'il est reparti : il a encore les yeux dans le vague. On attend un peu et Liza finit par lui dire :

« Bon, faut qu'on y aille. On va essayer de retrouver Billy.

— Qui ? »

Je le vois justement qui discute avec Hank et d'autres gens. Je les montre du doigt à Jerry. Il regarde, mais je crois qu'il les voit pas. On le laisse et on va rejoindre les gars, à côté d'un van. Un peu le même que la Mystery Machine dans *Scooby-Doo*. Mais tout bleu, avec des grosses fleurs de toutes les couleurs. Et sans roues, à l'abandon. Ça me fait un peu de peine.

Liza demande à Billy :

« On y va ?

— Je suis désolé, bébé, je peux pas venir. La moto de Tim est tombée en rade… Faut que je l'aide à la réparer.

— Ah…

— Y aura Sam pour t'aider à charger la voiture.

— Je sais, mais je voulais y aller avec toi…

— Ouais, moi aussi. »

Liza soupire et se tourne vers moi :

« Bon, ben, je crois qu'on va rester entre filles ! »

Moi, ça me va.

Quand on les quitte, Billy et Hank nous font au revoir de la main. Même Jerry est là :

« Salut, Jodie ! »

*

« Tu veux des Zotz ?

— Des quoi ? » je demande.

Liza attrape un sac ouvert à ses pieds et le pose sur mes genoux. À l'intérieur, il y a des sachets de bonbons Zotz.

« Sers-toi. »

J'en prends un à l'orange, que je croque, et la poudre à l'intérieur me fait monter les larmes aux yeux. J'en prends deux autres, à la pomme et à la pastèque, pour plus tard. Je lui rends son sac.

« Merci. Ils sont tous gentils dans votre… village.

— Oui, c'est ma nouvelle famille.

— T'as plus de vraie famille ?

— Euh… »

Elle se dandine un peu en cherchant ses mots.

« On est un peu en froid. Enfin, surtout eux.

— Pourquoi ? »

Elle rigole.

« T'es une petite curieuse, toi !

— Ah, c'est un secret ?

— Non… Mais c'est… compliqué.

— Ah. »

On roule un petit peu et Liza me sort :

« En fait, quand j'étais petite… j'étais… un garçon. »

Quoi ?! Je la regarde.

« Mais… t'es devenu une fille… comme ça, d'un coup ? »

J'ai jamais entendu une histoire pareille !

« Non, je suis toujours un garçon. Mais j'ai toujours été une fille. »

Je comprends rien.

« Donc, t'es un garçon… mais tu te déguises en fille ?

— Non, je me "déguise" pas. Je *m'habille*. Parce qu'au fond de moi, je suis une femme. »

Et moi, je suis sciée.

En gros, elle m'explique qu'en fait c'est une fille, mais une fille née dans un corps de garçon. Je sais pas si c'est vrai. Si c'est possible. En tout cas, si c'est vrai, ça doit être horrible. C'est la première fois que je rencontre une fille comme elle. Ou alors elles me l'ont pas dit. Je pense à ce que dirait mon père…

Je lui demande :

« Mais… tes parents… ? Ils sont au courant ?

— Oui.

— Et alors ?

— Alors mon père est tombé dans les vapes quand je lui ai dit !

— Et quand il s'est réveillé ?

— J'étais plus là… Ma mère m'a demandé de m'en aller. Enfin, “demandé”, si on peut dire… Du coup, j'ai pris mes cliques et mes claques, j'ai tout mis dans ma voiture et je suis partie. »

Elle me sourit, mais je sens bien qu'elle en a gros sur la patate.

« Et… t'es venue ici.

— Pas tout de suite, mais… oui. C'est ma grand-mère qui me disait toujours “Va là où tu es aimée”. C'est ce que j'ai fait. »

Va là où tu es aimée…

C'est une bonne idée.

« Elle avait raison, ta grand-mère. »

Elle sourit encore et ça a l'air un peu plus sincère que la première fois.

« Mais… Billy… il le sait ? » je demande.

Elle éclate de rire.

« Oui ! Évidemment !

— Et les autres ?

— Oui, aussi. »

Et j'ai l'impression que ça dérange personne.

« Donc tu t'appelles pas vraiment Liza… ?

— Maintenant, si.

— Et comment tu t'appelais avant ?

— On s'en fiche. C'était pas moi. »

Elle se met à chanter « Over the Rainbow », que chante Judy Garland au début du *Magicien d'Oz* :

« *Sooomeday I'll wish upon a star*

And wake up where the clouds are far behiiiind meeee

Where troubles melt like lemon drops

Away above the chimney tops, that's wheeeere youuuu'll fiiiiiind meeeeee[1] »

C'est beau. Ça me donne la chair de poule.

Elle se tait pendant une ou deux minutes. Elle réfléchit, je crois. Et, d'un coup, elle se tourne vers moi :

« T'as un amoureux, toi ? »

Alors là, je m'attendais pas à cette question ! Je crois que je préfère encore qu'on me demande ce que je veux faire plus tard.

« Non.

— Comment ça se fait ? Jolie comme t'es ! »

Qu'est-ce qu'elle raconte ? Je sais bien que je suis pas jolie. Je suis trop grande et trop maigre. À l'école, il y en a plein qui m'appellent « le cure-dent » ou « la

---

1. « Un jour, je ferai un vœu à une étoile/Et je me réveillerai loin des nuages/Là où les problèmes fondent comme des bonbons sous la langue [les *lemon drops* sont des bonbons]/Loin au-dessus des cheminées, c'est là que vous me trouverez »

girafe ». Il y a que Sandy qui m'a dit que j'étais jolie, mais comme c'est une copine, ça compte pas.

« T'es grande, t'es fine…

— …

— T'as des yeux incroyables… »

N'importe quoi ! Bonnie, elle, elle est vraiment belle. Je lui réponds que :

« Les garçons, ils s'en fichent des yeux…

— Eh ben, tu fais comme moi ! »

Elle sort un faux néné de son soutif ! Alors c'est pour ça qu'elle en a un… !

« Je t'en donnerai si tu veux.

— Ils sont un peu gros…

— Fais-moi confiance, c'est jamais trop gros. »

Elle glousse et remet son néné en place. Je lui demande :

« T'avais un amoureux, toi, à mon âge ?

— Euh… tu connais Garfunkel ? Art Garfunkel ?

— Celui de… Simon and Garfunkel ?

— Oui.

— C'était lui ton amoureux ?! »

Elle éclate de rire.

« Nooooon ! Mais j'aurais bien aimé ! Je le trouve super sexy. »

Moi, je trouve pas, alors je dis juste :

« Il chante bien. »

J'ose pas lui avouer que mon amoureux à moi, c'est Ryan O'Neal. J'ai peur qu'elle trouve qu'on va pas ensemble et qu'elle ose pas me le dire. Ou pire, qu'elle ose. Qu'elle éclate de rire comme mon père quand je lui ai dit que je voulais soigner les baleines. Ce serait affreux.

Quand j'ai dit à Sandy que j'étais amoureuse de Ryan, elle a eu un sourire jusqu'aux oreilles, mais pas pour se moquer. Non, elle souriait parce qu'elle le savait déjà (comme moi j'ai su quand elle est tombée amoureuse de Lee Majors dans *La Grande Vallée*). On se connaissait tellement bien… Il faut dire aussi que ça faisait un mois que j'arrêtais pas de la bassiner avec Ryan. Et je l'avais emmenée voir *Love Story* deux fois (on payait pas, grâce aux copains de Bonnie). Depuis, on a vu tous ses films ensemble : *Deux hommes dans l'Ouest*, que j'ai bien aimé (à part qu'il meurt à la fin), *On s'fait la valise, docteur ?*, que j'ai adoré et qu'on a vu deux fois aussi, et *Le voleur qui vient dîner*, un super film aussi, au mois de mars. Il y a que le tout dernier qu'on n'a pas vu, parce qu'il est sorti le 9 mai et que Sandy est morte le 5.

Je suis incollable sur Ryan. Sur ses films et sur sa vie. Toutes les semaines, je vais chez le marchand de journaux et je regarde si je vois des articles sur lui. C'est comme ça que je sais que sa fille joue avec lui dans son dernier film. Oui, il a une fille qui s'appelle Tatum et qui a neuf ans et un fils qui s'appelle Griffin et qui a huit ans. Mais il a divorcé de leur mère il y a des années. Il a un autre fils qui s'appelle Patrick et qui a cinq ans, mais il a aussi divorcé de sa mère. Si on se marie, quand j'aurai l'âge, je vais me retrouver avec trois enfants qui seront pas beaucoup plus jeunes que moi. Par contre, je sais pas pourquoi il divorce à chaque fois…

« T'as des frères et sœurs ? me demande Liza.

— Une grande sœur. »

J'avais pas envie de lui mentir, peut-être parce qu'elle m'a confié tellement de choses, sur elle, sur ses parents et Garfunkel. Je me demande si elle aurait raconté tout ça à n'importe qui d'autre. J'ai envie de croire que non.

« J'aurais adoré avoir une sœur… Comment elle est, la tienne ?

— Gentille. Et magnifique. Elle est mannequin.

— Ah, génial ! Je l'ai peut-être déjà vue en photo ?

— Ça m'étonnerait… »

Si elle en a fait, ça doit pas être le genre de photos qui plaisent à Liza.

« Elle pose toute nue. »

Je sais pas pourquoi je lui ai dit. Je crois que je veux voir comment elle va réagir.

« Oooooh ! La coquiiiiine ! »

Elle rit. Et pas pour se moquer. Je lui dis :

« Ce sera peut-être la nouvelle Grace Kelly.

— Grace Kelly ?! Elle a posé toute nue ?!

— Non ! Mais elle est née à Philadelphie, elle aussi.

— Ah, d'accord ! Oui, enfin… la nouvelle Grace Kelly… sans les jolies robes ! »

Elle rit encore.

« C'est ça, je réponds. Et toi, t'as pas de sœur, mais t'as des frères ?

— Cinq. Je suis la dernière.

— Cinq ?!

— Mes parents voulaient à tout prix une fille ! Et, quand ils l'ont eue, ils étaient pas contents ! »

Elle me fait rire.

Je finis presque par regretter de pas lui avoir dit pour Ryan. Je crois qu'elle m'aurait pas dit qu'on va pas ensemble. Je crois même qu'elle l'aurait pas pensé.

*

La route est toujours aussi plate et monotone, mais chaque mile me rapproche un peu plus de Bonnie et ça me rend vraiment heureuse. Et puis Liza me raconte plein d'histoires drôles. Pas des blagues qu'elle a entendues ; des trucs qui lui sont arrivés à elle. Comme quand elle est allée à un concert des Doors, avec une amie. C'était il y a trois ans, à Cleveland. À l'époque, elles étaient toutes les deux dingues de Jim Morrison (c'est marrant parce qu'il a rien à voir avec Art Garfunkel…). Et à un moment, pendant qu'il chantait « Light My Fire », Liza a décidé d'aller l'embrasser ! Sa copine a cru qu'elle blaguait, mais elle l'a vue foncer vers la scène, réussir à forcer la sécurité (quand elle le raconte, on croirait qu'elle a combattu une armée !) et courir jusqu'à Jim. Sauf qu'elle avait pas encore l'habitude des talons… et elle s'est étalée en beauté, juste aux pieds de son chéri !

N'empêche qu'il l'a aidée à se relever. C'est là qu'elle a perdu sa perruque… Jim s'est figé la bouche ouverte, « offerte », d'après Liza… et elle en a profité pour l'embrasser ! Là, le concert a viré au grand n'importe quoi, d'autres gens ont envahi la scène et, avec sa copine, elles ont pris la tangente, leurs chaussures à la main. Il valait mieux pas qu'on les arrête, habillées en filles…

Depuis ce soir-là, Liza peut pas entendre « Light My Fire » sans revoir son vol plané. Et, à chaque fois, elle a une pensée pour Jim. Et ses lèvres toutes douces.

*

Un peu avant Oklahoma City, il se met à pleuvoir et, lorsqu'on arrive, il y a un arc-en-ciel. Liza le pointe du doigt et se remet à chanter :

« *Somewheeere ooover the raiiinbooow… skiiies aaare bluuuue*

And theee dreaaams that you daaare to dreaaam really dooo cooome truuuue[1] »

Elle croise les doigts en me regardant.

« Je suis sûre que ça va s'arranger pour ta cousine.

— J'espère.

— C'est quel hôpital ?

— En fait, il vaudrait mieux que tu me déposes chez ma cousine, enfin, chez mon oncle. Il vit au sud de la ville, sur la route de Los Angeles.

— La route de Los Angeles ?!

— Oui, enfin, la route qui va par là, quoi.

— La route d'Amarillo alors ?

1. « Quelque part, par-delà l'arc-en-ciel, le ciel est bleu/Et les rêves que l'on ose faire deviennent réalité »

— Oui, je crois. »

Liza suit la direction d'Amarillo. Elle se faufile dangereusement entre les voitures et se fait beaucoup klaxonner. Elle se recoiffe en se regardant dans le rétroviseur et soupire :

« Mais ils sont intenables dans cette ville ! »

Ça me fait rire. Elle continue :

« Non, mais franchement ! Qu'est-ce qu'ils ont, tous ? »

Et puis elle crie aux conducteurs :

« Calmez-vous, les gars ! Je ne suis pas celle que vous croyez ! N'insistez pas, mon cœur appartient à Billy ! »

C'est vraiment un drôle de numéro.

À un moment, je vois une station-service et un coffee shop et je lui demande de me déposer là.

« Mon oncle habite juste derrière.

— OK. »

Elle se gare sur le parking et on descend de la voiture.

« Merci de m'avoir emmenée.

— Tu rigoles ? C'est normal. Tout le monde devrait s'entraider. C'est vrai, on fait tous partie d'un tout, alors je t'aide, tu aides quelqu'un d'autre, qui aide quelqu'un d'autre… C'est un cercle vertueux. Et puis c'est tellement beau ce que tu fais pour ta cousine. C'est bon pour ton karma. Et pour le mien ! »

C'est sûrement bon pour son karma à elle de m'aider. Mais pour moi qui lui mens…

« Je suis sûre que tout va bien se passer pour ta cousine et toi. Comment elle s'appelle ?

— Glinda.

— Glinda ?! Comme la bonne fée du Nord dans *Le Magicien d'Oz* ?! »

Mais oui, voilà ! Je savais que c'était dans un film ! C'est dans *Le Magicien d'Oz* !

« Ouais, je réponds, c'est ça.

— Attends, tu t'appelles Judy, je m'appelle Liza et ta cousine s'appelle Glinda ?! C'est un signe. On était faites pour se rencontrer ! Il fallait que je t'emmène ici.

— Oui, c'est sûr. »

Sauf que je m'appelle pas vraiment Judy, qu'elle s'appelle pas vraiment Liza et que Glinda est pas vraiment ma cousine.

Elle me prend dans ses bras et m'embrasse sur la joue. C'est bizarre, je la connais que depuis ce matin, mais ça me fait de la peine de la quitter et de me dire que je la reverrai peut-être jamais. D'un coup, elle retire les clips jaunes qui pendent à ses oreilles et les accroche aux miennes. Elle fait un pas en arrière, me contemple…

« Il manque quelque chose… Attends. »

Elle va farfouiller dans son coffre et sort un énorme chapeau bleu. Elle le pose sur ma tête, recule un peu et s'extasie :

« T'es sublissime ! On dirait Audrey Hepburn ! J'aurais pas dû te le donner, t'es plus belle que moi, maintenant ! »

Je ris, mais franchement, je suis un peu triste.

« Merci, je réponds.

— Allez, pars vite, tu me fais de l'ombre ! »

Je bouge pas. Elle remonte dans la voiture et me dit :

« Faut pas que je pleure, je vais saloper mon maquillage… »

Elle m'envoie un baiser. Je sais pas si on se reverra ou si elle se souviendra de moi, mais moi je me souviendrai d'elle.

« Salut, Liza.

— Salut, Judy. »

Elle démarre et s'éloigne. Je vois sa main sortir par la fenêtre pour me faire bye-bye. Je la regarde disparaître et, d'un coup, je me retrouve seule. Mais *seule*. Il a beau y avoir le bruit de la circulation, j'ai l'impression d'être dans le silence. C'est comme si une tornade m'avait embarquée à Tulsa pour me déposer à Oklahoma City. Comme la tornade qui dépose Dorothy à Oz.

*

Je déplie ma carte routière, qui m'éblouit à cause du soleil, alors je mets mes lunettes noires. Je veux savoir quelle est la prochaine grande ville que je dois traverser.

Albuquerque.

Je range ma carte, j'accroche mes lunettes à mon tee-shirt, comme Roxy (mais ça fait pas le même effet), et j'entre dans le *diner*.

J'enlève mon grand chapeau, que je plie (il est tout mou) et que je fourre dans mon sac. Il y a pas grand monde. Je vois un pourboire sur une table qui est pas débarrassée, alors je m'assois là et, discrètement, je le pique. J'en vois un autre plus loin, alors je change de table et je le prends aussi. Ça doit pas être bon pour mon karma, ça, par contre. Mais j'ai pas trop le choix. Après, je change encore de table pour m'installer quelque part où c'est propre. Quand la serveuse vient me voir, je lui commande des frites. Je paierai avec l'argent des pourboires. *Son* argent, finalement. C'est comme si elle m'invitait, en fin de compte.

Il y a une vieille dame (je dirais quatre-vingts ans) qui me regarde derrière ses grosses lunettes. Je soutiens son regard, un peu par défi parce que c'est toujours moi qui baisse les yeux en premier dans ces cas-là, et que ça m'énerve. Mais comme d'habitude, je craque la première. Pourquoi il faut toujours que ce soit moi qui perde à ce jeu ?

Je me demande ce qu'elle fait là, toute seule. C'est peut-être la mère de la serveuse. Elles se ressemblent un peu. C'est pour ça qu'elle me fixe : elle a dû me voir prendre les pourboires de sa fille. Ou alors elle se demande aussi ce que je fais là toute seule. Ou peut-être qu'elle se dit qu'elle aimerait bien avoir mon âge. Je sais pas. Si ça se trouve, elle est bien contente de plus avoir mon âge.

Quand je tourne la tête, il y a un cow-boy debout à côté de moi, qui me braque avec un pistolet en plastique. Enfin, un tout petit cow-boy. Un garçon qui doit avoir huit ans et demi, neuf ans, qui porte un chapeau de cow-boy, une chemisette à carreaux bleus, un bermuda beige et une ceinture avec des fausses balles. Il est apparu comme ça, comme par magie ! Il me dit :

« Je t'arrête !

— Quoi ?

— Je t'ai vue. T'as volé les pourboires.

— N'importe quoi !

— Si. T'es une voleuse. Ils sont où, tes parents ? »

Je cherche un couple du regard, mais tout le monde est trop jeune ou trop vieux. Et puis il faudrait pas que je lui montre ses parents à lui… Mais, de toute façon, ça le regarde pas. De quoi je me mêle ? Quand je me tourne à nouveau vers lui, ils sont deux ! Les deux mêmes ! Sauf que le deuxième porte une chemisette à carreaux rouges. Je dois faire une drôle de tête parce qu'il m'explique :

« On est jumeaux. Moi, c'est Jack. Et lui, c'est Neal. »

Neal. Comme Ryan O'Neal.

« Et là-bas, c'est notre mère. »

Il me montre une femme blonde, jolie, dans les quarante-quatre ans, assise toute seule à une table. Elle aussi, elle a un chapeau de cow-boy !

« Et toi, ils sont où tes parents ? Comment tu t'appelles ? T'habites ici ? Nous, on vit au Nouveau-Mexique. Tu connais ?

— Non.

— Elle a volé des pourboires », lui explique le premier jumeau que j'ai vu, Neal.

L'autre me regarde comme si j'avais tué quelqu'un.

« C'est pas bien. Notre mère, elle était serveuse avant. Au Grady's, à Birmingham, en Alabama[1]. Tu connais ? C'est là qu'on était, en vacances. À Birmingham. On est allés voir notre tante Adela.

— Enfin, c'est pas vraiment notre tante. C'est une amie de notre mère.

— Il faut que tu rendes l'argent que t'as volé. »

Les gens autour commencent à nous regarder.

---

1. Voir *Alabama 1963*, le cherche midi, 2020 ; Pocket, 2021.

« Vous pouvez pas aller voir ailleurs si j'y suis ?

— Ben, non, tu peux pas être ailleurs…, commence Neal.

— … puisque t'es là ! » conclut Jack.

Ils vont finir par me faire remarquer s'ils continuent. Il vaut peut-être mieux que je discute un peu avec eux.

« Je m'appelle Carol. »

J'adore l'émission de Carol Burnett.

« T'es sûre ? me demande Neal.

— T'as pas une tête de Carol, ajoute Jack.

— Tes parents ont dû se tromper. On va plutôt t'appeler… Donna !

— T'as quel âge, Donna ? Nous, on a huit ans et demi.

— On va avoir neuf ans en septembre.

— Euh… moi, j'ai quatorze ans.

— Pourquoi t'as volé des pourboires ? »

Ils s'assoient à ma table.

« Parce qu'on m'a volé mes sous et que j'ai faim. »

Ils se regardent, se lèvent et vont rejoindre leur mère ! Ils me montrent du doigt. J'ai envie de partir… Leur mère me regarde, les jumeaux arrêtent pas de parler. Elle finit par ramasser ses affaires et ils rappliquent tous les trois.

« Bonjour… Donna, c'est ça ?

— Euh… oui… »

Elle s'assoit. Elle enlève son vieux chapeau tout usé et le pose sur la table, ce qui est pas très propre.

« Moi, c'est Lorraine. »

Les jumeaux s'assoient aussi. Leur mère me demande :

« T'es toute seule ?

— Oui, mais je vais pas loin… Je vais à Albuquerque.

— À Albuquerque ?! »

Vu comment elle dit ça, elle a l'air de trouver que c'est loin.

« On peut l'emmener, maman ? demande le jumeau numéro un.

— Oh oui, dis, on peut l'emmener ? »

Leur mère répond pas. Elle veut savoir :

« Mais tes parents te laissent voyager toute seule à ton âge ? D'ailleurs, t'as quel âge ? »

Les jumeaux répondent à ma place :

« Quatorze ans !

— Mes parents m'avaient donné de l'argent pour le bus, mais on me l'a volé.

— Mais tu viens de loin comme ça ?!

— De Tulsa.

— Pourtant, ton accent…

— J'ai grandi à Philadelphie. Ça fait pas longtemps qu'on a déménagé. »

Elle réfléchit quelques secondes. Elle appelle la serveuse, me demande ce que je veux manger et passe la commande. Elle m'invite. Quand la serveuse est repartie, je lui dis :

« Je peux payer les frites…

— Non, je crois pas.

— Si si. »

Je prends les sous dans ma poche, mais elle me dit :

« C'est pas ton argent…

— C'est pas ton argent », répètent les jumeaux.

Ils commencent à m'énerver, tous les deux ! Je réponds à leur mère :

« Mais votre argent non plus, c'est pas mon argent.

— Peut-être, mais c'est moi qui décide de t'inviter. Alors qu'on sait pas si cette pauvre serveuse a envie de t'offrir des frites avec ses pourboires… »

Je sais pas quoi faire des sous que j'ai dans la main. Je les remets dans ma poche.

« Bon… D'accord. Merci de m'inviter…

— Je t'en prie. Mais dis-moi, qu'est-ce que tu vas faire à Albuquerque ?

— Je vais chez une copine. Ses parents m'ont invitée pour les vacances.

— Ah…

— Et sinon, tu connais le musée des cow-boys ? me demande Numéro Un.

— C'est super ! On l'a visité ce matin, précise Numéro Deux.

— Oh, c'est là que vous avez trouvé vos chapeaux et vos pistolets ? je demande.

— Non, les chapeaux, on les avait déjà !

— Et c'est pas des pistolets, c'est des revolvers ! Tu vois, y a un barillet. »

Ils se mettent à me raconter tout ce qu'ils ont vu au musée : des objets de cow-boys et d'Indiens, des statues, des photos… Je suis sauvée par la serveuse qui m'apporte mon hamburger et mes frites.

« Merci », je dis.

Un merci pour deux : pour la serveuse et pour la mère des jumeaux.

Pendant que je mange, les deux frères arrêtent pas de jacter. Ça fait deux jours qu'ils sont sur la route du retour et ils ont hâte d'arriver chez eux. Ils ont une ferme avec des chevaux.

« Tu sais que les chevaux, ça dort debout ?

— Mmh-mmh », je réponds en secouant la tête, vu que j'ai la bouche pleine.

Ils ont aussi des poules et des lapins. Moi aussi, j'aurais bien aimé avoir des animaux, mais mes parents, ils aiment ni les chiens ni les chats. Ni les lapins, ni les oiseaux, ni les cochons d'Inde, ni les poissons rouges.

« Prends ton temps, me dit Lorraine, mais on se mettra en route dès que t'auras fini de manger.

— Ça veut dire que vous m'emmenez ?

— Tu croyais qu'on allait te laisser ici toute seule ?

— Ben, oui. Enfin, je sais pas… »

Elle me sourit.

« Tu pourras peut-être venir nous voir pendant tes vacances ? me demande Neal. On fera du cheval !

— Tu montes ? me demande Jack.

— Où ça ? »

Ils rient tous les trois.

« À cheval ! m'expliquent les jumeaux.

— Ah ! Non.

— On t'apprendra, me dit Jack. Tu sais te servir d'un lasso ?

— Laissez-la manger. Vous allez avoir huit heures pour lui poser toutes les questions que vous voudrez. Au moins huit heures. »

Au moins huit heures ?! Ça avait pas l'air si loin sur la carte…

Je mange encore ma glace au chocolat et on se lève. Lorraine remet son vieux chapeau sur sa tête et laisse un pourboire. Je prends mon sac quand elle me dit :

« N'oublie pas de rendre ce que t'as pris… »

Les jumeaux restent là à me regarder pendant qu'elle va payer. Je prends les sous dans ma poche et je les pose sur la table, mais c'est vraiment parce que j'ai pas le choix. Les deux cow-boys m'attendent, des fois que je reprenne l'argent.

Dehors, Lorraine sort un peu de monnaie.

« On n'arrivera pas à Albuquerque avant minuit. Il vaut mieux que tu dormes à la maison. »

Neal et Jack poussent des cris de joie. Ça me fait plaisir. Elle continue :

« Je t'emmènerai chez les parents de ta copine demain. (Elle me montre la cabine téléphonique un peu plus loin.) Je vais les prévenir, qu'ils s'inquiètent pas.

— C'est bon, je vais le faire. Il vaut mieux que ce soit moi qui leur parle. »

Je prends ses sous et je vais dans la cabine. Je fais semblant de mettre des pièces dans la fente et je parle toute seule pendant deux minutes, trop fort et en gesticulant un peu pour qu'elle me voie.

Quand je les rejoins, je lui dis que c'est réglé et qu'ils m'attendent demain.

On met mon sac dans le coffre de la grande voiture rouge et je m'assois à l'arrière. Comme aucun des jumeaux voulait aller au milieu, c'est moi qui m'y suis collée et je me retrouve entre eux. Du coup, j'arrête pas de tourner la tête de l'un à l'autre pour les écouter. Ils vivent avec des Indiens ! Des Indiens ! Enfin, juste deux, une mère et son fils, mais c'est dingue. Moi, j'en ai vu qu'à la télé et ceux que j'ai vus, j'aurais pas trop envie de vivre avec…

Ils me disent aussi qu'ils viennent de passer deux semaines chez leur tante Adela et qu'elle leur a fait un cheesecake super bon, au citron et à la noix de coco.

Elle a donné la recette à leur mère, qui m'en fera un si je viens les voir pendant mes vacances.

« Hein, maman ?

— Oui, bien sûr. »

Je risque pas d'y aller, mais n'empêche, c'est gentil.

« T'as des frères et sœurs ? me demande Neal.

— Juste une grande sœur. Enfin… j'avais une autre sœur avant, mais elle s'est fait renverser par une voiture. C'est arrivé tellement vite, et en même temps c'était comme… »

Comment elle disait déjà, Jenny, dans *Love Story* ?

« C'était "comme de tomber d'une falaise, de tomber au ralenti".

— Ça doit faire mal de se faire renverser par une voiture, dit Jack.

— Non, elle est morte sur le coup », je réponds.

Neal et Jack me posent plein de questions. Leur mère a beau avoir des lunettes noires, je croise son regard dans le rétroviseur et j'ai l'impression qu'elle a pas trop envie que j'entre dans les détails devant ses enfants. De toute façon, je l'aurais pas fait. Sans hurler ni rien, elle leur dit :

« Les garçons, c'est bon maintenant… Stop. Laissez-la un peu tranquille. »

Mes parents, ils se croient toujours obligés de hurler, mais elle, on dirait qu'elle s'énerve jamais. Et pourtant, on n'a pas envie de la contrarier. Je me demande comment est son mari. Et pourquoi il est pas allé en Alabama avec eux. Il a dû rester à la ferme à cause du travail, je suppose.

Les voitures devant nous ralentissent.

« Qu'est-ce qui se passe ? demande Neal.

— Peut-être des travaux... » suppose sa mère.

On avance tout doucement et au bout de quelques minutes, on finit par voir qu'il y a un barrage de police. J'espère que c'est pas moi qu'ils recherchent. Est-ce que ma mère a pu donner une photo de moi à la police de Philadelphie qu'ils auraient reçue ici ?

« Ça va, Donna ? »

J'entends à peine Jack, avec mes oreilles qui bourdonnent.

« T'es toute pâle.

— Ça va, merci. »

On se rapproche encore. Un des policiers discute avec le conducteur de la voiture juste devant nous, pendant que deux autres lui tournent autour en regardant à l'intérieur. Mon cœur bat à fond. Le type sort de sa voiture et ouvre son coffre devant trois policiers. Apparemment, tout va bien vu qu'il referme son coffre, se remet au volant et peut partir.

C'est notre tour. On s'avance. Ils demandent à Lorraine d'ouvrir son coffre. Pendant ce temps, deux agents nous regardent à l'arrière. Il y en a un qui me dévisage, alors j'en fais autant, pour pas qu'il voie que j'ai peur, mais il soutient mon regard... et je finis par tourner la tête. Comme d'habitude.

On dit à Lorraine :

« C'est bon, vous pouvez y aller, madame.

— Je peux savoir ce que vous cherchez ?

— Un couple de fugitifs, madame. »

Roxy et Trent ! Peut-être qu'ils étaient vraiment poursuivis (et même sur écoute), finalement ? En tout cas, si c'est vraiment pour eux, ce barrage, j'espère qu'ils les arrêteront pas...

On redémarre et je peux enfin respirer.

Les garçons proposent qu'on fasse des paris sur la couleur de la prochaine voiture qu'on va croiser. Il y a rien à gagner, mais on compte les points. Lorraine joue aussi et elle en marque beaucoup, des points.

« C'est parce que vous êtes devant, je lui dis. C'est de la triche. »

Elle sourit.

« Ah oui, tu crois ça ? Tu veux passer devant, pour voir ?

— D'accord. »

Les jumeaux aussi veulent monter devant, mais il y a de la place que pour trois sur la banquette. Lorraine s'arrête et je m'assois à côté d'elle. Mais ça change rien : je perds toujours autant…

On entend de moins en moins les jumeaux à l'arrière et, quand je me retourne, au bout d'un moment, je me rends compte qu'ils se sont endormis.

« Ils sont fatigués. On a fait beaucoup de route hier. Et ils sont encore petits. »

Après un silence, elle me demande :

« Tu voyages beaucoup, avec tes parents ?

— Non, pas trop. Votre mari, il est resté s'occuper de la ferme ? »

Je préfère qu'on parle d'elle.

« J'ai pas de mari. »

Ah, tiens, comme Glinda…

Elle continue :

« Je m'occupe de la ferme avec Yanaha.

— C'est l'Indienne, c'est ça ?

— Oui, Navajo.

— …

— C'est le nom de son peuple.

— Ah oui. »

Après un autre silence, elle me demande :

« Et comment ça se fait que ta meilleure amie vit au Nouveau-Mexique et toi dans l'Oklahoma ? »

On dirait qu'elle préfère qu'on parle de moi.

« Elle a déménagé l'année dernière. Son père a trouvé un travail là-bas. Dans une imprimerie. »

Il doit bien y avoir une imprimerie à Albuquerque.

« Et tes parents, ils font quoi ?

— Mon père est marin. Il voyage beaucoup. »

C'est ce que je racontais, à l'école.

« Marin… À Tulsa ? »

Merde.

« Il *était* marin. Mais il est tombé malade. Du coup, il supporte plus la mer. Il est routier maintenant. Et ma mère, elle est pianiste. Vous connaissez… Rubstein ?

— Non.

— C'est un très grand pianiste. C'est même *le* pianiste.

— Ah, tu veux dire Ru*bin*stein ? Arthur Rubinstein ?

— Oui, voilà. Ma mère l'adore. Elle lui a écrit une fois et il lui a répondu. Même qu'il lui a envoyé une photo dédicacée.

— C'est drôlement gentil.

— Ouais. Il paraît qu'il est cool. »

Elle a l'air de trouver ça amusant.

Il fait chaud, mais avec les fenêtres ouvertes, ça peut aller. Je mets ma main dehors pour sentir l'air filer entre mes doigts.

Je me dis que cette femme que je connais pas aurait pu être ma mère et alors elle m'aimerait comme elle aime ses jumeaux. Mais c'est pas ma mère et elle s'en fiche de moi. Comme tout le monde. Comme mes parents. Une fois, Sandy, qui dessinait vachement bien, avait fait mon portrait. Plutôt ressemblant, à part que mes yeux étaient peut-être un peu plus verts sur le dessin. Quand ma mère l'a vu, elle m'a demandé : « C'est qui ? » Je lui ai répondu : « Ben, c'est moi. » Là, elle m'a bien regardée et elle m'a sorti : « Ah, c'est drôle, j'étais persuadée que t'avais les yeux marron ! » Pourquoi je repense tout le temps à des trucs comme ça, qui me rendent triste ? Comme quand *Love Story* est passé à la télé, l'année dernière. Au bout de dix minutes, mon père a décidé qu'il avait pas envie de regarder ça. Je crois que j'ai encore plus pleuré qu'au cinéma. Dans ma chambre. Pourtant, il m'avait promis. Mais mes parents font jamais ce qu'ils disent qu'ils vont faire. Ce que j'aimerais bien savoir, c'est s'ils le savent déjà au moment où ils le disent qu'en fait ils le feront pas. Le nombre de fois où ils m'ont dit des « oui » qui voulaient dire « non »… Quand je leur ai demandé si Sandy pourrait dormir chez nous, ou quand j'ai voulu aller à la fête foraine, ou quand l'école leur a réclamé deux dollars pour que je fasse une sortie au musée avec ma classe… J'y suis allée, mais j'ai payé avec mes sous. Sinon, mon prof les attendrait toujours, ses deux dollars.

Les adultes sont tellement décevants. Je me souviens d'une fois aussi où j'étais avec mon père dans le bus. On rentrait de chez mes grands-parents, et il y avait deux frères d'environ dix et douze ans qui rigolaient. Ils se ressemblaient beaucoup, mais on voyait que le plus jeune était un peu attardé, si on peut dire. Ils rigolaient, donc, et ça faisait vraiment plaisir à voir, mais d'un coup, leur père s'est levé et a flanqué une grande tarte au plus jeune, celui qui était handicapé. Et pas à l'autre. C'était tellement injuste ! Il avait rien fait… Je dis pas que l'autre en méritait une, mais pourquoi l'un et pas l'autre, et pourquoi lui ? Ça a fait un de ces bruits ! Tout le bus s'est figé… et personne a bougé. Même pas la mère. J'ai regardé mon père qui a fait semblant d'avoir rien vu, comme tout le monde. Je peux pas dire qu'il m'a déçue à ce moment-là, parce que j'en attendais déjà plus grand-chose, mais les autres… Je sais pas pourquoi, mais j'ai l'impression que Lorraine se serait levée et lui en aurait collé une à ce salopard. J'ai l'impression qu'elle fait jamais la tête à ses enfants pendant plus de quelques heures. Si ça se trouve, elle leur fait jamais la tête.

En tout cas, j'ai envie de croire qu'elle aurait réagi. Qu'il existe quelqu'un qui aurait réagi. Sinon, c'est vraiment désespérant.

Quand je vois les jumeaux, la façon dont ils s'entendent, je me sens encore plus seule. On avait ça, avec Sandy. On n'avait même pas besoin de parler, on savait toujours ce que l'autre pensait. Rien qu'à voir sa tête, je savais si elle avait envie de rire, si elle pensait à autre chose, si elle était fatiguée, triste, amoureuse, si ça allait ou pas. Et c'était pareil pour elle.

J'ai besoin d'air. Je me mets à genoux sur la banquette et je passe mon visage par la fenêtre. Mes cheveux volent dans tous les sens. Comme mes pensées.

Je me souviens qu'un après-midi, on avait mis la musique très fort chez Sandy et la police était venue frapper à la porte. Elle avait coupé le son et on avait attendu qu'ils partent, sauf qu'ils partaient pas. Ça a duré longtemps. J'avais tellement peur. Et elle, elle pouffait, comme si on leur faisait une bonne blague. Au bout d'un moment, ils ont fini par s'en aller en laissant un mot sur la porte. J'étais paniquée, mais elle, elle l'a déchiré en rigolant. Heureusement, on n'a plus jamais eu de nouvelles.

Et une autre fois, on avait bu du whisky et de la vodka de son père, pour voir ce que ça faisait, on était complètement saoules et il fallait que je rentre chez moi. Elle a tellement ri qu'elle s'est fait pipi dessus. Finalement, quand je suis rentrée, Bonnie a tout de suite compris que j'étais pas dans mon état normal et elle m'a dit d'aller me laver les dents, pour l'odeur d'alcool, et de rester dans ma chambre. Elle a raconté à mes parents que j'avais mes règles et depuis ma mère m'achète des serviettes hygiéniques qui me servent à rien.

Un panneau nous indique qu'on entre au Texas.

Si Sandy me voit, là, sur la route, elle doit pas en revenir. Moi qui étais tellement froussarde !

Quand je me rassois normalement, Lorraine me demande :

« Ça va ?

— Oui. »

Non. Et elle le voit même pas.

De toute façon, il y avait que Sandy et Bonnie qui me connaissaient et me comprenaient. Et je sais pas où elles sont. Est-ce que Bonnie est à Los Angeles ? Est-ce que Sandy est au paradis ? Je sais pas si Dieu existe, mais je me dis qu'elle est forcément quelque part. Forcément.

J'avais une prof, l'année dernière, qui avait l'habitude de nous raconter sa vie. Elle devait avoir personne d'autre à qui parler, j'imagine. Nous, on adorait l'écouter, surtout que, pendant ce temps-là, on travaillait pas. Un jour, elle nous a raconté qu'au moment de mourir (on avait des discussions vachement profondes), sa mère s'était redressée dans son lit d'hôpital, qu'elle avait poussé un énorme soupir, et qu'elle était retombée sur son oreiller. Morte. C'était plus qu'une « coquille vide », qu'elle nous avait dit. Pour elle, l'âme de sa mère s'était détachée de son corps. Peut-être que l'âme de Sandy s'est détachée de son corps aussi ? En tout cas, moi, j'ai rien vu.

Pourvu que Bonnie aille bien. J'imagine nos retrouvailles : je pense qu'on sera en larmes toutes les deux… Elle va sûrement me chambrer parce que j'ai encore grandi et que je vais bientôt la dépasser. Je lui raconterai mon voyage et elle aura plein de choses à me raconter, elle aussi. Tout ce qu'elle a fait depuis un an, tous les gens qu'elle a rencontrés… J'ai toujours su qu'un jour elle ferait partie de ce monde de vedettes et de paillettes. C'est pas possible autrement. C'est son destin, comme dirait mon père. Si Sandy devait mourir, Bonnie doit être une star.

Je bâille plusieurs fois avant de m'endormir.

Au Texas.

Ouaaah !

*

J'ouvre les yeux quand la voiture s'arrête. Les jumeaux sont déjà réveillés depuis un moment, eux, on dirait. Ils jouent à l'arrière sur un échiquier de voyage, avec des petits trous pour enfoncer les pièces.

« Tu veux un hot-dog ? qu'ils me demandent.

— Quoi ?

— On est à Amarillo, me dit Lorraine. On a fait la moitié du chemin et on se disait qu'on mangerait bien un hot-dog. Ça te dit ?

— Oui, mais, euh… je…

— Je t'invite.

— Euh… d'accord. Merci. »

On sort de la voiture et on marche jusqu'à un petit stand que les jumeaux font semblant de braquer avec leurs revolvers en plastique. Le gérant fait semblant d'avoir peur et on commande quatre hot-dogs qu'on mange sur le parking, en marchant un peu. Il commence à faire moins chaud.

On traîne pas trop avant de reprendre la route. Je demande à Lorraine si je peux monter à l'avant et elle dit oui. Bizarrement, Neal et Jack y trouvent rien à redire, cette fois.

Le paysage change complètement après Amarillo : c'est plus désertique. En fait, ça ressemble à une photo que j'avais découpée dans un magazine et que j'avais punaisée au-dessus de mon lit. Oui, c'est ça, j'ai l'impression d'être entrée dans cette photo que j'ai tellement regardée.

Les jumeaux discutent, à l'arrière. Ils ont toujours quelque chose à se raconter, comme moi avec Sandy. Je crois qu'ils parlent de leurs animaux, mais j'entends pas très bien. Ils rient. Ils connaissent pas leur chance.

Quand on entre au Nouveau-Mexique, ils dorment tous les deux et le soleil se couche aussi. C'est encore plus beau. Je me remplis les yeux.

« Tu peux baisser le pare-soleil si tu veux », me propose Lorraine.

Je le fais. Et je mets mes lunettes de soleil. Avec nos lunettes, on pourrait croire qu'on est mère et fille, ou deux copines. Ça me plaît bien.

Au début, le soleil prend son temps. On dirait qu'il veut pas aller se coucher. Et puis, d'un coup, il disparaît.

On est tout seuls sur la route.

À un moment, loin devant, il y a un chien qui s'avance pour traverser.

« T'as vu le coyote ?

— C'est un coyote ?! »

Comme dans *Bip Bip et Coyote* !

« Oui. Y en a beaucoup dans la région. »

Il s'arrête et tourne la tête vers nous. Ses yeux sont tout blancs, avec les phares. Lorraine ralentit et il rejoint l'autre côté de la route en trottinant. Et puis il se retourne pour nous regarder passer.

Un coyote… Et dire que mon père, il en verra jamais ailleurs que dans ses westerns.

Plus tard, quand il fait vraiment nuit et qu'on est entourés de milliers d'étoiles, Lorraine me dit :

« C'est grandiose, hein ? »

Tout ce que je trouve à répondre, c'est :

« Oh oui… »

… mais on partage un moment unique et ce qu'on se dit, c'est peut-être pas si important, finalement.

Ça fait presque une heure qu'on a dépassé Albuquerque ! Une heure ! Je me vois pas du tout retourner là-bas demain. Je vais essayer de repartir directement de chez elle… Comment je vais lui expliquer que je vais plus chez ma copine ? Je verrai demain. J'improviserai.

Je lui demande si elle a toujours vécu ici. Elle me raconte qu'il y a dix ans, elle a quitté Birmingham, en Alabama, où elle était serveuse, pour refaire sa vie ailleurs. Elle a embarqué toutes ses affaires et elle a pris la route, sans savoir où elle allait. Et, quand elle est arrivée ici, elle a su. C'était là.

Un panneau indique :

BUDVILLE

On roule encore une minute et il est une heure du matin quand on arrive à la ferme que j'imaginais pas du tout comme ça. C'est une grande maison, sans étage, avec une sorte de porche qui tient grâce à quatre troncs d'arbre. On se croirait dans *Deux hommes dans l'Ouest*, le film avec Ryan. Il fait sombre. Quand je me rapproche, je me demande si les murs sont pas en terre ! Je vois pas de grange ou d'écurie. Les animaux doivent être derrière.

On essaie de pas faire trop de bruit pour pas réveiller les Indiens.

« Fais comme chez toi », me dit Lorraine en entrant.

Je repense à la phrase de Rob et je demande :

« Fais comme chez toi, mais n'oublie pas que c'est chez moi, c'est ça ?

— Non, pas du tout. Pourquoi ?

— Euh… pour rien. »

Les jumeaux ont qu'une chambre pour deux. Cette nuit, ce sera une chambre pour trois. Je vais dormir dans le lit de Jack, qui dormira avec son frère.

Lorsqu'on est couchés, Lorraine nous souhaite de faire de beaux rêves. Elle embrasse ses garçons et pose sa main sur ma joue. Au moment où elle nous laisse, les jumeaux lui demandent de laisser la porte entrouverte et la lumière du couloir allumée. Je leur souhaite une bonne nuit, ce qu'ils me souhaitent aussi, d'une seule voix. Et je m'endors dans une ferme au Nouveau-Mexique, avec deux petits cow-boys dans le lit d'à côté (ils dorment avec leurs revolvers en plastique) et deux Indiens Navajos quelque part dans la maison.

Mercredi 25 juillet 1973

Neal et Jack me réveillent en me secouant et en me demandant si je dors. Ils ont hâte de me présenter Niyol… qui est là, derrière eux.

« Niyol, ça veut dire “vent”, m'explique Neal.

— Enchanté, Donna », me dit Niyol.

C'est vrai que je m'appelle Donna…

C'est horriblement gênant d'être au lit devant un inconnu. J'ai beau avoir un drap sur moi, j'ai l'impression d'être en petite culotte devant lui. Cela dit, je crois qu'il est encore plus gêné que moi. Je leur demande à tous les trois de sortir et je m'habille en vitesse.

« C'est bon, vous pouvez entrer ! »

Ils entrent. Niyol a treize ans, la peau mate, des yeux noirs, des joues rondes et une grande mèche sur le front. Il me quitte pas des yeux, alors je décide de le fixer, moi aussi, et il détourne le regard ! J'en reviens pas… C'est la première fois que je gagne à ce jeu-là !

Les jumeaux veulent me montrer les chevaux. Ils m'entraînent avec eux et attrapent au vol leurs chapeaux de cow-boy, mais Lorraine nous arrête au moment où on allait sortir.

« Non non non, vous allez d'abord prendre votre petit déjeuner. »

Je suis les garçons dans la cuisine où je rencontre Yanaha, la mère de Niyol. Elle a une bouille ronde, elle aussi. Je m'attendais à la voir habillée comme dans *Bonanza*[1], mais elle porte une robe normale.

« Bonjour, Donna. »

Je suis rassurée de voir qu'elle parle pas qu'indien.

« Bonjour, madame. »

Elle rit.

« Tu peux m'appeler Yanaha. Je suis pas si vieille. »

Quand même, elle doit bien avoir trente-cinq ans.

« J'ai que trente-cinq ans ! Alors, c'est sûr, pour une petite fille de ton âge…

— Je suis plus une petite fille. J'ai quatorze ans.

— Ah ?

— Yanaha, ça veut dire "courageuse", m'explique Neal. Hein, Yanaha ?

— Oui ! Et c'est vrai qu'il m'en faut du courage pour vous supporter tous les trois ! »

Les jumeaux et Niyol rient avec elle. On s'assoit et on mange des pancakes que prépare Yanaha. Ils sont meilleurs que ceux que ma mère achète sous plastique. Lorraine entre et nous sert un verre de lait. Jack boit le sien d'un trait et réclame :

« Encore.

— Pardon ?

— Un autre.

---

1. Série télévisée.

— *Pardon* ?!

— T'as oublié le mot magique, lui souffle Niyol.

— S'il te plaît. »

Alors seulement elle lui sert un autre verre de lait.

« Merci. »

Je me sens bien avec eux. Personne crie ou fait la tête. Mes parents, eux, sont pas du matin. Bon, ils sont pas non plus de l'après-midi ni du soir.

Lorraine se tourne vers moi :

« Quand est-ce que tu veux que je t'emmène chez ta copine ?

— Euh…

— Pas tout de suite, répond Neal. On doit lui montrer les chevaux.

— Et les lapins, dit Jack.

— Cet après-midi ? » je propose.

J'essaie de gagner du temps.

« D'accord, répond Lorraine. On va appeler les parents de ta copine. Et les tiens. Il faut qu'ils sachent où tu es. »

Là, je me sens coincée, et ça doit se voir parce que Yanaha me demande :

« Ça va pas ?

— Si. Mais, en fait… »

Je réfléchis un quart de seconde. J'ai vraiment pas envie de retourner à Albuquerque.

« … j'ai pas d'amie à Albuquerque. Je vais à Los Angeles.

— Quoi ? » s'exclame Lorraine.

Ils me regardent tous. Je prends les pièces que Lorraine m'a données hier pour téléphoner et je les pose sur la table.

« Qu'est-ce que tu vas faire à Los Angeles ? veut savoir Yanaha.

— Ben… je dois aller tourner un film. »

Dans quoi je m'embarque ?

« Un film ? répète Lorraine.

— Oui… Avec Ryan O'Neal. Je dois jouer sa fille. »

Pfff…

Lorraine et Yanaha échangent un regard. Est-ce qu'elles me croient ?

« T'es actrice ? s'étonne Jack.

— Un peu.

— Mais… comment ça se fait qu'on te laisse y aller comme ça, toute seule ? cherche à comprendre Lorraine. T'as quatorze ans ! S'il t'arrive quelque chose… !

— Vous inquiétez pas, il m'arrivera rien. Et je devais prendre le car, mais on m'a volé mon argent.

— Mais c'est pas possible… ! On peut pas te laisser aller à Los Angeles toute seule ! Tu vas rester ici en attendant que quelqu'un vienne te chercher.

— Qui ?

— Quelqu'un du tournage. Je sais pas. On verra. On va les appeler. »

Ça m'arrange pas… Mais, n'empêche, moi qui croyais qu'elle s'en fichait de moi, elle s'en fiche pas tant que ça.

« Il parle de quoi, ton film ? s'intéresse Niyol.

— C'est… Ryan qui doit emmener une fille, moi, chez sa tante. Parce que ma mère est morte, dans le film. Et sur la route, comme lui c'est quelqu'un qui fait des arnaques, il commence à monter des combines avec la fille… Voilà. En gros, c'est ça l'histoire. J'ai pas le droit de vous en dire plus.

— Ah… ça a l'air bien », dit Yanaha.

J'arrive pas à savoir si elle le pense vraiment.

« Et c'est quand le tournage ? se renseigne encore Niyol.

— La semaine prochaine.

— On peut y aller, maman ? supplie Neal.

— Oh oui, s'te plaît ! insiste Jack.

— Euh… on verra… Y a au moins onze heures de route…

— Ah… » font les jumeaux, déçus.

J'aimerais mieux qu'ils m'emmènent pas. Ils risqueraient d'avoir une drôle de surprise !

Neal et Jack ont plein de questions, comme toujours. Je leur parle de Ryan O'Neal, qui est un type génial et qui m'adore.

« Il voudrait m'adopter, mais mes parents sont pas trop d'accord… »

Lorraine et Yahana se regardent encore. J'ai peut-être un peu exagéré sur ce coup-là. Lorraine propose aux garçons :

« Et si vous alliez montrer les chevaux à Donna ? »

Les jumeaux se lèvent d'un bond. Niyol les suit, et moi aussi. Plutôt soulagée que l'interrogatoire soit terminé.

En fait, Niyol et sa mère vivent pas dans la même maison que Lorraine et les jumeaux, mais dans une maison juste à côté. En terre, elle aussi.

« C'est de la terre crue, m'explique Niyol. Toutes les maisons sont construites comme ça ici. »

Les garçons me montrent les poules et les lapins. C'est la première fois que j'en vois en vrai. Neal prend un petit lapin blanc dans ses mains et me le tend pour que je caresse sa petite tête toute tremblante. Neal et Jack connaissent les prénoms de tous leurs animaux. Celui-là, ou plutôt celle-là, s'appelle Gigi, et ils me proposent de la renommer Donna en mon honneur.

« Comme ça, on pourra venir te voir même quand tu seras partie ! me dit Jack.

— Enfin, jusqu'à ce qu'on te mange », corrige Neal.

Je suis horrifiée à l'idée qu'ils finissent par manger cette petite créature adorable.

« Venez, on va voir les chevaux », lance Neal en reposant Donna comme si de rien n'était.

On s'avance vers l'enclos où se trouvent une dizaine de chevaux marron et noirs. Ils sont plus grands que ceux qu'on voit à la télé, surtout quand ils s'approchent. Niyol monte sur l'enclos, caresse Yázhí, qui veut dire « petit » (!), et lui grimpe dessus comme ça, alors qu'il a même pas de selle. Il me demande :

« Ça te dit d'essayer ? Tu peux t'asseoir derrière moi si tu veux. »

Je suis pas sûre. J'aime pas la façon dont Yázhí me regarde. Neal propose de me faire la courte échelle. Je me dis que Sandy aurait pas hésité, elle, alors je décide d'essayer. Pour nous deux.

Le cheval a pas l'air d'accord et s'écarte dès que je pose une main sur lui, mais Niyol lui parle, Jack le caresse, et il se calme. Je pose un pied sur les mains jointes de Neal, qui me soulève tandis que Niyol me tire vers lui et que Jack rigole :

« C'est la première fois qu'on s'y met à trois pour faire monter quelqu'un ! »

Je me retrouve assise derrière Niyol et je m'accroche à lui comme à Hank sur la moto. C'est très haut. Moins que le camion de Rob, mais quand même. « Yázhí », tu parles ! En plus, il est énorme. J'ai l'impression d'être assise sur une baleine !

« Ça va ? »

Bof.

« Oui. »

Les jumeaux partagent un autre cheval et on part en balade. Dans l'enclos.

« Va pas trop vite », je dis à Niyol.

Il rit.

« Il est au pas ! On peut pas aller moins vite… ! »

Les jumeaux nous doublent, mais je m'en fiche. J'ai un peu moins peur au fur et à mesure, et j'ai envie d'essayer d'écarter les bras comme sur la moto, mais, quand je lâche Niyol, il me dit :

« Attention, tiens-toi à moi, on sait jamais. »

Je l'écoute.

On fait quelques tours d'enclos avant que les jumeaux décident que c'est plus drôle. Ils m'aident à descendre et proposent de jouer aux cow-boys et aux Indiens. Niyol a pas envie. C'est toujours lui qui meurt ! Il négocie et gagne le droit de scalper un cow-boy (Jack) et que je sois dans son équipe : je serai une Indienne.

« Mais ça peut se battre avec des cow-boys, une Indienne ? je demande.

— Bien sûr, répond Niyol. Les femmes pouvaient faire la même chose que les hommes si elles voulaient. Elles pouvaient chasser et aller à la guerre.

— Génial.

— Il y avait aussi des femmes chefs ou chamanes. Mais tu peux être guérisseuse, si tu préfères. Ou faire des paniers. Mon arrière-grand-mère fabriquait les plus beaux paniers de la tribu.

— Non, je préfère scalper Neal ! »

On rit tous, sauf Neal.

« On va t'appeler Dezba, me dit Niyol. Ça veut dire "part en guerre". »

Les jumeaux vont chercher leurs revolvers et Niyol des arcs et un tomahawk. Ils demandent à Lorraine et à Yanaha de me faire des tresses comme à une Indienne. Elles acceptent, et je m'assois avec elles dans la cuisine. Lorraine insiste pour que les garçons aillent jouer dehors en m'attendant. Une fois qu'ils sont sortis, elles m'encadrent et me font chacune une tresse. Tout en me questionnant :

« T'es partie de chez toi, hein ? commence Lorraine.

— Euh… non.

— Tu peux nous le dire, m'assure Yanaha. Je suis bien placée pour te comprendre, crois-moi.

— Non, je vais tourner un film.

— Avec Ryan O'Neal, on sait, se moque gentiment Lorraine. Franchement, Donna… ?

— Si, c'est vrai. »

Je regarde le vieux panier suspendu à un crochet au mur, en face de moi. Ça doit être l'arrière-grand-mère de Niyol qui l'a fait.

Elles finissent leurs tresses en silence, puis Lorraine s'accroupit devant moi et pose ses mains sur mes genoux :

« Écoute… On va pas te disputer. On veut juste que tu nous dises la vérité. On s'inquiète pour toi, Donna.

— C'est pas prudent de voyager toute seule à ton âge, ajoute Yanaha.

— Je vous jure que c'est la vérité. Je vais tourner un film. »

Lorraine baisse la tête, déçue, et se relève.

« Par contre, il faut que je vous dise… »

J'hésite. Lorraine et Yanaha attendent la suite. Patiemment.

« Je m'appelle pas Donna. C'est les jumeaux qui m'ont donné ce prénom.

— OK…, répond Lorraine. Et comment tu t'appelles ? »

J'hésite encore.

« Euh… »

Amy. Je peux peut-être leur dire.

« Carol.

— D'accord, Carol, me dit Lorraine. C'est un bon début… »

Elle hésite.

« Tu peux retourner jouer avec les garçons. »

Quand j'arrive, Niyol tire avec son arc des flèches invisibles sur Neal et Jack. Tous les deux se cachent derrière un gros rocher et se défendent avec leurs revolvers sans balles. Je rejoins Niyol en courant et en poussant des cris de guerrière indienne. On s'abrite aussi derrière un rocher, et il me prête son tomahawk… en plastique. Quand je pense que j'ai un vrai pistolet dans mon sac… Mais ce serait pas une bonne idée.

On joue pendant une bonne heure et on s'amuse bien. On est en train de découper le scalp de Jack lorsque Neal crie :

« T'es blessée ! »

Je comprends pas tout de suite qu'il parle de moi et, surtout, que c'est vrai. Il montre du doigt une tache de sang sur mon short. On arrête de jouer, et les garçons m'escortent jusqu'à la maison. Jack court devant en criant :

« Donna est blessée ! »

Lorraine sort de l'enclos des chevaux en courant et Yanaha du poulailler. Elles se précipitent vers nous, inquiètes.

« Qu'est-ce qui s'est passé ? demande Lorraine, de loin.

— On jouait, explique Niyol lorsqu'elle s'est rapprochée.

— On faisait comme si qu'on se battait, ajoute Neal, et on a vu qu'elle saignait. »

Lorraine et Yanaha repèrent tout de suite la tache de sang et échangent un regard.

« C'est rien », dit Lorraine.

Elle me prend par l'épaule et m'entraîne vers la maison, pendant que Yanaha rassure les garçons.

Dans la salle de bains, Lorraine me demande si je sais ce que c'est. Comme je lui réponds que non, elle commence à m'expliquer et je comprends enfin que je viens d'avoir mes règles. J'y avais pas pensé. Pourtant, Bonnie et Sandy m'en avaient parlé, mais je m'étais toujours imaginé les avoir chez moi, pas ici.

« Et tu m'as dit que t'avais quatorze ans ? se renseigne Lorraine.

— Je les aurai bientôt…

— Quand ?

— Dans six mois. »

J'ai l'impression qu'elle se retient de sourire.
« Donc, t'as treize ans… »
Je finis par lâcher un petit :
« Et demi.
— Bien. On avance. »
Elle me caresse gentiment la tête et ça me fait tout bizarre. Elle me donne un gant de toilette et une serviette et me laisse me doucher.

Lorsqu'elle frappe à la porte, je suis dans ma serviette. J'ai pas osé me rhabiller, des fois que je saigne encore. Quand je pense à toutes les serviettes hygiéniques que ma mère m'a achetées pour rien ! Lorraine m'en donne plusieurs. Avec un short et un tee-shirt de Niyol. Elle me demande si j'ai des sous-vêtements propres, et je lui dis que oui. Elle prend toutes mes affaires pour les laver.

Je suis pas très à l'aise à table. J'ai l'impression que tout le monde voit que je suis plus une petite fille. Je sais pas si les garçons savent ce que j'ai exactement, mais je trouve qu'ils me regardent bizarrement, surtout Niyol. Peut-être aussi parce que je porte ses vêtements. Lorraine et Yanaha sont particulièrement gentilles avec moi. Finalement, je crois que c'est mieux que j'aie eu mes règles ici.

L'après-midi, les garçons veulent acheter des bonbons et m'emmènent dans le seul petit commerce du coin. C'est pas très loin, mais le soleil cogne, alors j'ai quand même mis le grand chapeau de Liza. Le magasin a une façade blanche, pas comme les maisons de la région. Ça fait épicerie, garage, pompes à essence et peut-être d'autres choses encore. Un type de quarante ans en sort et demande à Niyol comment va sa mère. Il lui dit de lui passer le bonjour.

« T'oublies pas, hein ?

— Non non, promis. »

Quand il est parti, les jumeaux m'expliquent que c'est l'amoureux de Yanaha. Niyol s'énerve :

« Il *aimerait bien* être l'amoureux de ma mère. C'est pas pareil ! »

Quelque chose me dit qu'il va oublier de passer le bonjour à Yanaha…

J'enlève mon chapeau en entrant. La dame brune derrière le comptoir (je lui donne cinquante et un ans) nous sourit d'un drôle de sourire, un peu forcé.

« Salut, Flossie ! lui lancent les garçons.

— Bonjour ! Tiens, vous vous êtes trouvé une petite copine pour jouer ?

— Elle s'appelle Donna.

— Bonjour, madame.

— Bonjour, ma cocotte ! T'es en vacances chez Lorraine ?

— Non, je suis de passage. Je sais pas combien de temps je vais rester.

— C'est notre cousine de Birmingham », lui explique Neal.

Je sais pas pourquoi il lui dit ça, mais ça me fait plaisir.

« C'est l'accent de l'Alabama, ça ? me demande Flossie, surprise.

— J'ai vécu longtemps à Philadelphie.

— Ah… »

On traîne dans la boutique, on touche un peu à tout. Flossie, elle, regarde dehors, la route, comme si elle attendait quelqu'un. Elle a quelque chose d'éteint dans le regard, comme si elle était pas là avec nous. Mais pas comme Jerry. C'est autre chose. J'ai du mal à détacher mes yeux d'elle. Je me sentais pareille, absente, juste après la mort de Sandy, et ça m'arrive encore, des fois. Je suis au milieu des gens, mais je suis ailleurs.

Les jumeaux et Niyol s'approchent du comptoir et examinent les bonbons dans les bocaux. Il faut bien choisir parce que Lorraine et Yanaha nous ont donné de quoi en acheter que trois ou quatre chacun. J'en vois des jaunes, mais je suis pas sûre qu'ils soient au citron, comme j'aime (surtout quand ils piquent la langue). Je me méfie parce qu'ils ont commencé à en faire à l'ananas, sans prévenir, et qu'est-ce que c'est pas bon ! Je me suis fait avoir une fois et j'ai été tellement déçue ! Pareil quand on croit prendre un bonbon à la fraise et que c'est à la cerise… Beurk !

Pendant qu'on se décide, Flossie croise mon regard. J'ai l'impression qu'elle veut me dire quelque chose. Elle ouvre la bouche, mais il y a rien qui sort, et de toute façon les garçons ont enfin décidé ce qu'ils voulaient.

Quand on a payé, Flossie nous donne encore un bonbon à chacun en nous disant :

« Et ça, c'est cadeau. »

On la remercie tous. Elle nous regarde avec… tendresse. Oui, je crois que c'est de la tendresse que je vois dans ses yeux. Elle dit aux garçons :

« Max vous aime beaucoup, vous savez.

— Nous aussi, on l'aimait bien… », répond Neal.

Là, c'est comme si elle se rendait compte qu'elle avait dit une bêtise. Et elle se met à pleurer tout d'un coup. On se regarde avec les garçons, gênés. On sait pas quoi faire.

Elle s'essuie les yeux.

« Excusez-moi.

— C'est pas grave, lui dit Niyol. C'est normal. »

Elle lui sourit, mais on voit bien que le cœur y est pas.

On sait pas quoi faire, alors on s'en va. Avant que la porte se referme derrière nous, elle nous dit :

« Faites attention à vous, les enfants.

— Vous aussi », j'ai le temps de lui dire.

Dehors, pendant qu'on entame notre sachet de bonbons, les garçons me racontent que le mari de Flossie, Max, s'est fait tuer il y a un mois et demi. Il avait acheté un bœuf à un type, ils se sont disputés, et le type lui a tiré dessus. Deux fois dans le dos et une fois dans la tête.

« Devant Flossie ? je demande.

— Non, dans le ranch du gars, répond Neal.

— Il doit être jugé en septembre[1], ajoute Jack.

— Par contre, elle a vu son premier mari se faire descendre, reprend Neal.

— Quoi ? C'est vrai ?

— Oui, dans la boutique. Un type a débarqué et a tué son premier mari et leur vendeuse. Et, après, il a ligoté et bâillonné Flossie, et il est parti avec la caisse.

1. Le meurtrier, Gus Raney, quatre-vingts ans, sera condamné à quatre ans de liberté surveillée.

C'est la femme de ménage, qui s'était cachée dans les toilettes, qui l'a libérée. »

Je me retourne pour regarder la boutique.

« Ouais, il paraît qu'y avait du sang partout, ajoute Neal.

— Et même des bouts de cervelle, ajoute Jack en s'empiffrant.

— C'est là que les gens ont surnommé le coin "Bloodville[1]", dit Niyol. Au lieu de Budville.

— C'était y a longtemps ? je demande.

— Oh oui, répond Jack. On était tout petits.

— Et c'était qui, le tueur ?

— On sait pas, répond Neal. Un *desperado*. »

Je sais pas ce que c'est, mais j'aimerais pas en rencontrer un.

« C'est dangereux de vivre ici…

— Et attends…, continue Neal. Y a deux ans, le frère de Max s'est fait tirer dessus aussi ! Par un autre type, on sait pas qui non plus.

— Encore un *desperado*…, ajoute Jack.

— Ce coup-là, Max avait été blessé à la jambe, mais son frère, il est mort à même pas un mètre de là où le premier mari de Flossie était mort. »

Ils me disent tout ça tranquillement, en mangeant des bonbons. Moi, je pense à Flossie qui a perdu ses deux maris… J'ai du mal à croire qu'on parle de la gentille petite dame que je viens de rencontrer. J'espère qu'on va retrouver les deux *desperados* qui ont tué son premier mari et le frère du deuxième[2].

---

1. « La ville de sang. »
2. Ils ne seront jamais identifiés.

Neal me raconte :

« C'est drôle, quand on était petits, on croyait qu'ici ça s'appelait Budville à cause de notre père…

— Alors que ça s'appelle comme ça à cause du premier mari de Flossie, m'explique Jack.

— Qui s'appelait Bud.

— Comme notre père. Tiens, reprends un bonbon.

— Euh… oui… »

Je pioche dans le sachet. Je me demande où est leur père. Je leur poserais bien la question, mais j'ai l'impression qu'ils le voient pas souvent et j'ose pas. Je veux pas leur faire de peine.

Lorsqu'on rentre à la ferme, les jumeaux se précipitent vers Yanaha :

« T'as le bonjour de ton amoureux ! lance Neal.

— Il était chez Flossie », précise Jack.

Yanaha rougit et glousse :

« C'est pas mon amoureux ! »

N'empêche que ça a l'air de lui faire plaisir. Je regarde Niyol du coin de l'œil, et ça lui fait pas du tout plaisir, à lui.

Yanaha me demande comment je vais. Je comprends tout de suite qu'elle parle de mes règles. Elle me dit que je serai bientôt une « *asdzání* », une femme, et que, si j'avais été une Navajo, toute la tribu aurait organisé une cérémonie, la « *kinaaldá* ». J'aurais dû mettre mes plus beaux habits, courir quatre cents mètres tous les matins vers l'est pendant quatre jours, manger que de la bouillie et du pain, et finalement le guérisseur aurait chanté des chansons, ceux qui auraient voulu auraient chanté aussi après lui, et le dernier jour tout le monde se serait partagé un énorme gâteau de maïs.

Au lieu de ça, Lorraine propose qu'on aille tous voir un film au drive-in ce soir (même si je suis pas sûre que ce soit pour fêter mes premières règles), et je dois avouer que je suis bien contente de pas être une Navajo.

*

J'étais encore jamais allée dans un drive-in et je suis excitée comme une puce. Jusqu'à ce que je découvre que, ce soir, ils passent *La Barbe à papa*, avec Ryan O'Neal. Normalement, je devrais être la plus heureuse, mais, là, je donnerais tout pour repartir : c'est cette histoire que j'ai racontée ce matin au petit déjeuner quand j'ai dit que j'allais tourner un film avec Ryan. J'avais lu le résumé dans un magazine. Je vais avoir l'air fine quand ils vont voir que ça parle d'un arnaqueur qui prend la route avec une petite fille… !

Lorraine se gare entre deux pick-up. Elle prend une petite enceinte sur un piquet et la met dans la voiture. Ah, d'accord, c'est comme ça que ça marche…

Avec les garçons, on va acheter du pop-corn pendant les réclames (même si j'ai pas très faim) et, lorsqu'on revient, Lorraine et Yanaha sont assises à l'arrière !

« Les enfants devant, dit Lorraine.

— Vous êtes plus petits, c'est normal », ajoute Yanaha.

Les jumeaux se disputent pour savoir lequel va s'asseoir derrière le volant, jusqu'à ce que Lorraine décide qu'ils changeront de place à la moitié du film. À partir de là, ils se disputent pour savoir lequel va s'asseoir derrière le volant en premier, jusqu'à ce que Lorraine décide que ce sera Neal. Évidemment, Jack chouine un peu.

« C'est pas juste…

— Je sais, mon chéri, mais la vie n'est pas juste. Autant que tu t'habitues. »

Il boude encore un peu avant de s'habituer. Les jumeaux sont assis l'un à côté de l'autre, puis il y a moi, puis Niyol. On tient à quatre finalement. Mais quatre enfants. Serrés.

Le film commence par un enterrement. Tatum O'Neal, la fille de Ryan (en vrai) enterre sa mère (dans le film) quand Ryan débarque, en retard. Tiens, il porte une moustache. Ça le vieillit un peu, mais ça lui va bien… Il doit emmener la fille, Addie, chez sa tante. Quand ils se lancent dans des arnaques tous les deux, Neal se penche en avant et me dit par-dessus son frère :

« Dis donc, c'est ton film ! Ils t'ont pas attendue pour le tourner !

— Ça veut dire que tu vas pouvoir rester un peu plus longtemps avec nous alors ! » en déduit Jack.

Je sens le regard de Lorraine et Yanaha, derrière. J'ai tellement honte… J'attends que ça passe. Heureusement, le film est très drôle, et on rit tous beaucoup quand Ryan et Addie arnaquent des gens en leur vendant des bibles. Lorsque Ryan dit à Addie qu'en voiture les adultes s'assoient devant et les enfants à l'arrière, on se retourne vers Lorraine et Yanaha et on rigole.

Neal et Jack échangent leurs places au milieu du film. On avait tous oublié, mais pas eux.

Et puis, à un moment, vers la fin, je pleure. Pas à cause de l'histoire, c'est pas si triste, mais parce que tous les films de Ryan, je les ai vus avec Sandy et que, celui-ci, on le verra jamais ensemble.

Niyol voit que je pleure et pose sa main sur la mienne. Je lui souris derrière mes larmes, et il me sourit aussi. Il laisse sa main là, et je sais pas si c'est parce qu'il sait pas à quel moment il peut la retirer ou si c'est parce qu'il a envie de la laisser là. Il l'enlève que lorsque le film est fini.

Sur le chemin du retour, Neal et Jack répètent des répliques du film.

« "Je vais l'écraser !" commence Neal. "Il a qu'à se barrer !"

— "Elle a une vessie de la taille d'un pruneau !"

— "Et maintenant tu vas lever ton gentil petit cul !"

— "Ton gentil petit cul" ! » répète Jack.

On reparle du film, tous ensemble, de l'arnaque sur la monnaie quand ils embrouillent la vendeuse de rubans et le marchand de barbes à papa (est-ce que ça peut marcher en vrai ?), de la poursuite en voiture, de Tatum qui fumait… Les garçons disent que c'est dommage qu'ils aient tourné le film sans moi. Lorraine et Yanaha disent rien. Je crois qu'elles ont compris.

Lorsqu'on arrive à la ferme, on souhaite une bonne nuit à Niyol et à Yanaha, qui rentrent dormir chez eux. Et puis Lorraine demande aux jumeaux d'aller se brosser les dents et de se coucher ; elle leur dit qu'elle va pas tarder, qu'elle doit discuter de trucs de filles avec moi. Eux, ils veulent rester dehors avec nous, mais elle insiste :

« Ce sera pas long. »

Les garçons ont toujours pas l'air d'accord. Ils soupirent et s'assoient sur le capot de la voiture, les bras croisés. Alors Lorraine fait semblant de s'énerver :

« Maintenant, vous allez lever vos gentils petits culs et vous mettre au lit ! »

Ils explosent de rire et moi aussi.

« "Vos gentils petits culs" ! » répète Jack.

Ils se lèvent et obéissent. Et on se retrouve toutes les deux, à marcher jusqu'à l'enclos des chevaux, au milieu du désert, sous les étoiles. Lorraine commence :

« Je savais bien que cette histoire d'arnaqueur me disait quelque chose… Je l'avais lue dans le journal.

— Désolée…

— Pourquoi tu vas à Los Angeles, si c'est pas pour tourner un film avec Ryan O'Neal ? Enfin, si tu vas bien à Los Angeles…

— Oui… Ça, c'est vrai… »

J'hésite encore un peu, même si, quelque part, je crois que je sais déjà que je vais lui raconter la vérité.

« Tu sais, reprend Lorraine, parmi les gens qui prennent la route, il y a ceux qui fuient et il y a ceux qui vont quelque part. Moi, par exemple, j'ai fui il y a dix ans, quand j'ai quitté l'Alabama pour m'installer ici… »

Ça me fait bizarre : elle me parle comme à une adulte, j'ai l'impression.

« Et toi ? Tu fuis ou tu vas quelque part ? »

Je réfléchis.

« Les deux, je crois. Mais, surtout, je vais retrouver ma sœur. Elle est partie vivre à Los Angeles y a un an.

— Mais tes parents savent où tu es ?

— Oui. Je leur ai laissé un mot pour leur dire où j'allais. Mais, de toute façon, ils sont pas du genre à s'inquiéter.

— Tous les parents s'inquiètent pour leurs enfants.

— Non non, je vous promets. J'ai bien vu, quand ma sœur est partie. Ça a rien changé. Y avait une assiette en moins sur la table, c'est tout.

— … »

Là, je crois que je lui en bouche un coin.

« Tu devrais quand même les appeler.

— C'est prévu. Je le ferai quand je serai à Los Angeles, chez Bonnie.

— Je peux pas te laisser repartir comme ça. C'est très loin, Los Angeles. T'as fait à peine la moitié du chemin…

— En fait, je viens pas de Tulsa…

— Ah non ?

— Je viens de Philadelphie. »

Ce coup-là, je crois que je l'ai soufflée.

« Attends…, qu'elle finit par me dire, t'as fait toute cette route toute seule depuis Philadelphie ? À treize ans ?! Écoute, Donna, enfin, Carol… »

C'est pas le moment de lui dire que je m'appelle Amy…

« … reste ici quelques jours. Je vais réfléchir à ce qu'on peut faire.

— Promettez-moi de pas appeler la police. Et de pas me forcer à appeler mes parents. Je le ferai de chez Bonnie. Promis. »

Elle me regarde un petit moment et hoche la tête.

« D'accord. »

Je sais pas si elle réfléchit, si elle regrette de m'avoir emmenée, mais elle se tait et elle regarde les étoiles. Le ciel est… spectaculaire ici. Il y a qu'un petit croissant de lune, comme sur la photo que Tatum donne à Ryan dans le film.

« Vous avez entendu parler de Roswell ? je demande.

— Roswell… ?

— La soucoupe volante qui s'est écrasée.

— Oh, ça… oui. En fait, c'était un ballon-sonde de l'armée, il me semble. »

J'insiste pas. Elle connaît pas la vraie histoire.

Elle reprend :

« C'est drôle, on envoie des satellites là-haut pour pouvoir mieux communiquer, mais j'ai l'impression que plus la science fait des progrès dans ce domaine, moins on communique. Et plus on est seuls. »

Je dis rien parce que j'ai pas vraiment d'avis. Elle dit plus rien non plus.

Et puis :

« Aujourd'hui, les Russes ont envoyé une sonde pour prendre des photos de Mars. On va peut-être la voir…

— À quoi ça ressemble ?

— Je sais pas trop. »

Pendant qu'on cherche la sonde dans le ciel, je me demande comment ce sera, la vie à Los Angeles. Sûrement incroyable. Bonnie ira faire ses photos pendant que j'irai dans ma nouvelle école, on vivra dans une belle maison, on rencontrera plein de gens formidables, des acteurs… Peut-être même Ryan…

« Vous croyez que, si on veut vraiment quelque chose, ça peut se réaliser ? »

Elle me sourit.

« Bien sûr, mais il suffit pas de le vouloir. Il faut tout faire pour. »

Elle a raison. Elle me raconte :

« Je connais un garçon en Alabama qui rêve d'être chirurgien depuis qu'il est petit, et des gens ont essayé de le décourager parce qu'il est noir…

— Et alors ? Qu'est-ce que ça peut faire ? »

Elle rit.

« Je suis d'accord, mais c'était pas si simple y a quelques années. Et c'est toujours pas simple, d'ailleurs. Mais il s'est accroché et aujourd'hui, il est en troisième année de médecine.

— Ouah… Et euh… »

Je lui poserais bien une question, mais j'ai peur qu'elle se moque.

« Oui ?

— Vous croyez que c'est un vrai métier de soigner les baleines ?

— Bien sûr. Il faut bien que quelqu'un s'en occupe quand elles tombent malades ! »

Ben oui, c'est logique.

J'ai l'impression qu'elle veut me poser une question, elle aussi, et qu'elle ose pas non plus.

« Donc… t'avais deux sœurs ? Une qui est partie à Los Angeles et une qui s'est fait renverser par une voiture ?

— En vrai, c'est pas vraiment ma sœur qui s'est fait renverser. Mais c'était tout comme. Elle s'appelait Sandy. »

J'ai pas pu donner un autre prénom. Je crois que je voulais que Lorraine entende parler d'elle. D'un coup, l'idée qu'elle la connaisse pas me paraît insupportable.

« Heureusement que Sandy était là quand Bonnie est partie… Mais personne était là quand Sandy est morte. »

Lorraine me prend dans ses bras.

« Ça va aller.

— J'ai pas envie que ça aille. Si je suis plus triste, ça voudra dire que je l'ai oubliée.

— Non… »

Elle s'écarte, elle pose doucement une main sous mon menton et elle relève ma tête.

« Non, tu l'oublieras jamais. T'apprendras juste à vivre sans elle. Je dis pas que c'est facile. Ce sera long, mais un jour tu pourras penser à elle sans être triste. Je t'assure. »

Elle caresse mes cheveux.

« Elle me manque tellement, je dis.

— J'ai une amie qui te dirait qu'elle est là, avec toi.

— Je sais bien. Je lui parle, des fois, mais c'est pas pareil. »

Elle essaie pas de m'expliquer que si, c'est pareil, et franchement, je préfère.

« Par contre, un jour, on aura peut-être plus rien à se dire. Moi, je vais grandir alors qu'elle, elle aura toujours quatorze ans… »

Elle soupire.

« On change pas tant que ça finalement, tu sais. À trente ans, cinquante, soixante-dix, on est toujours un peu celui ou celle qu'on a été. Tu serais étonnée ! Et puis… mon amie Adela te dirait que maintenant que Sandy est plus là, tu vis aussi pour elle. »

Je vis aussi pour elle…

J'aime bien cette idée.

Je l'aime bien, Lorraine.
Et les jumeaux. Et Niyol. Et Yanaha.
Il faut pas que je m'attache à eux.
Il faut que je parte d'ici.
Et vite.

Jeudi 26 juillet 1973

Ce matin, je suis là et je suis pas là. Je suis toujours à la ferme et je suis déjà ailleurs, sans que je sache encore où.

J'aurais dû partir dès que je me suis réveillée, à six heures, et aller faire du stop sur la route, à cinq minutes à pied. Je sais pas pourquoi je l'ai pas fait. Pourtant, c'est la vie, non ? Les gens vont et viennent. Mes parents m'ont toujours dit que je serais plus amie avec Sandy quand on serait grandes. Comme ils disaient à Bonnie qu'elle aimerait plus Joni Mitchell ou David Bowie.

Je crois que si je suis restée, c'est parce que je voulais pas partir comme ça. Je voulais dire au revoir. Bref, on passe la matinée tous ensemble, et, même si je sens que je suis pas toujours complètement avec eux, on partage de bons moments. On rigole bien quand Yanaha coupe les cheveux des garçons dans la cour et qu'elle me tend les ciseaux en me demandant si je veux essayer.

Niyol bondit de sa chaise, paniqué, et veut plus se rasseoir !

Après, on aide Lorraine à réparer la porte de l'enclos et je leur raconte une scène dans *On s'fait la valise, docteur ?* : un type doit empêcher une femme de rentrer trop tôt dans sa chambre d'hôtel et il trouve rien de mieux que de lui faire des croche-pieds ! On s'était gondolées avec Sandy ! Évidemment, il faut le voir, c'est plus drôle, mais je rigole tellement en le racontant… Je crois que c'est ça qui les amuse le plus, finalement.

Et le plus tordant, c'est quand l'amoureux de Yanaha passe avec un bouquet de fleurs et que Niyol lui dit que sa mère est au petit coin et qu'elle a « une vessie de la taille d'un raisin sec » ! (Les jumeaux corrigent tout de suite : « D'un pruneau ! ») La tête du type, qui bafouille : « Ah oui… je… je vois… » Et la tête de Yanaha surtout, qui a tout entendu et qui se dépêche de venir prendre son bouquet et de préciser que sa vessie est « parfaitement normale » ! On se bidonne encore pendant tout le repas de midi. Même Yanaha finit par en rire.

Non, on passe vraiment de chouettes moments ensemble.

En début d'après-midi, Lorraine et Yanaha partent à Albuquerque pour acheter un cheval. Avec les garçons, on retourne chez Flossie, vu qu'on a déjà mangé tous les bonbons d'hier. Pendant qu'on fait notre choix, je peux pas m'empêcher de penser aux gens qui sont morts ici. Flossie regarde la voiture vert foncé et le van rouge et blanc qui se garent aux pompes à essence. Et les types qui descendent. Elle marmonne :

« Qu'est-ce que c'est encore que cette bande de chevelus ? »

Elle attrape un fusil sous le comptoir. Elle sort et nous dit :

« J'arrive, les enfants. »

Les six types et les deux filles ont l'air plutôt surpris de la voir débarquer avec son fusil ! Ils discutent un peu, elle pose son arme contre la pompe et commence à les servir.

Deux types et deux filles (une qui a les cheveux châtains, qui doit avoir dix-huit ans, et une blonde de dix-neuf ans) entrent dans la boutique. Ils font le tour et prennent des tas de choses qu'ils déposent sur le comptoir. Des sandwichs, des paquets de biscuits, de la bière et des sodas. Ils parlent comme si on n'était pas là. De « L.A. ». Je crois que c'est là qu'ils vont, tous. Je demande à une des filles, celle qui a les cheveux châtains :

« Vous allez à Los Angeles ?

— Ouais… Pourquoi ? Tu veux venir ? »

Elle rit.

« Ouais. »

Elle rit moins.

« Ça vous dérangerait de m'emmener ? »

Elle sait pas quoi répondre et se tourne vers les autres. Niyol essaie de me tirer par le bras, mais je bouge pas.

Le type à côté de la fille, le plus jeune des six gars, qui est noir et qui porte des lunettes (et qui est pieds nus !), me demande :

« Pourquoi tu veux aller à Los Angeles ? T'es pas bien ici ? Avec tes amis ? Ou tes frères, je sais pas… ?

— Je vis pas ici. Je suis venue de Philadelphie en stop.

— Je croyais que tu venais de Tulsa ! dit Niyol.

— C'est où, Philadelphie ? demandent les jumeaux.

— Sans déconner ! fait la fille aux cheveux châtains. On est voisins ! Nous, on vient du New Jersey ! »

J'aurais dû m'en douter, avec cet accent !

« Enfin, là, on était à New York, mais sinon on vient du New Jersey. C'est dingue !

— C'est où, Philadelphie ? insiste Jack.

— Et tu voyages toute seule ? me demande la blonde, pas très aimable. T'es pas un peu jeune ?

— Non, j'ai quatorze ans. »

Je crois bien qu'ils me trouvent un peu jeune quand même.

« Qu'est-ce que tu vas faire à Los Angeles ? veut savoir l'autre gars, un barbu aux cheveux longs (vingt-trois ans).

— Je vais rejoindre ma grande sœur.

— T'as pas fait une fugue, au moins ?

— Non. Mes parents m'avaient donné l'argent pour le bus, mais quelqu'un me l'a volé… »

Ça a l'air d'émouvoir la fille aux cheveux châtains.

« Oooooooh, qu'elle fait.

— Eh ben ! fait le barbu. T'es démerde, toi !

— Tu peux pas partir sans dire au revoir à notre mère et à Yanaha ! proteste Neal.

— On devait t'emmener, ajoute Jack.

— Mais quand ? je lui demande. Là, je peux être à Los Angeles demain ! Et puis c'est trop compliqué pour vous, avec la ferme…

— Tu vas pas nous faire ça… », me dit Niyol.

Neal et Jack aussi essaient de me retenir :

« Reste encore un peu avec nous.

— On s'amuse bien ensemble… »

Ça devrait me faire plaisir, mais ça me fait surtout de la peine.

Flossie revient avec son fusil et un beau garçon en débardeur, très bronzé, une petite barbe, vingt-quatre ans, qui lui règle l'essence et le reste. La fille aux cheveux châtains demande au gars :

« La petite veut aller rejoindre sa sœur à L.A. On peut peut-être l'emmener ? Quelqu'un lui a piqué tout son fric. Elle est venue de Philly en stop !

— De Philly ?! qu'il s'exclame d'une voix éraillée. Ouah ! J'en ai fait, des bornes en stop, mais pas à ton âge. J'ai attendu d'avoir quinze ans.

— Je les aurai bientôt ! »

Il hésite.

« Je sais pas trop. On va voir avec les autres, dehors. Il faut qu'on soit tous d'accord. On est déjà nombreux…

— Oui, je comprends. »

La fille la plus gentille me sourit. Ils disent tous au revoir à Flossie avant de sortir.

« Alors tu viens de Philadelphie maintenant ? s'étonne Flossie. Je croyais que tu vivais en Alabama…

— Euh… »

Qu'est-ce que je peux répondre ? Heureusement, elle est assez gentille pour passer à autre chose :

« Tu vas quand même pas partir avec eux ! Tu les connais pas !

— Vous inquiétez pas. J'ai l'habitude de faire du stop.

— Peut-être, mais quand même… On sait pas ce qui peut arriver… »

Justement. J'aimerais bien, moi, qu'il m'arrive quelque chose… Je lui dis que :

« Ici non plus, on sait pas ce qui peut arriver. »

Elle baisse les yeux et je regrette. Je disais pas ça pour ses maris…

« Il faut que je retrouve ma sœur. »

Je regarde dehors, par la fenêtre : ils discutent tous ensemble.

« On est là, nous ! m'assure Neal.

— Oui, c'est vrai ! On est là, nous ! répète Jack.

— Oui, je sais, mais…

— C'est bon, on peut t'emmener ! »

C'est la fille aux cheveux châtains qui vient d'entrer.

« C'est vrai ? Mais il faut que j'aille chercher mes affaires.

— Où ça ? C'est loin ?

— Non, c'est juste à côté.

— OK. Dépêche-toi avant qu'ils changent d'avis. »

Elle ressort. Je regarde mes trois copains qui ont l'air tristes.

« Je suis désolée.

— Pas autant que nous », répondent les jumeaux.

Je dis au revoir à Flossie. Et aussi :

« Faites attention à vous. »

On sait ce qui peut arriver par ici…

Et on s'en va sans bonbons.

Dehors, tout le monde me regarde. C'est un peu gênant.

« Les gars, voilà notre invitée ! dit le garçon en débardeur. Alors je vous demanderai de bien vous tenir ! »

Ils ont tous vingt-trois, vingt-quatre ans, à part le plus jeune, noir, à lunettes, qui a pas plus de dix-neuf ans, et un type immense, noir aussi, qui doit avoir dans les trente et un ans.

Je leur annonce :

« Je vais chercher mon sac… Vous m'attendez, hein ?

— Les gars, on n'a pas le temps ! lance un moustachu.

— Dépêche-toi, me dit le géant. On décolle dans cinq minutes !

— D'accord, je me dépêche ! »

Je me mets à courir vers la ferme. Neal, Jack et Niyol aussi. Au début, ils essaient de me faire changer d'avis, et puis ils comprennent qu'il y a rien qu'ils puissent dire, alors ils disent plus rien.

Je prends mes affaires dans la chambre et dans la salle de bains et je jette tout dans mon sac. Niyol propose de me le porter. Et s'il partait avec en courant ? Pour me retenir. Non, il est pas comme ça. Je lui fais confiance.

Dehors, les jumeaux veulent me donner mon lapin, celui qu'ils ont appelé Donna en mon honneur. Ils sont sûrs que Lorraine et Yanaha seraient d'accord. Moi qui ai toujours rêvé d'en avoir un… Je me dis quand même que ça va être compliqué de voyager avec un lapin. Finalement, ils vont le garder. On se remet à courir. Ils me disent que ce sera toujours mon lapin et qu'ils le mangeront jamais. On est tous essoufflés. De loin, je vois que la moitié des gars et la blonde sont déjà assis dans le van et dans la voiture, alors j'accélère et les garçons aussi.

Lorsqu'on arrive, Niyol met mon sac à l'arrière du van, où il y a plein d'instruments de musique, des valises et des sacs de voyage.

Quand je me tourne vers les jumeaux pour leur dire au revoir, Jack se met à pleurer.

« J'aurais voulu qu'on soit frères et sœur, qu'il me dit, essoufflé.

— On *est* frères et sœur », lui répond Neal.

Et voilà que je pleure aussi ! Je les prends dans mes bras.

« Oooooh, s'exclame la fille aux cheveux châtains, comme si elle était vraiment émue. Vous en faites pas, on va bien prendre soin d'elle. »

Je lâche les jumeaux et j'essuie mes yeux et mes joues. Neal passe un bras autour du cou de son frère, qui regarde ses chaussures en reniflant. Je m'avance vers Niyol, qui s'est mis un peu à l'écart. On dirait qu'il arrive pas à me regarder.

« Je voudrais que tu restes.

— Moi aussi, j'aimerais bien, mais... »

Je le serre dans mes bras et il me serre dans les siens. Il me dit :

« C'est pas "Part en Guerre" que j'aurais dû t'appeler...

— Ah ? Comment alors ?

— "Née pour Tailler la Route".

— "Née pour Tailler la Route" », je répète.

Je m'écarte de Niyol et on échange un regard humide.

« J'espère qu'on se reverra, qu'il me dit.

— Moi aussi.

— En tout cas, je t'oublierai jamais. »

Quelqu'un dans la voiture klaxonne. C'est le moustachu. Niyol se force à me sourire.

« Vas-y. Ils t'attendent. »

Je fais oui de la tête et je monte dans le van pendant que Niyol rejoint Neal et Jack. Je m'installe à l'arrière, à côté de la fille aux cheveux châtains qui me dit :

« Ça va aller, ma puce.

— C'est parti ! » lâche le géant noir en démarrant.

Je dis encore au revoir aux garçons par la vitre entrouverte :

« Pensez un peu à moi de temps en temps ! Je sais que moi, je penserai à vous… »

J'espère qu'ils m'ont entendue. C'est bizarre, j'ai vraiment l'impression de les abandonner. Je leur fais au revoir de la main pendant une minute, jusqu'à ce qu'ils disparaissent complètement au loin. La fille aux cheveux châtains me prend dans ses bras et m'embrasse le dessus de la tête.

« Pleure, ma puce, si ça te fait du bien. »

Je sais pas si ça me fait du bien, mais je pleure. Je savais pas, quand j'ai dit au revoir à Lorraine et Yanaha tout à l'heure, que je les reverrais jamais. Et d'un côté, c'était pas plus mal.

La fille attend que ça aille mieux pour me demander comment je m'appelle. J'hésite.

« Donna.

— Moi, c'est Joan.

— Et moi, c'est Danny, me dit le gars aux cheveux longs roux à côté d'elle. Je suis le tombeur du groupe. Et accessoirement, je joue de l'orgue et de l'accordéon.

— Vous êtes tous musiciens ?

— Eux, oui, répond Joan. Moi, je les suis partout, avec Mia, que t'as vue tout à l'heure. On est leurs plus grandes fans. Lui (elle me montre le gars bronzé en débardeur, assis devant moi), c'est Bruce, le chanteur. T'as peut-être entendu parler de lui, à Philly ? Bruce Springsteen. Il a sorti un album incroyable ! Et il vient d'avoir une super critique dans le *Rolling Stone* de ce mois-ci. (Elle lui tape sur l'épaule.) C'est une star ! »

Bruce se retourne et me dit :

« Ouais, je suis une star, mais c'est dommage, y a qu'elle qui est au courant ! »

Tout le monde rigole. Et Bruce me présente le gars qui conduit, le géant.

« Et lui, c'est Clarence, qu'on appelle aussi "Big Man[1]". On se demande pourquoi, hein ?

— Il joue du sax, précise Joan.

— J'adore le sax », je dis.

Clarence « Big Man » me regarde dans le rétro et me sourit :

« Je t'aime bien, toi. J'ai tout de suite senti que t'avais du goût ! »

Moi aussi, je l'aime bien. Ça a beau être une montagne, avec une grosse voix grave, il a l'air tout doux.

« Et vous jouez quoi comme genre de musique ?

— Du rock, répond Bruce. Y a que ça de vrai !

— Avec le jazz, nuance Danny.

— Et vous allez donner un concert à Los Angeles ?

— Non, répond Bruce. À San Francisco, demain soir. Mais j'ai un rendez-vous à Los Angeles demain matin.

— Et c'est pas vraiment un concert, rectifie Danny. On va jouer que quatre titres.

1. « Costaud. »

— Vous venez de New York juste pour quatre chansons ?!

— Et pour mon rendez-vous, précise Bruce.

— C'est ça la vie de rockstar, me dit Joan. Ils ont joué à New York jusqu'à lundi, ils jouent à San Francisco demain et dans cinq jours, le 31, ils rejouent à New York. Enfin, à côté, à Roslyn.

— Ouah, vous allez refaire toute la route dans l'autre sens ?!

— Eh ouais ! fait Bruce. "La route, c'est la vie", comme dit Jack. »

Jack… ?

« Jack ? je demande.

— Kerouac.

— T'as pas lu *Sur la route* ? me demande Joan, étonnée.

— Elle est un peu jeune, juge Danny.

— En ce moment, je lis *Tess d'Urberville*… »

Il siffle et enlève un chapeau imaginaire en s'inclinant.

« Eh ben ! Madame ! Attention, on a une intello avec nous, les gars ! Va falloir faire attention à ce qu'on dit…

— Surtout toi ! » lance Bruce.

Clarence éclate de rire, de sa grosse voix grave. Ça secoue toute sa carcasse et même le van, on dirait.

Bruce se retourne :

« Tu traverses le pays toute seule, tu lis Thomas Hardy… T'es une sacrée gamine !

— T'as pas rencontré trop de dingos ? » me demande Danny.

Je pense à Rob, Glinda, Hank, Liza, Lorraine…

« Non. Enfin, euh… »

… Roxy, Trent, Jerry…

« Non, ça va…

— J'ai fait pas mal de stop, moi aussi, me raconte Bruce, et j'ai tout eu : des mecs bourrés, des fous du volant, des péquenauds… Tout. Même des flics ! Une fois, je me suis fait coffrer parce que je faisais du stop sur l'autoroute. J'avais pas trop de fric, pas de pièce d'identité, pas d'adresse officielle. Du coup, ils m'ont embarqué.

— Moi non plus, j'ai pas trop de fric.

— Mais t'as une pièce d'identité ?

— Non…

— Mais t'as une adresse ?

— Ben… oui, enfin, à Philly…

— C'est bon alors, t'inquiète.

— De toute façon, ils mettraient pas une gamine de treize ans au trou ! me dit Danny.

— Quatorze, je corrige.

— Quatorze, pardon.

— N'empêche que t'as du cran, me dit Bruce. Mais t'as peut-être pas vu *Easy Rider* ?

— Non.

— La première fois qu'on a traversé les États-Unis avec Mad Dog…

— "Mad Dog[1]" ? je demande.

— Vini, si tu préfères. Notre batteur. Le moustachu qui klaxonnait à la station-service.

— Pourquoi "Mad Dog" ?

— Tu comprendras bien assez tôt, me prévient Danny.

1. « Fou furieux. »

— Il est pas méchant, me rassure Bruce, mais il monte vite en régime.

— T'inquiète pas, me dit Joan.

— Je m'inquiète pas. Mon père est comme ça. À force de l'entendre crier, je l'entends même plus.

— Ah oui… »

Bruce se retourne vers moi :

« OK… Je peux comprendre. »

Il y a quelque chose dans son regard qui me fait dire que c'est pas seulement qu'il *peut* comprendre. Il comprend.

Il reprend son histoire :

« Bref, la veille de notre départ, on est allés voir *Easy Rider* au cinoche. Je te raconte pas la fin, mais ils croisent de ces bouseux. Des vrais tarés ! »

Ça me fait rire et les autres aussi.

« Je te jure, on n'était pas rassurés, après ça. On avait même pris de quoi se défendre, au cas où. Mais des trucs légaux, hein ! »

La voiture verte devant nous fait des zigzags.

« Euh… qu'est-ce qu'il fait ? C'est normal ? » je m'inquiète.

Bruce se tourne vers la route. La voiture se remet à rouler droit.

« C'est rien, me répond Clarence. C'est Mad Dog. C'est normal. Tout va bien.

— Il a dû s'engueuler avec Garry, suppose Danny.

— T'as eu de la chance, me dit Bruce, t'aurais pu monter avec eux ! »

Il allume la radio et commence à chanter sur le titre qui passe à ce moment-là, « Take It Easy », des Eagles :

« *Take it eaaasy, take it eaaasy*

Don't let the sound of your own wheels
Drive you craaazy[1] »

Il a une belle voix, rauque. Danny, Clarence et Joan se joignent à lui. Et puis je me mets à fredonner, moi aussi.

Pendant plus d'une heure, on chante sur tous les morceaux qui passent à la radio : Jackson Browne, Carly Simon, Ben E. King, les Beach Boys… Ça me fait tout bizarre quand j'entends « Route 66 » des Rolling Stones. C'est là que je réalise que je suis *vraiment* sur cette route. Pour de vrai. Mick Jagger chante « Oklahoma City », « Amarillo », « Gallup » (qu'on vient juste de dépasser !), « New Mexico »… Des endroits dans lesquels j'aurais jamais pensé mettre les pieds. Surtout pas avec un groupe de rock. C'est carrément la folie quand on reprend tous en chœur :

« *Get your kicks on Route 66*[2] »

Dans la voiture de Vini aussi, ça a l'air d'être la folie. Sinon, pourquoi elle zigzaguerait comme ça ?

*

On a arrêté de chanter. Bruce veut économiser sa voix. Chacun est dans ses pensées. Joan me demande :

---

1. « T'en fais pas, t'en fais pas/Laisse pas le bruit de tes roues/ Te rendre dingue »

2. « Prends ton pied sur la Route 66 »

« Qu'est-ce qu'elle fait à Los Angeles, ta sœur ?
— Des photos.
— Ah, elle est photographe ?
— Non, elle, elle *pose* pour des photographes. »
Danny, qui avait l'air de s'endormir, se redresse :
« Ah ouais ? Elle est mannequin ? »
Je pense à mon père qui la traitait de « mannequin grosses fesses ».
« Elle est partie vivre à la *Mansion*. »
Clarence me regarde dans le rétro. Bruce se retourne :
« La *Mansion*, comme dans… la *Mansion* ?
— Ouais.
— Le Manoir Playboy ? demande Danny.
— Ouais.
— Comment elle s'appelle, ta sœur ?
— Bonnie. »
Il fait un bond.
« Bonnie ?! Attends… Bonnie, c'est… c'est Miss Mars !
— C'est vrai ? je demande. Vous l'avez vue ?
— Et comment que je l'ai vue ! Plutôt deux fois qu'une !
— Tu peux lui faire confiance », plaisante Bruce.
Je savais qu'elle avait réussi. Danny a les yeux qui brillent.
« Elle est… »
Il cherche ses mots et devient tout rouge.
« Euh… Elle est… »
Il regarde Bruce, qui lui fait non de la tête.
« … châtain ?
— Oui. C'est elle.

— Incroyable… C'est là que tu vas alors ? Au Manoir Playboy ?

— Ouais.

— Géniaaaal ! »

Il réfléchit.

« Dis donc, Bruce, je peux peut-être accompagner la petite, demain, pendant que tu vas à ton rendez-vous ? On va quand même pas la laisser se débrouiller toute seule ! Elle va se perdre dans ce grand manoir ! »

Clarence secoue la tête. Bruce se retient de rire.

« Hein ? insiste Danny. Quoi ? Non ? T'as pas besoin de moi…

— C'est vrai, ça, répond Bruce. D'ailleurs, est-ce que j'ai vraiment besoin de toi à San Francisco, finalement ? Hein, Big Man ? Qu'est-ce que t'en penses ?

— C'est ça, répond Danny. Eh ben, tu sais quoi ? T'auras qu'à jouer ta nouvelle chanson sans moi ! Déjà que t'as pas fini de l'écrire…

— Je la peaufine, nuance ! »

Clarence fait encore bouger tout le van en riant.

Au bout d'un moment, Danny me demande :

« Et tes parents, qu'est-ce qu'ils en pensent ? Pour ta sœur ? Enfin, je pense à ton père… Voir sa fille dans *Playboy*…

— Ils l'ont pas vue. De toute façon, elle s'en fiche. Elle dit qu'elle a le droit de faire ce qu'elle veut de son corps, que les *playmates* "emmerdent les euh… les phallocrates, qui voudraient qu'elles restent des gentilles filles, bien comme il faut, qui couchent pas, qui se marient et font des gosses". Elle dit que toutes les *playmates* ont un père, un frère, un petit copain et qu'elles les emmerdent !

— Elle dit ça ?
— Ouais. »

Entre parenthèses, je sais pas où elle a entendu ce mot-là, « phallocrates ».

« Et elle dit aussi que sa chatte est révolutionnaire. »

Tout le monde éclate de rire.

« J'adore ! applaudit Joan.

— Moi aussi ! s'exclame Danny. N'empêche, c'est dommage que tes parents sachent pas. À mon avis, ils seraient drôlement fiers… »

Les autres rigolent, pas convaincus.

« Je sais pas. En tout cas, ils savent pas. Ils savent même pas où elle est. Y a qu'à moi qu'elle l'a dit.

— Et toi, ils savent où t'es ? » me demande Joan.

Clarence me regarde dans le rétro. Bruce et Danny tendent l'oreille, mine de rien.

« Je leur dirai quand je serai arrivée. Je les appellerai. »

J'en ai marre de mentir.

Bruce se retourne :

« C'est pas cool pour tes parents. Ils doivent se poser un milliard de questions.

— Euh… non. C'est pas leur genre de se poser des questions. Sur rien. »

Il me fixe quelques secondes et recommence à regarder la route.

Joan me prend la main. Comme une grande sœur. C'est tellement doux que ça me donne la chair de poule. Tout d'un coup, elle soupire :

« Mes parents aussi, c'est des cons. »

Je la regarde et on éclate de rire en même temps.

« Qu'est-ce que t'as dit ?! » demande Bruce.

On rit encore plus.

« Elle a dit que ses parents étaient des cons, répète Danny. En même temps… c'est un peu le rôle des parents d'être cons, non ? Et croyez-moi, je sais de quoi je parle !

— Ah, les tiens aussi… ? demande Joan.

— Non, mais moi, je suis papa ! »

Bruce, qui était en train de boire, crache toute son eau en riant :

« Qu'il est con ! »

Danny se tourne vers moi :

« Tu vois ! »

*

Le soleil commence à se coucher lorsqu'on s'arrête sur le parking d'une station-service à Flagstaff pour se dégourdir les jambes. Avant de sortir du van, on enfile tous un pull parce qu'il fait frais.

« C'est l'altitude », nous explique Clarence.

Entre les montagnes, les sapins, les maisons en bois et les coups de sifflet du train qui passe, j'ai l'impression qu'on a voyagé dans le temps.

Alors qu'on descend tranquillement du van, le moustachu, Mad Dog, sort de la voiture en criant et fonce vers nous :

« Vous avez entendu, pour George Harrison ?

— Non. Quoi ? demande Bruce.

— Il a versé un million de livres aux impôts anglais ! Hier. *Un million de livres* ! Attends, le mec se casse le cul à organiser un concert pour aider le Bangladesh et ces enfoirés des impôts bloquent toutes les recettes pendant deux ans ! Deux ans ! Du fric qui doit permettre de filer à bouffer à des gens qui crèvent de faim. Ils crèvent de faim là-bas ! Deux ans que ces salopards faisaient traîner cette affaire. Et, pendant ce temps, t'as des petits gamins qui crèvent la gueule ouverte. Et il a fallu que ce soit George qui file un million à ces connards qui restent le cul dans leur fauteuil ! Un million de livres, putain !

— C'est bon, tente de le calmer Bruce.

— Non, c'est pas bon. Mais tu sais ce qui me tue là-dedans ? C'est comment il peut avoir *un million de livres* à donner, comme ça ?! Alors que je dois me défoncer pour gagner une misère !

— Y en a plus d'un qui aimerait gagner quatre-vingt-cinq dollars par semaine, lui fait remarquer Bruce.

— Pas George, en tout cas !

— "George" ? s'étonne Danny. Tu l'appelles "George" maintenant ? Vous êtes potes ?

— Oh, ta gueule… Me fais pas chier… Fais pas chier.

— Mollo, s'te plaît, intervient Bruce. On a une invitée. »

Vini « Mad Dog » me regarde comme s'il me voyait pour la première fois.

« Donna, continue Bruce, je te présente Vini…

— Le batteur », précise Joan à voix basse alors que Mad Dog me salue d'un petit hochement de tête nerveux.

Bruce passe au type à côté, cheveux longs, grosse barbe. Celui qui trouvait que j'étais « démerde ».

« … Garry…

— Le bassiste… », me souffle Joan.

Garry me sourit.

« … David…

— Claviers… »

Toujours pieds nus, il me fait un petit signe de la main.

« … et Mia. »

Qui se force même pas à me sourire ni à me saluer. Elle demande à Joan :

« Je peux récupérer ma place ?

— On avait dit qu'on restait comme ça jusqu'à Los Angeles… »

Mia tire encore plus la tronche. Si c'était possible.

Je fais quelques pas avec Joan. Je lui demande :

« J'ai pris sa place ?

— On a tiré au sort toutes les deux, t'inquiète.

— Elle voudrait changer pour plus être avec Vini, c'est ça ?

— Ouais. Et, surtout, pour être avec Bruce. »

Elle me fait un clin d'œil et me dit :

« Tu sais ce que c'est, tout le monde veut être assis près de la cheminée… »

L'expression me fait sourire.

Garry aussi voudrait changer de place avec Danny.

« Non, je peux pas, c'est à mon tour de conduire, prétexte Danny.

— Ouais, moi aussi. T'auras qu'à conduire la voiture et je conduirai le van.

— Euh… non… On a tiré au sort… »

Je crois que personne veut monter avec Vini. Ou tout le monde veut être avec Bruce. La cheminée du groupe.

J'irais bien aux toilettes, mais je veux pas y aller toute seule. Heureusement, Joan a envie aussi, alors je saute sur l'occasion. On prend nos pantalons avec nous et on en profite pour les enfiler dans les cabines. Quand on sort, Bruce joue de la guitare et s'arrête de temps en temps pour écrire sur une feuille.

« T'écris une chanson ?

— Non, elle est écrite. Je retravaille juste un couplet. On commencera par celle-là demain.

— Ah.

— Tu veux l'entendre ?

— Ouais, bien sûr ! »

Il se remet à jouer, avant de préciser :

« Ça s'appelle "4th of July, Asbury Park". »

Il joue encore un peu et chante, susurre presque :

« *Sandy...* »

J'ai immédiatement la chair de poule. De la tête aux pieds.

« *... the fireworks are hailin' over Little Eden tonight*[1] »

Je me dis que c'est un signe qu'elle m'envoie. Elle veut que je sache qu'elle est là, qu'elle fait ce voyage avec moi.

Arrive le refrain :

« *And Saaandy, the aurora is risin' behiiind us*
This pier lights our carnival life forever

---

1. « Les feux d'artifice retombent en pluie sur Little Eden ce soir »

Oh love me tonight for I may never see you again
Hey Sandy girl[1] »

Je sens des larmes couler sur mes joues. Et la main de Joan prendre et serrer la mienne.

À la fin de la chanson, Bruce me regarde, ému lui aussi. Il pose sa guitare et me prend dans ses bras. Il essaie de détendre l'atmosphère :

« Bon, je crois qu'on va la garder, cette chanson…

— Et encore, ajoute Danny, imaginez avec l'accordéon ! »

Ça nous fait rire.

Clarence et Garry distribuent des sandwichs, des donuts et, au choix selon les goûts et surtout l'âge, des cannettes de bière, de Pepsi ou de Dr Pepper. Le barbu, Garry, me dit :

« T'inquiète, c'est la maison de disques qui régale ! »

Après toutes ces émotions, on mange en silence, assis par terre les uns à côté des autres, en admirant un coucher de soleil « à couper le souffle », comme dit Mia. Tout le monde a l'air content de partager ce moment un peu irréel. On arrête même de manger pour mieux en profiter, jusqu'à ce que le soleil disparaisse complètement, d'un coup. Je crois qu'on a tous ressenti la même impression merveilleuse de calme et de paix.

« C'est bon ? demande Mad Dog. On peut y aller ? Vous l'avez vu, votre coucher de soleil à la con ? »

---

1. « Et Sandy, le jour se lève derrière nous/Cette jetée illuminera toujours notre vie d'allégresse/Oh, aime-moi ce soir parce que je ne te reverrai peut-être plus/Eh, petite Sandy »

On remonte dans le van. Danny s'installe au volant, Clarence prend le siège passager et Bruce s'assoit à l'arrière. Je suis assise au milieu, entre Joan et lui.

« Tu veux pas conduire ? je lui demande.

— Il vaut mieux pas : j'ai pas le permis. »

Je me dis que c'est drôle. Un rocker qui a pas le permis… Mais je dis rien.

« C'est drôle, non ? qu'il me fait. Un rocker qui a pas le permis !

— Oh non, pourquoi ? »

Il me sourit.

« Tu me fais penser à ma petite sœur, Pam. Elle est un peu plus jeune que toi, elle a onze ans. Je l'adore. On est très proches, même si je la vois moins depuis que mes parents vivent en Californie.

— À Los Angeles ?

— Non. À San Mateo, à côté de San Francisco.

— Tu vas la voir, là, du coup ?

— Ouais. Pas longtemps, parce qu'on doit repartir samedi.

— Elle va peut-être venir voir le concert ?

— Non, c'est une soirée privée. Une convention organisée par ma maison de disques[1].

— Ah…

— Tu sais qu'il voulait pas y aller ? me dit Joan. Il a fallu que les grands patrons insistent.

— C'est vrai ? je demande.

— C'est ça les stars ! » plaisante Bruce.

1. La convention annuelle de CBS qui s'est tenue à l'hôtel Fairmont.

Il est drôle. Je l'aime bien. Je les aime bien tous les quatre. Je suis sûre que Sandy aussi les aurait trouvés extras C'était son mot, « extra ». Je l'ai plus beaucoup entendu depuis.

« Ma meilleure amie s'appelait Sandy. »

Bruce et Joan me regardent, étonnés.

« Et c'est plus ta meilleure amie ? me demande Joan.

— Si, mais elle est morte. »

Ils me disent tous qu'ils sont désolés et on n'entend plus personne pendant un moment.

Il commence à faire vraiment nuit lorsqu'on entend les premières mesures de « Pink Moon » à la radio. Je chantonne avec Nick Drake :

« *Saw it written and I saw it say*
Pink moooon is on its way[1] »

Bruce me rejoint :

« *And none of youuu stand sooo tall*
Pink moooon gonna get yeee all
And it's a pink moon
Heyyy, it's a pink moon[2] »

On chante tous :

« *A pink, pink, pink, pink, pink moon*
A pink, pink, pink, pink, pink moon[3] »

Et on chante ensemble jusqu'à la fin de la chanson.

---

1. « Je l'ai vu écrire et je l'ai entendu dire/La lune rose est en route »

2. « Et aucun de vous n'est si grand/La lune rose vous aura tous/Et c'est une lune rose/Eh, c'est une lune rose »

3. « Une lune rose, rose, rose, rose, rose/Une lune rose, rose, rose, rose, rose »

Je regarde la lune.

On dirait qu'elle nous suit.

*

Au fil des heures, Danny et Clarence ont baissé le volume de la radio et on s'est tous mis à parler moins fort. Je suppose que c'est la nuit qui veut ça. J'entends plus ce qu'ils se disent à l'avant. C'est plus que des murmures. J'imagine notre van de l'extérieur : une petite bulle protégée qui avance dans la nuit, à la lueur des phares, au milieu de nulle part.

Bruce se penche en avant et jette un œil à Joan. Elle s'est endormie. Elle s'est fait un oreiller avec un blouson roulé en boule qu'elle a calé contre la vitre.

Il me chuchote :

« Mon meilleur ami à moi s'appelait Bobby Jean.

— Il est mort ?

— J'espère pas. Je sais pas. Un jour, je suis passé le prendre chez lui et sa mère m'a dit qu'il était parti.

— Où ça ?

— Elle savait pas. Tous les deux, on était tout le temps fourrés ensemble. On avait les mêmes goûts. En musique, en fringues… En filles… »

Il rigole.

« On était presque comme des jumeaux. Enfin, c'est ce que je croyais… Il m'a même pas dit qu'il partait… »

Ça me fait de la peine pour lui. J'imagine si Sandy m'avait fait ça… Nous, on devait partir ensemble.

« Je me demande souvent où il est, ce qu'il fait, s'il va bien. S'il pense à moi.

— Il t'entendra peut-être chanter à la radio, un jour. »

Il sourit.

« Peut-être. J'espère. »

On se tait tous les deux.

« J'aurais voulu au moins lui dire au revoir. »

Je comprends tellement ce qu'il veut dire. Je pose ma main sur la sienne. Ça le fait sourire. Il la soulève et l'embrasse.

« J'en ferai peut-être une chanson un jour[1]… »

On reste un moment sans parler. Je me demande où est Bobby Jean et pourquoi il est parti du jour au lendemain, sans rien dire à personne. Je me fais la réflexion, à voix haute, que…

« Y a des gens, comme ça, qui sont nés pour tailler la route… Comme Bobby Jean… »

Je regarde Bruce :

« Comme toi.

— Comme toi », il me répond.

Peut-être.

« "Née pour Tailler la Route", c'est le nom indien que mon ami Navajo, celui que t'as vu, m'a donné. »

Il me regarde.

« Né pour tailler la route… Ça me parle… »

Il prend un petit carnet dans la poche arrière de son jean et note l'expression[2].

---

1. « Bobby Jean », 1984.

2. « Born to Run » en anglais. Titre d'une chanson de Bruce Springsteen et de l'album éponyme, sortis en 1975.

Je pense à Bonnie, qui était née pour ça aussi. Alors que mes parents…

Faut que je les appelle.

J'ai du mal à garder les yeux ouverts.

Je leur passerai un coup de fil quand je serai avec Bonnie.

Oui, voilà, quand je serai avec Bonnie.

Demain.

Je me réveille lorsqu'on s'arrête, en pleine nuit. J'avais la tête sur l'épaule de Bruce, qui se réveille aussi. Joan nous sourit. Elle a posé son blouson sur moi. Clarence se retourne :

« On s'arrête dix minutes. On sort marcher un peu. Restez au chaud si vous voulez. »

Je me rendors.

J'ouvre vaguement un œil lorsqu'on redémarre, juste assez pour voir que Clarence a repris le volant.

Vendredi 27 juillet 1973

Quand j'émerge, je suis toute seule dans le van, allongée sur la banquette. J'entends le bruit des voitures, de conversations et le rire de Clarence, tout près. Je me redresse et ils sont tous là, un gobelet visiblement chaud à la main, sur le trottoir, devant un immeuble. Je regarde autour de moi : on est dans une grande ville.

On est à Los Angeles.

Je suis à Los Angeles.

À *Los Angeles* !

Je sors du van et je me rends compte que l'immeuble est une tour ronde, en fait. C'est vachement original. Les autres m'accueillent par des « Salut, ma belle », « T'es réveillée ! », « Bien dormi ? ». Même Mad Dog est de bonne humeur. Il me tend un donut et me demande :

« Tu veux un café ? Un jus d'orange ? »

Les autres sont aussi étonnés que moi.

« Euh… oui… Je veux bien un jus d'orange.

— T'entends, Danny ? qu'il lui demande en lui tapant sur l'épaule. La petite veut un jus d'orange ! »

Tout le monde rit, à part Danny. Qui va quand même m'en chercher un, au café, à côté.

Il revient avec une cannette. En buvant mon Minute Maid, je pense aux réclames avec Bing Crosby, sa femme et leurs enfants qui ont tous l'air tellement heureux[1]. La famille idéale. Moi, je bois mon jus d'orange sur un trottoir avec une bande de rockers que je connais à peine, mais j'échangerais pas ma place. De toute façon, je suis sûre que la famille Crosby se force à rire pour les caméras.

On a une heure à tuer avant le rendez-vous de Bruce. Les gars décident de dormir un peu. Ils ont encore de la route jusqu'à San Francisco et ils seront sur scène ce soir. Moi, j'ai qu'une envie, c'est de foncer à la *Mansion*, mais ils me disent qu'à huit heures, c'est trop tôt pour débarquer là-bas. Je sais qu'ils ont raison, surtout que Bonnie est pas du genre lève-tôt, mais j'ai tellement hâte de la revoir.

« On t'emmènera pendant le rendez-vous de Bruce, me promet Danny. Tu crois pas que j'ai hâte, moi aussi ?

— On va faire un tour avec Mia en attendant, me dit Joan, histoire de marcher. Ça fait deux jours qu'on est assises…

— Vous allez où ?

— Je sais pas. On va marcher dans les rues, au hasard. »

---

1. Chanteur à succès et actionnaire majoritaire de Minute Maid, Bing Crosby mettait régulièrement en scène une partie de sa famille dans des publicités pour la marque.

Pendant que j'hésite, Bruce note l'adresse de la maison de disques sur une feuille de son carnet, qu'il arrache. Il me la tend.

« Je voudrais pas que vous vous perdiez… »

Je lis :

« 1750, Vine Street. »

Je la mets dans la poche de mon pantalon.

« Merci. Par contre, toutes les boutiques sont fermées à cette heure-ci…

— On s'en fiche ! me répond Joan. C'est juste pour capter l'atmosphère de la ville.

— Tu fais jamais ça à Philly ? me demande Bruce. Te balader juste pour te balader ?

— Non. Quand je sors, c'est pour aller quelque part. À l'école, ou pour aller voir… »

Sandy.

« Non, je répète.

— C'est dommage. Moi, j'adore flâner dans les rues de Philadelphie… »

Sandy est morte dans les rues de Philadelphie.

D'un autre côté, on a tellement rêvé d'y être, dans les rues de Los Angeles. Lorraine a raison, il faut que je vive aussi pour Sandy.

« D'accord, je viens avec vous », je dis aux filles.

Avec Joan et Mia, on regarde les vitrines pendant un moment. Et puis on passe devant une église et Mia, qui marchait devant, se retourne vers nous :

« Continuez sans moi. Je vous retrouverai bien ! »

Et elle entre ! J'en reviens pas qu'elle nous plante là ! On se dit qu'on va l'attendre, et puis, finalement, on décide de la suivre.

Il fait frais, ça sent bon le bois ciré et il y a un de ces silences… On n'a même plus l'impression d'être en ville. Avec Sandy, ça nous arrivait d'aller dans des églises, pour nous « recueillir », comme elle disait. Ça voulait dire pour être tranquilles. Parce qu'il y avait jamais personne.

J'allume un cierge pour Sandy et un autre pour Bonnie. Joan en allume un aussi, mais je sais pas pour qui. Par contre, j'ai pas d'argent pour payer les miens. Joan me propose de payer pour moi, mais je veux pas. Je me dis que si le bon Dieu existe pas, c'est pas grave, et que s'Il existe, Il comprendra. Elle laisse quand même de l'argent pour nos trois cierges.

Des fois, avec Sandy, on allait dans le confessionnal, se raconter des trucs. C'était drôle. Non, franchement, j'aimais bien les églises, avant son enterrement.

Je me revois, assise avec mes parents, trois rangées derrière les siens. Je me souviens que j'ai eu un choc quand j'ai vu la taille du cercueil, beaucoup plus petit que ceux de mes grands-parents. Je peux pas vous dire ce que ça m'a fait. Comme dirait ma mère, j'aurais préféré deux claques dans la gueule. C'est bête, mais c'est là que j'ai compris qu'elle était *vraiment* jeune pour mourir. Et que la mort, ça arrive pas qu'aux vieux. D'un coup, j'ai eu peur que Bonnie soit morte, elle aussi. Et puis je me suis dit que c'était pas possible, qu'on le saurait forcément, s'il lui était arrivé quelque chose. Je crois que quelque part, moi, je le saurais.

Je me souviens aussi que la cousine de Sandy était assise tout devant et que je me disais que c'était moi qui aurais dû être à sa place. Et, quand elle a parlé de Sandy, ça m'a vraiment énervée : elle a dit n'importe quoi.

Personne la connaissait aussi bien que moi. Personne savait qu'elle voulait être chanteuse, ou qu'elle était amoureuse de Lee Majors, ou qu'elle avait embrassé deux garçons. Enfin, un, parce que le premier, c'était son cousin, pour voir comment ça faisait, alors ça compte pas. J'ai regardé son cousin, qui était juste devant moi et qui savait pas que je savais. Dans toute l'église, il y a que moi qui savais.

Mia est assise sur un banc à l'écart, devant. On s'avance et on s'assoit aussi, plusieurs rangées derrière elle pour pas la déranger. On se dit rien avec Joan. Peut-être qu'elle prie ? Moi, je regarde les vitraux, et la poussière qui vole dans les rayons de lumière. Et je prie pour Sandy. J'ai eu de la chance de la connaître pendant quatre ans. Je repense aux fois où, dans la rue, on prenait un accent pour se faire passer pour des touristes étrangères. Elle était très forte pour les accents. Un jour, à la fin de l'année scolaire, elle est venue avec moi en classe de maths et elle s'est fait passer pour ma cousine italienne. Quand mon prof a voulu parler quelques mots d'italien avec elle, elle a dit n'importe quoi, mais tellement vite… ! Le pauvre a rien compris et a préféré commencer son cours !

Mia se retourne. Elle se lève et vient s'asseoir avec nous.

« Il est beau, qu'elle nous dit. On dirait Iggy Pop. »

Avec Joan, on suit son regard et on lève les yeux vers Jésus, sur sa croix.

Mia continue :

« Vous trouvez pas qu'on est bien dans les églises ?

— Mmh, fait Joan.

— Oui », je réponds.

Mia prend une grande inspiration et reprend :
« C'est apaisant. Moi qui ai toujours l'impression qu'il se passe quelque chose de mieux ailleurs... Dans une église, je me pose pas la question.

— Moi, je prends ce qui se présente, dit Joan. Je suis bien partout où je suis.

— Je t'envie, répond Mia. Je sais pas pourquoi j'ai la bougeotte comme ça...

— Tu dirais que tu fuis ou que tu vas quelque part ? je lui demande.

— Quoi ?

— Il paraît qu'y a deux sortes de gens qui prennent la route : ceux qui fuient quelque chose et ceux qui vont quelque part.

— Ben, un peu des deux. Je fuis ma petite vie de merde... Mais, surtout, je crois que je veux aller quelque part. Le problème, c'est que je sais pas encore où ! »

Elle a l'air de réfléchir à la question pendant encore une minute.

Et puis elle se penche vers moi :
« Et toi ? Tu fuis ou tu vas quelque part ? »
J'hésite. Je crois que je vais quelque part.
« Je vais là où je suis aimée. »

*

Quand on revient, un peu après neuf heures, Bruce sort de l'immeuble et annonce à tout le monde :

« Le grand manitou a eu un contretemps. Il peut me recevoir que demain après-midi, à cinq heures et demie ! »

Mad Dog sort du van, furieux.

« C'est une blague ?! Il se fout de notre gueule ? On s'est tapé un détour de dingue pour que tu voies ce mec et ce… ce connard préfère aller jouer au golf ? "Contretemps", mon cul, ouais ! Attends, j'y vais…

— Vini ! »

Mad Dog fonce vers l'immeuble et entre, suivi par Bruce, lui-même suivi par les autres gars et nous.

« VOUS VOUS FOUTEZ DE NOTRE GUEULE ?! VOUS ALLEZ ME L'APPELER, VOTRE PATRON ! ET IL A INTÉRÊT À RAMENER SON CUL VITE FAIT !

— C'est bon, Vini… », dit Bruce en se mettant entre Mad Dog et le grand bureau de l'accueil.

La femme qui est assise derrière est livide. Bruce se tourne vers elle et essaie de la rassurer :

« Tout va bien. Il est déçu, c'est tout.

— DITES-LUI QUE J'IRAI CHIER SUR SA TOMBE ! »

Big Man attrape Mad Dog.

« Ça va, ça va, dit Mad Dog. Je me calme. »

On l'escorte tous jusqu'à la porte vitrée. Il se dégage et court jusqu'à un grand arbuste dans un gros pot. Il le déracine et le balance dans le hall !

« **MERDE** ! »

On reste tous sans voix, figés sur place.

« C'est bon, qu'il nous dit en revenant vers nous, je suis calmé.

— Excusez-nous », dit Bruce à la femme de l'accueil.

Il essaie de replanter l'arbuste comme il peut, puis, avec son plus beau sourire :

« À demain alors… »

Dehors, c'est lui qui s'énerve. Il plaque Mad Dog contre le van :

« Tu me refais ce coup-là encore une fois et je te vire[1]. »

Il le lâche. Clarence demande :

« Qu'est-ce qu'on fait ? On revient demain ?

— Tu rigoles ? grogne Mad Dog. On l'emmerde, ce mec !

— Toi, tu l'emmerdes peut-être, mais pas moi. J'ai envie d'entendre ce qu'il a à me dire.

— On va se retaper sept heures de bagnole pour voir ce gland ?

— Ce "gland", comme tu dis, c'est le boss.

— Non, répond Garry. C'est *toi* le Boss[2]. »

Bruce hésite.

« Bon, on verra. Ça va dépendre de comment ça se passe ce soir. »

Ils ont tous l'air abattus pendant une minute. Et puis Danny tape dans ses mains :

« Allez, on amène la petite voir sa sœur à la *Mansion* et on file à Frisco[3]. »

---

1. Bruce Springsteen se séparera de Vini « Mad Dog » Lopez en 1974, après une violente altercation de ce dernier avec Steve Appel, le tourneur du groupe.

2. Surnom que Bruce Springsteen s'était attribué depuis quelques années.

3. Diminutif de San Francisco.

*

Danny gare le van devant le 10236, Charing Cross Rd. On voit pas le manoir depuis la rue, juste une grille noire et une allée qui tourne vers… je sais pas encore quoi.

« Terminus, mademoiselle ! dit Clarence. Le Manoir Playboy n'attend plus que vous ! »

Je suis heureuse et assez fière d'être arrivée jusque-là, toute seule. Enfin, pas vraiment toute seule, mais quand même. Il fallait le faire, ce voyage. Bonnie en croira pas ses yeux quand elle va me voir !

Je me retourne pour prendre mon sac et je vois Vini se garer un peu plus loin dans la rue. Tout le monde sort du van et de la voiture. J'ai beau être heureuse, je suis un peu triste de les quitter, tous. Même Mad Dog.

Ça sent bon la pelouse qu'on vient de tondre et on entend encore une ou deux tondeuses au loin. C'est quelque chose que j'avais pas imaginé quand je me voyais arriver ici. Je pense qu'en images, jamais en odeurs et en bruits.

Mia parle déjà de reprendre sa place dans le van quand Joan me prend dans ses bras.

« T'es une chouette gamine. Je t'oublierai pas.

— Moi non plus.

— Je suis sûre qu'on se recroisera. En attendant, profite de la vie, ma puce. On en a qu'une. Enfin… une à la fois, en tout cas ! »

Elle sourit et moi aussi. Ce coup-ci, c'est moi qui la prends dans mes bras. Quelques secondes.

Ensuite, Garry me dit au revoir, et puis David, Mia. Clarence « Big Man » me fait disparaître dans ses bras immenses. Vini « Mad Dog » me salue de la main, de loin. Et Bruce :

« Je suis content que t'aies fait partie du voyage. Et aussi d'avoir fait partie du tien.

— Pareil. Je suis sûre que tu vas tous les scotcher à San Francisco.

— Ouais, on va leur en foutre plein la vue !

— La prochaine fois qu'on se verra, tu seras une star.

— Eh ! Je suis *déjà* une star ! T'es pas au courant ? »

On rigole.

« Allez, salut, ma grande. »

Il m'enlace et me dit encore :

« Prends bien soin de toi. »

Danny s'avance, avec des yeux de chien battu. Puis il se tourne vers les autres :

« Les gars, on va pas l'abandonner ici ! On peut au moins l'accompagner et rester avec elle jusqu'à ce qu'elle retrouve sa sœur… Je sais pas, un peu de compassion…

— Pour qui ? demande Bruce. Pour toi ? »

Les autres rigolent. Danny soupire et me dit au revoir.

« Embrasse ta sœur pour moi.

— OK.

— Dis-lui que je suis son plus grand fan.

— Compte sur moi.

— Et quoi qu'il arrive, tu fumes pas d'herbe avant quinze ans. C'est mauvais pour euh… (il regarde mes nénés)… ta croissance.

— Ça marche. »

Je leur fais un petit signe de la main à tous, mais ils bougent pas. On entend un grésillement et une voix métallique qui nous dit :

« Restez pas devant la grille, s'il vous plaît. Circulez. »

On se regarde tous. D'où ça sort ? On cherche autour de nous.

« Circulez, s'il vous plaît. »

C'est le gros rocher à côté de moi qui parle ! Il y a une enceinte dans le rocher !

« Bonjour, je dis au rocher. Euh… je viens voir ma sœur, Bonnie. Miss Mars. »

Il y a un silence.

« Vous m'entendez ? je demande.

— Oui. Elle est au courant ?

— Non, c'est une surprise. Mais… Hugh est au courant. »

C'est un peu gonflé, mais c'est sorti tout seul.

« Qui ça ? »

Il connaît pas Hugh Hefner ? Le patron de *Playboy* ?! *Son* patron ?!

« M. Hefner.

— Ah… Et il est au courant pour les gens qui sont avec vous ?

— Comment vous savez qu'y a des gens avec moi ?

— Y a une caméra. »

Je la cherche un peu partout et je la vois, en face de moi.

« Eux, ils restent pas. Ils m'ont juste emmenée, mais ils s'en vont.

— D'accord. Alors je vais attendre qu'ils repartent pour ouvrir.

— OK. »

Je me retourne vers les autres.

« C'est quoi ce mec ?! commence à s'énerver Mad Dog. Pour qui il nous prend ? La bande à Manson ?

— On y va », dit Bruce.

Les adieux s'éternisent. Au bout de quelques minutes, le rocher demande s'il doit appeler la police.

« Non non ! je réponds. Ils s'en vont. »

Deux minutes plus tard, deux armoires à glace débarquent. Un très grand roux et un très très grand brun. Le roux menace encore d'appeler la police (c'est avec lui que j'ai parlé il y a cinq minutes). Bruce calme le jeu (et Mad Dog).

« Bonne route, je leur dis.

— À toi aussi », me répond Bruce.

Le van et la voiture s'éloignent alors que je leur fais au revoir de la main.

Le très très grand brun ouvre la grille et la referme derrière moi. Les deux molosses m'escortent sur la route qui monte jusqu'à… la *Mansion*. Enfin ! Ouaaah ! On dirait un château ! C'est au moins dix fois plus grand que la maison de mes parents. Et il y a même des créneaux comme sur un château fort !

On passe à côté de la fontaine devant la maison et le très très grand brun sonne à la porte. Un monsieur habillé comme s'il allait se marier (alors qu'il doit avoir quarante-sept ans) nous ouvre.

« Elle vient voir Bonnie, lui dit le roux. C'est sa petite sœur. »

Le marié a l'air surpris. Je suis sûre qu'il se dit que je suis moins jolie que ma sœur.

« Il est encore tôt. Je pense qu'elle dort… Entrez. »

Mes deux gardes du corps me laissent avec lui. J'entre et je me retrouve dans une pièce immense, face à des fenêtres immenses qui vont pratiquement du sol au plafond. Il y a deux rangées d'escaliers sur la gauche, qui se rejoignent au premier étage. Il y a aussi un lustre immense (tout est immense), des poutres et du bois sur les murs, mais pas du lambris, comme dans notre salon à Philly. Non, des trucs sculptés, comme dans les châteaux.

« Asseyez-vous. »

Il me montre une espèce de trône (immense).

« Je vais la chercher. »

Je m'assois pendant qu'il monte les escaliers. J'arrange mon tee-shirt, tout froissé. Et puis je sors ma brosse de mon sac, je me lève et je me recoiffe devant un grand miroir. Un miroir magnifique avec des roses en plâtre.

Je vais me rasseoir, je range ma brosse et j'attends sagement. Une femme passe avec une pile de serviettes de toilette. On se sourit.

D'un coup, je me dis que je pourrais mettre les chaussures de Bonnie. Ça lui fera sûrement plaisir. Je les enfile en vitesse. Il doit vraiment être gigantesque, ce manoir, parce qu'il en met du temps, l'autre, à aller la chercher. Je me lève et je regarde le jardin derrière la maison. Il y a un paon qui se promène sur la pelouse ! J'entends des pas dans les escaliers. C'est le marié qui redescend.

« Elle doit être sortie. Elle n'est pas dans sa chambre.

— Ah…

— Vous pouvez l'attendre dans le salon, si vous voulez.

— Je veux bien. Vous savez quand elle doit rentrer ?

— Non. Les jeunes femmes qui séjournent ici ne me tiennent pas au courant de leur emploi du temps.

— Ah oui… »

Je le suis. On passe sous les deux escaliers et on entre dans le salon.

« Je vous laisse l'attendre ici.

— Merci. »

Il s'en va et je m'assois dans le fauteuil le plus moelleux du monde.

Il y a pas un bruit dans la maison.

Je regarde les gros livres sur la table basse.

La cheminée, les fenêtres.

Les gros livres sur la table basse.

Je prends *Tess d'Urberville* dans mon sac.

Je commence à lire et ça me plaît bien, même si je saute quelques passages de description de paysages. Ce qui m'intéresse, c'est Tess et ce qui va lui arriver. Elle aussi, elle a un père un peu largué.

Au bout d'une vingtaine de minutes, je sens comme une présence. Je relève la tête et je sursaute : il y a une femme debout devant moi. Plutôt jolie, dans les trente-trois ans, les cheveux châtains, jusqu'aux épaules. Je l'ai pas entendue arriver et sur le coup, je me demande si c'est pas un fantôme qui hante le château.

« Salut. »

Elle parle. Ça me rassure : c'est pas un fantôme.

« Salut, je réponds.

— T'attends quelqu'un ?

— Ma sœur. Bonnie… Miss Mars…

— Oh ! Je savais pas que Bonnie avait une sœur ! »

Je suis déçue qu'elle lui ait pas parlé de moi. Elle doit s'en rendre compte parce qu'elle se dépêche d'ajouter :

« Mais elle est très secrète. »

Elle s'avance et me serre la main.

« Bobbie. »

Je suis sur le point de lui donner un faux prénom quand je me rends compte que je suis arrivée au bout de mon voyage. J'ai retrouvé Bonnie, j'ai plus à craindre la police, ni mes parents. Plus besoin de mentir.

« Amy.

— Enchantée. Hef sait que t'es ici ?

— Qui ça ?

— Hugh Hefner. Mais tout le monde l'appelle Hef. »

Hef. Pas Hugh.

« Non, il est pas au courant. Même Bonnie est pas au courant. Je lui fais la surprise.

— Oh, c'est mignon. Mais ton accent… Tu viens de la côte Est, non ?

— De Philadelphie.

— Ah ? Pourtant… je croyais que Bonnie était née en Californie… »

Aïe… Elle a réussi à gommer son accent et moi je vais tout gâcher !

« Oui, elle est née ici. C'est juste moi qui ai grandi à Philly. Nos parents ont divorcé, c'est pour ça.

— D'accord.

— Mais je me dis que maintenant que je vais vivre en Californie, je vais peut-être perdre mon accent, moi aussi.

— C'est possible. Quand j'étais petite, on avait une nurse allemande à la maison. Eh ben, figure-toi que jusqu'à l'âge de cinq ans, je parlais avec l'accent allemand ! Et tu vois, je l'ai complètement perdu… Bon, et sinon, **tu as téchà pris ton petit técheuner ? Tu feux mancher quelque chôse ?** »

Je ris et je lui réponds :

« Je veux bien.

— Viens, y a tout ce qu'il faut ici. Et même plus ! »

Je range mon livre dans mon sac.

« Tu peux laisser tes affaires là. »

J'hésite un peu, mais, après tout, je suis chez Bonnie, on va pas me les voler.

On traverse le hall.

« Vous aussi, vous êtes *playmate* alors ? »

Ça la fait rire.

« T'es gentille ! J'aurais bien aimé, mais… non, je suis l'assistante de Hef. »

Dans la salle à manger aussi, il y a du bois sur tous les murs. Des jolis meubles, des tableaux. Et bien sûr, au milieu, une table immense. Je crois que c'est du marbre. Et des chaises avec un beau tissu bleu. Je crois que c'est du velours.

Dès qu'elle ouvre la porte de la cuisine, l'odeur de cookies me fait saliver. Bobbie soupire :

« Il va encore falloir que je résiste… Hef adore les cookies. »

La cuisinière qui est là nous tend un plateau. Je la remercie et j'en prends un. Bobbie aussi :

« Je devrais pas, mais bon. »

Elle demande à la cuisinière ce qu'elle a à me proposer pour le petit déjeuner. Et la cuisinière a tout : céréales, omelette, saucisses, bacon, pancakes, fruits… Je demande des céréales. Elle me fait la liste de tout ce qu'elle a : tout, encore une fois. Elle me cite au moins dix marques avant que je l'arrête.

« … Buc Wheats, Pink Panther…

— Pink Panther ! »

Bobbie préfère du café et des tranches d'ananas. La cuisinière nous dit de « rejoindre la salle à manger » (ça fait chic ; chez nous, on « rejoint » pas, on va poser ses fesses) et qu'elle arrive avec tout ça.

On s'assoit sur les chaises en velours bleu qui ont des dossiers très hauts. Je demande à Bobbie :

« Vous vivez ici alors ?

— Non, c'est Hef qui vit ici. Enfin, la moitié du temps. Moi, je suis le plus souvent à Chicago. Dans la première *Mansion*. »

Je savais même pas qu'il y avait une autre *Mansion*.

« C'est Hef qui a pensé que ça me ferait du bien, un peu de soleil. »

La cuisinière et une autre femme nous apportent, sur des plateaux, une tasse, une cafetière et des tranches d'ananas, et des cookies, un bol, un pichet rempli de lait et des céréales « Pink Panther » dans une espèce de saladier en verre tout sculpté. La cuisinière me sert mes céréales avec une louche et verse elle-même le lait dessus. On se croirait dans un grand restaurant.

« Merci », je lui dis.

J'adore le petit bruit des céréales qui crépitent dans mon bol.

La cuisinière et l'autre femme s'en vont presque sur la pointe des pieds. Le lait devient tout rose ! C'est le genre de truc qui énerverait mon père, alors qu'il y a pas de quoi s'énerver. C'est sûrement pour ça que ma mère a jamais voulu m'en acheter.

Je commence à manger mes céréales. Ça croustille. Encore un truc qui énerverait mon père. Mais comme il est pas là, ça peut croustiller.

Je passe un doigt sur les reliefs du saladier en verre.

« C'est joli.

— C'est du cristal », précise Bobbie.

Je retire tout de suite mon doigt. Ça la fait rire.

Elle mange ses tranches d'ananas avec une petite fourchette. Je trouve que ça fait chic, ça aussi.

« Qu'est-ce que tu lisais tout à l'heure ?

— *Tess d'Urberville*.

— Ah, Thomas Hardy… Dis donc ! T'as quel âge ?

— Treize ans.

— T'es précoce ! T'as un amoureux ? »

Ça fait deux fois qu'on me pose la question en un rien de temps. Ça doit se voir que je suis devenue une femme.

« Non. »

J'ai pas envie de lui parler de Ryan.

« Mmh. Moi non plus, j'en avais pas à ton âge. Heureusement, je me suis rattrapée au lycée ! Enfin, je me suis surtout coltiné les mecs dont personne voulait ! »

Elle rit et moi aussi.

« Les petits, les maigrichons, les moches… Je dis ça, mais ils me plaisaient, hein. Du moment qu'ils étaient gentils, ça m'allait. Et puis, j'étais pas non plus la pin-up du lycée.

— Je suis sûre que vous étiez déjà jolie.

— T'es vraiment mignonne. Non, celle qui faisait baver tous les garçons, c'était ma copine Cynthia. D'ailleurs, ça n'a pas changé.

— Mais… euh…

— Oui ?

— Vous avez un amoureux aujourd'hui ?

— Oui. Il s'appelle Ron. Je l'adore. Il est beau et il a de belles mains. Je pourrais pas tomber amoureuse d'un homme qui n'a pas de belles mains.

— J'espère que j'aurai un amoureux aussi, plus tard.

— Je suis sûre que t'en auras plein !

— Oh non, moi, j'en veux juste un. »

Elle me sourit. À mon tour, je lui confie que :

« Ma mère m'a dit que je serai peut-être jolie un jour. »

Elle a l'air étonnée, alors je me dépêche d'ajouter :

« Pas comme Bonnie, bien sûr, mais…

— Attends, ta mère t'a dit ça ?! Elle a pas les yeux en face des trous… ! »

Là, j'ai envie de me cacher. J'ai tellement honte ! Je le savais, que je serais jamais jolie…

« Tu es *déjà* jolie. Très jolie même. »

Je me sens devenir toute rouge.

« C'est gentil… Vous aussi.

— Merci. Je prends tous les compliments ! »

C'est drôle, tout d'un coup, j'ai presque l'impression qu'on a le même âge. C'est comme si j'avais une petite fille en face de moi. Qui a besoin qu'on lui dise qu'elle est jolie.

« C'est compliqué, reprend Bobbie, quand on est entourée de vraies beautés, tous les jours. Cela dit, je te rassure, j'en connais pas une qui ait pas de complexes.

— C'est vrai ?

— Je te promets.

— Remarquez, quand j'y pense, même Bonnie en avait. »

Ses fesses, qu'elle trouvait trop grosses. Enfin, que mon père, surtout, trouvait trop grosses.

« "Avait" ? Elle s'en est débarrassée ?

— Je sais pas. Ça fait un an que je l'ai pas vue.

— Un an ?! Elle a dû beaucoup te manquer.

— Oui. Vous avez des frères et sœurs, vous ?

— J'ai un frère jumeau et un grand frère.

— Moi, j'avais une copine qui était comme ma sœur jumelle.

— Et c'est plus ta copine ?

— Non. Enfin, si, mais… elle est morte.

— Oh…

— C'était un accident. Un gars a perdu le contrôle de sa voiture… »

Bobbie est toute pâle.

« Ça va ? je lui demande.

— …

— Madame ? »

Elle lève la tête.

« Oui… oui, pardon. Je… je dois te laisser. J'ai du travail. »

Elle se lève et s'en va. C'est dommage, j'aurais bien aimé continuer à discuter avec elle.

*

Comme tout ici, le jardin est immense. Il y a une piscine (avec une cascade !) et un zoo ! Je regarde les petits singes qui se collent à la grille quand j'approche. Je leur donne, par petits morceaux, deux des quatre cookies que j'avais mis dans ma poche avant de quitter la salle à manger. J'entends un chien aboyer et une voix de femme qui appelle :

« Dog ! »

Le chien vient jusqu'à moi. Un gros nounours noir avec la tête toute blanche, à part les oreilles. Je le caresse et je vois sa maîtresse (je suppose) qui arrive. Une femme incroyablement belle. De magnifiques cheveux longs châtains et des yeux verts. Comme moi. En mille fois mieux. Je lui donne vingt-trois ans. Elle a un sourire comme j'en ai rarement vu.

« Salut ! Tu dois être la petite sœur de Bonnie ! Amy, c'est ça ?

— Oui. Comment vous le savez ?

— Il y a des micros partout ici.

— Ah…

— Je plaisante. Je viens de croiser Bobbie.

— Ah oui.

— Je vois que tu as déjà rencontré Dog.

— Votre chien s'appelle Dog[1] ?

— Oui. Je trouvais que ça lui allait bien ! Tu trouves pas ? »

Je regarde son chien.

« Euh… si. »

On rigole.

1. « Chien. »

« Je connais un Mad Dog[1], je lui dis.

— Et il est vraiment foufou ?

— Oh oui ! »

Elle me serre la main.

« Au fait, moi, c'est Barbi.

— Ça vous va bien aussi. »

C'est vrai, on dirait une poupée.

On commence à marcher. On regarde les oiseaux dans la volière. Elle me demande :

« Tu aimes les animaux ?

— J'adore !

— Moi aussi. J'avais même commencé des études pour être vétérinaire.

— C'est vrai ? Et vous avez arrêté ?

— Oui, je me suis rendu compte que je ne supportais pas la vue du sang. Ce qui est plutôt gênant pour une vétérinaire ! »

J'avais pas pensé au sang. Ça doit saigner aussi, les baleines…

« Enfin, c'était un mal pour un bien : si j'avais continué, j'aurais jamais rencontré Hef.

— Vous le connaissez bien ? »

Elle rit.

« Plutôt, oui ! On est ensemble depuis quatre ans.

— Je savais pas qu'il était marié.

— On n'est pas mariés.

— Ah… »

Plus personne se marie, on dirait. Moi, en tout cas, je veux me marier.

1. « Fou furieux », mais littéralement « chien fou ».

Je lui demande :

« Et vous avez posé pour *Playboy*, vous ? »

Elle est tellement belle.

« Oui. J'ai même eu droit à la couverture. Trois fois.

— Ça m'étonne pas. Vous êtes magnifique.

— Pfff. Tu parles… J'ai un nez affreux. Je te le dis à toi, mais ça reste entre nous. Ne dis jamais aux autres ce qui te complexe, parce qu'ils finiront par te donner raison ! »

Je re-regarde son nez, qui est parfait.

« Il est parfait, votre nez. »

Elle me donne un petit coup de coude en riant.

« Si tu le dis… »

On continue à marcher. On croise des jardiniers. Et des flamants roses.

« Alors, c'est chez vous, ici ?

— En fait, la propriété appartient à l'entreprise Playboy. Donc techniquement, on n'est que locataires. Mais j'arrête pas de tanner Hef pour qu'il la rachète à son nom. Pour que ce soit vraiment à lui[1].

— En tout cas, c'est incroyable comme endroit.

— Merci. C'est moi qui l'ai trouvé. Il y a deux ans. Hef a tout de suite craqué quand il l'a visité. T'as vu la piscine ?

— Oui.

— Tu veux aller nager ? Je pourrai pas t'accompagner, mais…

— Non, merci. Enfin, j'aimerais bien, mais… j'ai mes règles.

— C'est drôle, moi aussi ! »

---

1. Il le fera l'année suivante.

Je sais que c'est idiot, mais je dois avouer que je ressens une pointe de fierté à ce moment-là. Et comme un lien. Entre femmes.

On rentre dans la maison où il fait plus frais. Dans le hall, un homme est en train de peindre en rouge les roses en plâtre autour du grand miroir.

« Ça vous va comme ça, Miss Benton ?

— C'est parfait, merci. »

On se croirait dans *Alice au pays des merveilles*, quand les jardiniers de la reine repeignent en rouge les rosiers blancs. J'espère que Hef va pas vouloir me couper la tête… !

Barbi doit me laisser. Elle a « plein de choses à voir avec Lewis pour demain ». Elle me dit ça comme si je savais qui est Lewis et ce qui doit se passer demain. Elle doit voir que je suis un peu perdue, parce qu'elle m'explique :

« Lewis, le majordome. »

Mais j'en saurai pas plus pour demain.

Je vais chercher mon livre dans le salon et je « rejoins » le jardin, comme dirait la cuisinière.

Je lis quelques pages au soleil, sous mon grand chapeau. Tess, elle, regarde les étoiles avec son frère. Ça me fait penser à Lorraine, à notre conversation… Je me dis que je pourrais appeler pour m'excuser d'être partie comme ça et pour leur dire que je suis bien arrivée.

Je demande à Lewis, enfin, au marié, enfin, au majordome, si je peux utiliser le téléphone. Il fait une de ces têtes ! On dirait que c'est lui qui va payer la communication. Finalement, il me demande de le suivre et m'emmène dans le salon. Celui où je lisais tout à l'heure.

J'avais pas vu qu'il y avait un téléphone. Je remercie Lewis, qui lâche du bout des lèvres un « Avec plaisir, mademoiselle » avant de me laisser.

Au moment d'appeler Lorraine, je me demande si je vais pas d'abord appeler mes parents. C'est pas que j'aie envie de leur parler… J'ai un peu peur de leur réaction… Mais je crois que ce serait bien de les rassurer. Je réfléchis pas trop, sinon je vais me dégonfler. Je me lance. L'opératrice me dit qu'elle me les passe « tout de suite, juste une seconde ». Je suis pas si pressée…

Puis ça sonne…

Ça sonne…

Ça sonne…

Personne. Je vais raccrocher, avant que quelqu'un décr…

« Allô ? »

C'est ma mère.

« Allô ? »

Mon père décroche jamais le téléphone de toute façon.

« Ça t'amuse, espèce de couillon ? T'as rien d'autre à foutre que d'emmerd…

— C'est moi, maman.

— …

— Tu m'entends ?

— Ouais. »

Je sais pas quoi lui dire. Elle finit par me demander : « Ça va ? »

Comme si j'étais partie deux jours chez une copine et qu'elle était parfaitement au courant.

« Ouais.

— T'es où ?

— À Los Angeles.

— Arrête tes conneries !

— Je te jure.

— Elle est à Los Angeles ! qu'elle dit à mon père.

— Qui ça ? je l'entends demander.

— Amy !

— Qu'est-ce qu'elle fout là-bas ?

— Qu'est-ce que tu fais à Los Angeles ?

— Je… j'attends Bonnie, là. Elle va arriver.

— Mais t'es où exactement ?

— Chez Bonnie.

— Ah, elle était à Los Angeles… Remarque, ça m'étonne pas, elle a toujours aimé la chaleur. Et c'est comment chez elle ? »

Je regarde autour de moi.

« Immense. Luxueux. On dirait un château.

— Arrête tes conneries ! C'est rangé au moins ?

— Oui.

— Je te crois pas. Ou alors tu t'es trompée de Bonnie ! »

Elle explique à mon père :

« Elle est chez Bonnie ! À Los Angeles !

— Eh ben, qu'elles y restent ! je l'entends crier depuis son fauteuil.

— Ton père te donne le bonjour. Et tu vas rester combien de temps alors ? »

Comme si c'était moi qui décidais…

« Je sais pas… »

Si Bonnie est d'accord, je demande pas mieux que de rester ici avec elle !

« Bon, dis à ta sœur de nous appeler quand elle pourra.

— OK. Tout va bien sinon ?
— Ouais.
— Vous vous êtes pas inquiétés, au moins ?
— Non, pourquoi ? Tu nous avais dit dans ton mot que t'allais rejoindre Bonnie. J'en étais sûre que tu savais où elle était.
— Ah. »
Pourtant, elle m'a jamais posé la question.
« Mais… vous avez pas eu peur ?
— De quoi ?
— Ben, qu'il m'arrive quelque chose…
— Penses-tu ! On se doutait bien qu'on allait pas te kidnapper !
— Bon, tant mieux…
— Allez, je reste pas trop longtemps, je vais au coiffeur. J'ai déjà mes chaussures. Tu dis à ta sœur de nous appeler, hein. Si elle revient pas, on peut peut-être louer sa chambre. Et la tienne, si tu restes là-bas. C'est con d'avoir deux chambres vides.
— … »
Je l'entends qui demande à mon père :
« Tu veux lui parler ? »
Et tout de suite après, elle me dit :
« Allez, bisous !
— Bisous, maman. »
Et elle raccroche.
Pas de reproches, pas de cris, pas de larmes. Et dire que j'avais peur de leur réaction… Je m'aperçois que j'aurais dû *espérer* une réaction ! Sandy, elle me disait tout le temps que mes parents, ils se rendaient pas compte de la chance qu'ils avaient d'avoir une fille comme moi. Gentille et tout et tout. Moi, je crois surtout

qu'ils sont pas heureux. Mais je sais pas pourquoi. J'espère que c'est pas à cause de moi.

J'appelle Lorraine tout de suite après.

Ça sonne…

Ça sonne…

« Allô ? »

C'est Lorraine.

« Allô ? »

Je sais pas quoi lui dire. J'ai tellement honte d'être partie comme une voleuse…

« Carol ?

— Oui.

— Ça va ? Tout va bien ?

— Oui, ça va. Je suis chez ma sœur.

— Ouf, Dieu merci… !

— Je suis désolée…

— Tu nous as fait peur ! Yanaha est dans tous ses états aussi. T'as appelé tes parents ?

— Oui.

— C'est vrai ?

— Oui oui. Je viens de les appeler.

— Ils ont dû être rassurés, les pauvres !

— Oui… Ils étaient… contents. »

Je peux pas lui dire la vérité. J'ai trop honte.

« Et ta sœur ? Elle était surprise de te voir, je suppose…

— Je l'ai pas encore vue. Elle est sortie, mais elle devrait pas tarder à rentrer.

— Mais t'es pas toute seule ?

— Non non, y a… plein de gens. Plein d'amis à elle. Ils sont très gentils.

— Tant mieux. »

Elle pousse un énorme soupir de soulagement.

« Oh, merci d'appeler. J'étais vraiment inquiète. Ça s'est bien passé alors, ton voyage ?

— Oui oui. Très bien. C'était des musiciens. Ils sont partis, là. Ils jouent à San Francisco ce soir.

— Oh, ouah !… C'est Carol.

— Quoi ?

— Je dis aux jumeaux que c'est toi. Attends, ils veulent te parler.

— Salut ! T'es où ? qu'ils me disent tous les deux.

— Chez ma sœur, à Los Angeles.

— Super ! On pourra peut-être venir te voir ? demande Neal.

— Ouais, ce serait chouette.

— Elle a des animaux ? veut savoir Jack.

— Plein. Des singes, des paons, des flamants roses…

— Ouah ! qu'ils disent tous les deux. Et des lapins ? demande Jack.

— Je sais pas.

— Et des perroquets ? demande Neal.

— Je crois pas…

— Et des…

— Les enfants (Lorraine reprend le téléphone), on va pas passer en revue tous les animaux de la Création… ! Carol, tu me donnes le numéro de ta sœur, qu'on puisse te rappeler ? Peut-être demain ?

— Je l'ai pas, mais je vous rappellerai et je vous le donnerai.

— D'accord.

— Je peux pas rester trop longtemps parce que ça va coûter cher, mais vous direz à Yanaha et Niyol que j'ai appelé.

— Évidemment !

— Vous leur direz bonjour de ma part.

— D'accord. Bien sûr.

— Je vous embrasse.

— Nous aussi. Bisous, Carol. À demain alors.

— Bisous.

— Bisous, bisous, bisous, bisous ! (C'est les jumeaux.) Bisous de Niyol aussi ! *Plein* de bisous de Niyol. Bisous, bisous, bisous !

— Bisous. »

Ils raccrochent. Je garde le combiné à la main un moment avant de me décider à le reposer.

Après, je retourne lire dehors.

Je déteste Alec. Il voit bien que Tess a pas envie qu'il l'embrasse… Pourquoi il le fait quand même, alors qu'elle pleure ? Je revois le gars dans les toilettes. Ça me dégoûte rien que d'y repenser. Comme quoi les choses ont pas tellement changé finalement.

Je regrette de pas lui avoir mis une baffe à ce type. Ou même un coup de genou dans les coucougnettes. C'est Bonnie qui m'avait dit de faire ça si jamais on m'embêtait. De toute façon, sur le moment, j'ai eu tellement peur que je pouvais plus bouger. Mais le prochain qui s'approche de trop près, il va voir ! Il prendra pour l'autre gros porc des toilettes. Et pour Alec !

Je continue à lire. Je veux voir si Tess va finir par lui en coller une, mais c'est mal parti. Elle me fait penser à ma mère, qui fait toujours rien que de s'écraser devant mon père. Ma mère qui dit tout le temps que Bonnie a le caractère de mon père et que moi j'ai son caractère à elle. Alors qu'elle a pas de caractère.

Elle croit toujours qu'elle me connaît mieux que personne, et même mieux que moi-même. Qu'est-ce que ça m'énerve de l'entendre me dire, si par exemple je reprends des haricots à table : « C'est bizarre, t'aimes pas les légumes, pourtant ! » Ou, selon les situations : « T'es pas comme ça », « Ça m'étonne de toi », « Je te reconnais pas »… Mais le pire, je crois que c'est quand je donne mon avis sur quelque chose : elle pense toujours que je le tiens de quelqu'un d'autre. De Sandy, de Bonnie, d'un prof. Comme si je pouvais pas avoir un avis toute seule. Bon, il faut dire qu'elle, elle pense toujours comme mon père.

Je me demande comment étaient ses parents, à ma mère. Je les connais pas. Elle m'avait dit qu'ils étaient morts, mais Bonnie m'a dit qu'ils avaient appelé, une fois. On n'en a jamais reparlé. Par contre, je me souviens des parents de mon père, qui étaient assez drôles. Surtout mon grand-père (c'est lui qui a appelé mon père un soir pour lui dire qu'il serait mort le lendemain). Il était presque aveugle, mais il conduisait quand même. Quand il arrivait quelque part, la première chose qu'on voyait sortir de sa voiture, c'était sa canne qui venait frapper le sol. Il disait qu'il avait pris une voiture jaune exprès pour qu'on le voie de loin et qu'on fasse attention. Et aussi qu'il regardait jamais dans ses rétroviseurs, que « si tout le monde regarde devant lui, personne n'a besoin de regarder derrière ! ». Ma grand-mère, elle, montait jamais avec lui. Elle avait trop peur de mourir ! Cela dit, il y a un truc qui lui faisait encore plus peur, c'était de *pas* mourir ! Qu'on la *croie* morte et qu'on l'enterre *VIVANTE*. Elle disait que c'était déjà arrivé qu'on ouvre des vieux cercueils et qu'on trouve des traces de griffures sur le couvercle… La première fois qu'elle m'a raconté ça, j'ai quasiment pas dormi de la nuit.

Enfin bref, pour pas mourir, elle suivait mon grand-père en taxi. Eh ben, elle s'est fait renverser par un vélo en sortant d'un taxi !

Elle est morte à l'hôpital.

Le destin.

Et, pour le coup, ma grand-mère était bien morte quand on l'a enterrée (avec une petite clochette, comme elle voulait, au cas où). Je le sais parce que je l'ai pincée en douce dans son cercueil et qu'elle a pas réagi. J'ai fait pareil avec Sandy et j'aimerais bien qu'on me pince aussi, si je meurs un jour.

*

Bonnie est pas rentrée de tout l'après-midi. Le soir, je l'attends toujours, dans le salon.

Barbi vient me voir. C'est Lewis, le majordome, qui lui a dit que j'étais toujours là. Elle me demande si mes parents peuvent venir me chercher ou si j'ai besoin qu'on me ramène chez eux. Elle croit qu'ils vivent à Los Angeles… Je suis un peu coincée.

« Ils vivent à Philadelphie.

— Mais t'es venue avec qui ?

— Personne. Enfin… »

Rob, Roxy, Trent, Hank, Liza, Lorraine, Bruce…

« Je suis venue en stop. »
Elle s'assoit dans un fauteuil.
« En stop ?
— Oui.
— Mais… tes parents savent où t'es ?
— Oui, je les ai appelés tout à l'heure. Tout va bien. C'est pas le genre à s'inquiéter.
— D'accord… Et t'as un endroit où dormir ?
— Ben… pas trop. Je pensais rester un peu chez Bonnie. Je savais pas qu'elle vivait ici.
— T'inquiète pas, il y a toute la place qu'il faut ici. On va dîner et je vais demander qu'on te prépare une chambre. Viens. »

Il y a trois assiettes sur la table de la salle à manger. Barbi en fait rajouter une. On s'assoit l'une en face de l'autre. Elle me dit :
« C'est incroyable d'avoir traversé les États-Unis toute seule à ton âge ! T'as pas eu de problèmes ? »
Je pense au gars des toilettes, à Harry qui m'a piqué mes sous. Qui méritent pas que je pense à eux.
« Non. J'ai rencontré que des gens très gentils. »
Je sens bien qu'elle a du mal à me croire, mais je prends mon air innocent :
« J'ai mon animal totem qui me protège. C'est l'éléphant, le mien. Et vous ?
— Je sais pas, qu'elle répond, amusée.
— Je connais quelqu'un qui pourrait vous le dire. Mais elle est à Tulsa… »
Bobbie arrive et s'assoit à côté de moi.
« Bonnie est pas rentrée alors ?
— Non, je réponds.

— Amy va dormir ici, lui annonce Barbi.

— Parfait.

— Parfait ! répète un monsieur en entrant. On m'a dit qu'on avait une invitée de marque, ce soir. »

Il s'approche de moi, s'incline et fait semblant de m'embrasser le dessus de la main.

« Enchanté, mademoiselle. Hef, pour vous servir. »

Il est drôle.

« Enchanté, monsieur. Moi, c'est Amy.

— "Monsieur" ? J'ai l'air si vieux que ça ?! Quel âge tu me donnes ? »

Je dirais quarante-sept.

« Trente-sept ? » je lui dis.

Il éclate de rire, tout content.

« Elle est mignonne ! J'en ai dix de plus, figure-toi ! C'est l'amour qui me conserve ! »

Il s'assoit en bout de table et embrasse la main de Barbi, qui me raconte :

« Quand il m'a demandé si je voulais sortir avec lui, je lui ai dit que j'étais jamais sortie avec quelqu'un de plus de vingt-quatre ans… Tu sais ce qu'il m'a répondu ? "C'est pas grave, moi non plus !" »

Ils en rient encore. Je calcule qu'il doit avoir vingt-quatre ans de plus qu'elle. Alors que Ryan a que vingt ans de plus que moi.

On nous sert une soupe de champignons quand Hef commence à me poser des questions sur mon voyage. Je lui raconte tout. Enfin, à part l'épisode des toilettes. Et comment j'ai planté Rob. Et les pourboires que j'ai volés. Et mes règles. De tout ce que je lui raconte, on dirait que rien le choque : ni Liza qui était un garçon, ni Jerry qui parlait aux fleurs, ni Glinda, Lorraine et

Yanaha qui ont pas de mari. Il dit que chacun doit vivre comme il veut, du moment qu'il est heureux et qu'il fait de mal à personne. C'est un peu un hippie, finalement.

« Mais dans notre société bien-pensante et puritaine, c'est pas simple. Il faudrait qu'on rentre tous dans le rang, que chacun joue le rôle qu'on lui a assigné. Le gentil petit mari, la gentille petite femme. Tu comprends ?

— Oui.

— T'étais pas née, mais quand j'ai créé *Playboy*, en 53, la nudité était complètement honteuse, sale, taboue. Il fallait surtout pas montrer un bout de fesse. Sauf dans les magazines de photographie. Là, c'était "artistique" et il y avait pas de problème. Tu vois l'hypocrisie ! Alors tu sais ce que j'ai fait ?

— Non.

— Je suis arrivé là-dedans et j'ai mis un grand coup de pied dans la fourmilière ! Pour moi, c'était un acte politique. C'est pas pour rien si je suis dans le collimateur de Nixon. Je suis sérieux, hein, je sais que je suis sur sa liste noire. »

Peut-être que Roxy et Trent aussi sont sur cette liste…

« À propos de liste noire, pardon pour le mauvais jeu de mots, mais Hef a aussi été un des premiers à se battre pour les droits civiques, me dit Bobbie.

— À une époque où tu pouvais pas montrer des Blancs et des Noirs ensemble. En 59, j'ai fait ma première émission télé, *Playboy's Penthouse*, avec comme invités Ella Fitzgerald et Nat King Cole. J'ai reçu des menaces de mort ! Et les États du Sud ont refusé de la diffuser.

— Tu vois pas que tu l'embêtes avec tes histoires ? lui demande Barbi.

— Non, ça m'intéresse », je leur dis.

Et même beaucoup. Avec mes parents, on parle jamais de rien.

« Il faut bien qu'elle sache dans quel pays elle vit ! » se justifie Hef.

Il sort une pipe et du tabac des poches de sa veste et il commence à bourrer sa pipe.

« J'ai publié une interview de Malcolm X en 63. Et une autre de Martin Luther King en 65.

— Ça leur a pas porté bonheur ! » plaisante Bobbie.

Hef secoue la tête et lève les yeux au ciel.

« Tu les connais ? me demande Barbi.

— J'ai déjà entendu parler de Martin Luther King, mais je sais pas qui est Malcolm…

— Malcolm X, elle répète. N'hésite pas à demander quand tu connais pas. C'est comme ça qu'on apprend.

— C'était un des grands militants pour les droits civiques, m'explique Hef.

— Comme toi ! lance Bobbie.

— Non, tu peux pas dire ça. Disons que je fais ce que j'ai à faire, à mon petit niveau. Tiens, tu connais Aretha Franklin ? qu'il me demande.

— Oui.

— Eh ben, la première fois qu'elle a pu entrer dans un club de Blancs par la porte principale, c'était chez nous.

— Dans le club Playboy de Chicago, précise Bobbie.

— Partout ailleurs, elle était toujours entrée par des portes de service.

— C'est incroyable, je dis.

— Je sais. »

Hef allume sa pipe et se met à fumer. Ça sent bon. Il reprend :

« *Playboy* s'est engagé contre la guerre du Viêtnam aussi. Quand tous les autres soutenaient la politique du gouvernement, nous, on donnait la parole aux soldats qui étaient sur le terrain.

— On se bat contre la peine de mort, ajoute Bobbie, pour la contraception, pour le droit à l'avortement…

— C'est sûr, continue Hef, je me suis pas fait que des amis, mais, de toute façon, j'avais déjà tellement d'ennemis que j'étais pas à ça près. Tu comprends, qu'il me dit, l'important, c'est de défendre ses idées, de se battre pour ses convictions. J'aime pas l'hypocrisie, j'aime pas la guerre, j'aime pas les inégalités. Par contre, j'adore les femmes ! Je sais que pour certains, enfin surtout certaines, je suis le diable en personne, mais pour moi, Dieu a rien créé de plus beau que le corps des femmes. Pourquoi le cacher ? J'oblige personne à regarder ! Ni à poser nu ! Elles le font parce qu'elles ont encore le droit de le faire…

— Et qu'elles emmerdent les phallocrates », je dis.

Il me regarde avec des grands yeux et il éclate de rire.

« C'est ça ! Et ce qu'il faut comprendre, c'est que tout est lié. L'oppression sexuelle, politique… Parce que, si tu les laisses te dire comment tu dois baiser, un jour ils t'expliqueront comment tu dois voter ! »

Barbi lui donne une tape sur la main.

« Pardon, j'ai dit un gros mot. Je m'emballe…

— C'est parce qu'il est passionné, me dit Bobbie. Depuis treize ans que je travaille avec lui, je l'ai toujours connu comme ça.

— T'as vu les photos de ta sœur ? me demande Hef.

— Non.

— Attends… »

Il se lève, mais Barbi le retient :

« Je suis pas sûre que ce soit une bonne idée…

— Ah… »

Il se rassoit.

« Oui, peut-être… En tout cas, elles sont fantastiques. C'est une sacrée nana, ta sœur. Je suis très heureux qu'elle ait rejoint la grande famille Playboy. Tu sais que c'est la première *playmate* à avoir montré sa… euh… sa… minouchka ?

— Non, je savais pas, mais ça m'étonne pas d'elle. Elle me l'avait dit, que sa chatte était révolutionnaire. »

Ça les fait rire tous les trois. Beaucoup.

Après, Hef me fait plein de compliments sur Bonnie. Comme quoi elle a du cran, et qu'elle sait ce qu'elle veut et qu'il la respecte beaucoup. Et puis il me dit que moi aussi j'ai du cran, qu'il en faut pour traverser tout le pays toute seule à treize ans et que je l'impressionne. Soi-disant, je suis une sacrée gamine et je peux être fière de moi. Il dit aussi que la vie est une aventure et que ça l'épate que j'aie déjà compris ça à mon âge.

« Qu'est-ce que tu veux faire plus tard ?

— Soigner les baleines. »

Et tant pis si ça le fait rire… Mais non, il rit pas.

« Les baleines ? Formidable ! Quelle bonne idée ! »

Je sens qu'il est sincère et ça me fait vraiment plaisir. Il tape du poing sur la table (et fait sursauter Barbi et Bobbie ; moi, j'ai l'habitude, avec mon père) et il s'exclame :

« Fonce ! La vie est trop courte pour vivre le rêve de quelqu'un d'autre !

— Bien dit, répond Bobbie en levant son verre.
— Tiens, reprend Hef, moi, si j'avais écouté ma mère, je serais missionnaire ! T'imagines ? Une vie de missionnaire ? Déjà que la position m'emmerde ! »

Barbi et Bobbie se mettent à tousser. Ça doit être le poulet à l'ananas.

Après, Hef continue à parler de la vie, du bonheur, tout ça. Ce que je retiens surtout, c'est cette phrase assez drôle qu'il nous sort quand on finit notre salade de fruits :

« Il faut surtout pas suivre les chemins tout tracés. C'est le meilleur moyen d'aller nulle part ! »

*

Après le repas, ils avaient du travail, tous les trois. Hef devait « voir des trucs » avec Bobbie, et Barbi devait apprendre son texte pour un casting. Oui, parce qu'elle est aussi actrice : elle vient de jouer dans un film pour la télévision qui doit passer en octobre. « Un film avec Tony Curtis et Kim Novak ! » qu'elle m'a annoncé toute fière, comme s'ils étaient connus. Moi, bien sûr, j'ai fait comme si je les connaissais, pour lui faire plaisir.

Peut-être que Bonnie pourrait être actrice, elle aussi ?

Bref, comme tout le monde devait travailler, Barbi m'a montré « ma » chambre. Somptueuse. Presque aussi grande que notre maison à Philly ! J'ai même une télé et une salle de bains pour moi toute seule ! C'est le grand luxe, mais j'aurais quand même préféré partager une chambre avec Bonnie. Qui est toujours pas rentrée. Ça m'inquiète un peu, mais il paraît que ça arrive souvent que les filles soient invitées à des soirées après leur séance photo. Elle sera sûrement là demain.

Barbi était désolée de me laisser toute seule, mais j'ai aussi un téléphone dans ma chambre. Comme ça, je peux l'appeler « en cas de besoin ».

Voilà comment je me suis retrouvée dans ce grand lit à regarder la télé. C'est dommage, il est trop tard, j'ai raté mes deux feuilletons, *The Brady Bunch* et *The Odd Couple*, sur ABC. Là, ils parlent des soldats noirs qui sont rentrés du Viêtnam et qui ont pas eu le même accueil que les soldats blancs. J'espère que Big Man et David ont eu droit à un meilleur accueil à San Francisco. Ils doivent être en train de jouer avec Bruce et les autres, à cette heure-ci. J'espère que tout se passe bien et qu'ils « leur en foutent plein la vue », comme a dit Bruce.

Et Rob ? Est-ce qu'il est dans son camion ? Est-ce qu'il roule ? Est-ce qu'il dort ? Est-ce qu'il va bien ?

Et Glinda. Et Liza... Qu'est-ce qu'elles font en ce moment ?

Sur NBC, ils nous bassinent encore avec le Watergate. Si Roxy regarde ça, elle va encore piquer une crise... Je me demande bien où ils sont, eux aussi. Je les imagine sur la route. Je crois que je les imaginerai toujours sur la route, même quand ils auront leur maison avec un jardin.

Et Gino, est-ce qu'il a commencé à travailler avec son oncle ?

Sur CBS, il y a un film sur un arnaqueur, comme Ryan dans *La Barbe à papa*, mais en beaucoup moins beau[1]. Et puis, surtout, j'ai raté le début. Je regarde quand même, vaguement, juste pour le plaisir de regarder la télé depuis mon lit, mais j'ai la tête ailleurs. À Columbus, Tulsa, Budville…

Barbi avait peur que je m'ennuie, toute seule, mais je crois que je serai plus jamais seule.

---

1. *Chauds, les millions*, Eric Till, 1968, avec Peter Ustinov.

Samedi 28 juillet 1973

Ce matin, il y a plein de monde dans la maison et dans le jardin. Des gens qui installent des tables et des grandes tentes blanches sur les pelouses. Après le petit déjeuner, je demande à la cuisinière ce qui se passe. Elle m'explique que Hef organise des fêtes tous les week-ends.

Je vais chercher mon livre, histoire de me poser au soleil en attendant Bonnie. Quand je sors, je vois Bobbie allongée sur un transat, alors je vais la rejoindre.

« Je profite du calme avant la tempête ! qu'elle me dit.

— Ça vous dérange si je m'installe à côté de vous ?

— Pas du tout. »

Elle enlève ses affaires qui étaient posées sur le transat le plus proche et je m'allonge là.

« Oh, tiens, j'ai eu Bonnie au téléphone tout à l'heure ! Elle rentre cet après-midi.

— C'est vrai ?!

— Oui. Évidemment, je lui ai pas dit que t'étais là. Je voulais pas gâcher la surprise.

— Merci. C'est gentil.

— Je suis contente que vous vous retrouviez, toutes les deux.

— Moi aussi. J'en reviens pas. »

J'ai tellement hâte de la revoir. De la serrer dans mes bras.

« Je voulais te dire… »

Elle hésite un moment.

« Oui ?

— Excuse-moi pour hier matin. Je suis partie un peu précipitamment. C'est… ce que tu m'as dit sur ton amie… Moi aussi, j'ai perdu quelqu'un que j'aimais. Dans un accident de voiture.

— Oh, je suis désolée.

— Mon petit ami. Tom. On allait en Floride. C'est moi qui conduisais. J'ai perdu le contrôle de la voiture. C'était y a dix ans, mais, tu vois, je m'en remets pas. »

Ça me fait vraiment de la peine pour elle. Je pose une main sur son bras. Elle murmure :

« C'était de ma faute…

— Non…

— Si. Je l'ai tué.

— Non, il faut pas dire ça. C'était un accident. »

Je suis pas sûre qu'elle m'entende. Je pense à ce que m'a dit Lorraine.

« Vous devez vivre pour vous deux. Être heureuse pour vous deux. Il voudrait pas vous voir comme ça. »

Elle hausse les épaules, alors je lui dis :

« Normalement, ce voyage, j'aurais dû le faire avec Sandy… Finalement, je l'ai fait sans elle, mais, en même temps, je l'ai un peu fait *pour* elle aussi. Et je sais qu'elle était avec moi. Tout du long. »

Je retire ma main et je m'assois au bord de mon transat pour pouvoir la regarder dans les yeux. C'est Lorraine qui a raison :

« Il faut pas s'arrêter de vivre. Il faut même vivre deux fois plus. Sinon, ils seront morts pour rien… Je veux pas que Sandy soit morte pour rien.

— Moi non plus, je veux pas que Tom soit mort pour rien. Le problème, c'est que je suis morte avec lui. »

J'ai des frissons quand j'entends ça. Comme hier, j'ai l'impression d'avoir un fantôme en face de moi.

Elle me fait un petit sourire triste.

Et puis elle se lève, ramasse ses affaires, et s'en va[1].

*

« Idiosyncrasie », « dyspeptiques », « Syrinx »… Je comprends pas tous les mots dans *Tess d'Urberville*. C'est un peu embêtant parce que je me dis que si c'est écrit, c'est que ça doit être important. C'est comme les organes qu'on a dans le corps. S'ils sont là, c'est

1. Après deux tentatives de suicide avortées en 1970 et 1974, Roberta « Bobbie » Arnstein, assistante et plus proche collaboratrice de Hugh Hefner, mourra d'une overdose de barbituriques en janvier 1975.

sûrement pas pour rien. Et d'un autre côté, je saute des passages et ça me manque pas, alors…

Tess rentre chez elle, je comprends pas trop pourquoi, mais d'un coup, elle supporte plus Alec.

Et puis elle allaite un bébé. Je suppose que c'est le sien… C'est pas clair.

Je pose le livre sur le transat et je regarde les gens autour de moi qui s'activent dans tous les sens. Ça va être ma première boum. Sandy, elle, elle était déjà allée à une boum, une fois. C'est même là qu'elle a embrassé son premier garçon. Pas son cousin, l'autre. J'aimerais bien embrasser un garçon cet après-midi, mais, s'il y a Bonnie, ça va être compliqué.

Je fais le tour du jardin et je passe pas mal de temps à regarder les animaux. Je réussis même à caresser un petit singe et je joue un peu avec lui.

Après ça, je tombe sur une salle de jeux avec des flippers, un baby-foot et un billard. Et sur un garçon de dix-sept ou dix-huit ans qui joue au flipper.

« Noooon ! »

Il vient de perdre la boule. Du flipper.

Je m'en vais, pour pas déranger, quand il se tourne vers moi.

« Salut. »

Plutôt dix-sept ans, en fait.

« Salut.

— Qu'est-ce que tu fais là ?

— J'attends ma sœur. Bonnie. Miss Mars. Je m'appelle Amy. Et toi ?

— David. Je suis le fils de Hef.

— Je savais pas qu'il avait un fils.

— Si. Et une fille aussi. J'ai une grande sœur qui a vingt ans. »

Alors là, ça me la coupe.

« T'as quel âge, toi ? qu'il me demande.

— Treize ans. Et toi ?

— Dix-huit. Dans un mois.

— OK.

— Tu veux jouer ?

— À quoi ?

— Je sais pas. Au billard ?

— Ouais. D'accord. »

J'avais jamais joué, mais il m'explique et c'est assez marrant.

« Comment ça se fait que je t'ai pas vu hier ? je finis par lui demander.

— Je suis arrivé ce matin. Je vis chez ma mère.

— T'as de la chance de pouvoir venir ici quand tu veux. Avec tous les jeux, les animaux, la piscine…

— … le court de tennis… »

Non ?! Je savais même pas qu'il y avait un court de tennis ! Il continue :

« C'est vrai, vu de l'extérieur, j'ai de la chance. Mais je viens pour voir mon père et il fait que travailler… »

C'est sûr que j'ai pas ce problème avec le mien.

On joue pendant une heure, jusqu'à ce que des gens entrent et commencent à s'exciter sur les flippers. Ils font beaucoup de bruit, comme si on n'était pas là. Résultat : on finit même pas notre partie de billard. David m'emmène jusqu'au court de tennis. Il y a de la musique et quelques adultes font des tours de terrain en patins à roulettes ! J'imagine pas du tout mes parents faire un truc pareil !

David me donne des patins et j'essaie d'avancer sur « Papa Was a Rollin' Stone » des Temptations pendant que les plus doués dansent carrément. Moi, je tiens à peine debout, mais on rigole bien. Il y a aussi un type très beau, torse nu sous sa veste de costume rose, qui essaie de m'apprendre. C'est très différent de Philadelphie ici. C'est... la Californie, quoi. À moins que ce soit juste la *Mansion* ?

J'arrête avant de me casser quelque chose ou de faire tomber quelqu'un. Avec David, on se balade dans le jardin où il commence à y avoir pas mal de monde. Des invités et des *bunnies* qui s'occupent du service, avec des oreilles et des queues de lapin. Et des nœuds papillon. Des grosses enceintes diffusent « Stuck in the Middle with You » de Stealers Wheel.

« Et ton père, il est où ? je demande. Je le vois pas.

— Dans son bureau... Il descendra faire son numéro tout à l'heure. »

Des gens rient tout autour de nous.

« *Clowns to the left of me*
Jokers to the right
Here I am, stuck in the middle with you[1] »

David me confie :

« Il s'ennuie à ses propres fêtes, mais tout le monde est trop occupé pour s'en rendre compte... »

C'est triste.

« Je trouve ça déprimant, qu'il me dit. Pas toi ?

— Si.

---

1. « Des clowns à ma gauche/Des rigolos à ma droite/Et me voilà, coincé au milieu avec toi »

— Quand je les vois, tous, boire, bâfrer, sauter dans la piscine tout habillés… j'ai envie de les renvoyer chez eux. »

« *When you started off with nothing*
And you're proud that you're a self-made man
And your friends they all come crawling
Slap you on the back and say
Pleaaaaaase
Pleaaaaaase[1] »

Un type saute dans la piscine, tout habillé. David secoue la tête et soupire :

« Je crois que je vais retourner bouquiner dans ma chambre. »

Je suis un peu déçue. Je serais bien restée encore un peu avec lui.

« Ah… T'es sûr ? »

Un autre type saute tout habillé en braillant.

« Ouais, je suis sûr. À plus tard, peut-être.

— OK. »

Je le suis du regard. Il croise Barbi et échange quelques mots avec elle. Et puis il entre dans la maison et elle vient vers moi :

« T'as vu, il y a plein de sodas et de jus de fruits sur les tables. Et plein de bonnes choses à manger. Demande ce que tu veux aux filles.

— D'accord. Merci.

— Je crois pas que Bonnie soit arrivée, mais elle va sûrement pas tarder… Oh, excuse-moi… »

---

1. « Quand t'es parti de rien/Et que tu es fier de t'être fait tout seul/Et que tes amis sont tous là à ramper devant toi/Qu'ils te tapent dans le dos et te disent/S'il te plaît/S'il te plaît »

Elle me laisse pour aller parler à une femme qui ressemble à Jane Fonda. Non. En fait, *c'est* Jane Fonda ! J'ai Barbarella à quelques mètres de moi ! Quand Bonnie va la voir… Elle qui avait son poster dans sa chambre ! Mais, si ça se trouve, elles se connaissent déjà. Elles sont peut-être même copines. Jane me fait un sourire et un petit signe de la main. Je fais pareil. Et je file prendre un verre de Pepsi pour pas rester plantée là à la dévisager comme une gourde. Il faut que je m'habitue à croiser des vedettes.

Un type aux cheveux longs vient prendre un verre à côté de moi.

« Qu'est-ce que tu bois, toi ? qu'il me demande.

— Un Pepsi.

— Un Pepsi… Et… ? C'est tout ? T'as rien mis d'autre dedans ?

— Ben, non. »

Qu'est-ce qu'il veut que je mette dedans ?!

« Pfff, c'est d'une tristesse… »

Je vois qu'il a de la farine sous le nez. Je lui dis :

« Vous avez de la farine sous le nez. »

Il s'essuie avec ses doigts, en reniflant.

« De la farine ! T'es drôle, toi !

— Ozzy ! l'appelle un autre gars. Ramène tes fesses ! »

Il s'éloigne en rigolant.

« De la farine ! qu'il répète. Elle m'a tuée… »

Il commence à y avoir beaucoup, beaucoup de monde et beaucoup de bruit. Quelqu'un me bouscule et je renverse mon Pepsi sur mon tee-shirt. Il s'excuse même pas ! J'espère que ça tache pas. Je fonce à l'intérieur et je vais aux toilettes pour essayer de nettoyer ça. Là, il y a une brune qui se remaquille.

« Bonjour, je lui dis.

— Bonjour. »

Je prends une serviette que je mouille et je frotte. Je sens que la brune me regarde faire. Elle me demande :

« Qu'est-ce que c'est ?

— Du Pepsi.

— Attends. Arrête de frotter. Je reviens. »

Elle sort, en laissant son sac grand ouvert, sur le lavabo. Je l'attends et elle revient assez vite, avec une bouteille d'eau pétillante.

« Ça partira, avec ça. Avance-toi. »

Je m'avance contre le lavabo et elle verse de l'eau pétillante sur la tache. Elle éponge avec la serviette et elle recommence.

« Merci.

— Je t'en prie. »

Et là, je la regarde bien et je me rends compte que la brune qui nettoie mon tee-shirt, c'est Cher ! De Sonny and Cher ! De *The Sonny & Cher Comedy Hour* ! Bien sûr, je fais comme si c'était tout à fait normal que Cher nettoie mon tee-shirt.

« J'ai une fille de quatre ans, alors je m'y connais en nettoyage de taches… ! »

Elle continue d'arroser et d'éponger. Toute la bouteille y passe, mais n'empêche, ça marche. Sauf que maintenant, tout le bas de mon tee-shirt est trempé.

« Eh voilà ! qu'elle dit, toute contente.

— Merci.

— T'inquiète pas, ça va sécher. Attends. Tu sais quoi ? On va détourner l'attention. »

Elle prend un bâton de rouge à lèvres dans son sac, elle attrape mon menton pour relever mon visage et elle me maquille la bouche.

« Elles sont très jolies, tes boucles d'oreilles.

— 'erci.

— Parle pas. »

J'essaie de me regarder dans le miroir, sur le côté, mais je vois rien.

« Arrête de gigoter. »

Elle s'applique.

« Voilà. Regarde. »

Je me regarde.

« Ça te plaît ?

— Oh oui. »

Je me souris dans la glace.

« T'as un beau sourire. Attends, j'ai pas fini… »

Elle prend autre chose dans son sac. Un tube de mascara. J'ouvre bien les yeux et je bouge pas.

« T'as des yeux à tomber. Et des cils… incroyables… »

— Vous aussi.

— Mais moi, c'est pas les miens ! »

On rit.

« Me fais pas rire, je vais faire des pâtés ! »

On rit encore plus. Elle arrête de me maquiller en attendant que ça passe.

Et elle reprend.

« Comment tu t'appelles ? Moi, c'est Cherilyn. Mais tout le monde m'appelle Cher.

— Je vous avais reconnue… »

Elle fait comme si elle était gênée, pour de rire.

« Moi, c'est Amy. »

Elle range le mascara. Je me regarde et je me trouve… plutôt jolie. Elle répète :

« Amy…

— Enfin… c'est pas vraiment Amy, mais… j'aime pas mon prénom. »

Je vois bien qu'elle attend que je crache le morceau. Je peux peut-être lui dire. Il faut que j'arrête d'avoir honte, d'avoir peur…

« En vrai, je m'appelle America.

— America ?! C'est… fantasmagorique. Qu'est-ce qui te plaît pas ?

— C'est bizarre.

— Et alors ? C'est très bien d'être bizarre ! Tu crois que je suis pas bizarre, moi ? »

Ça me fait du bien d'entendre ça.

« Tes parents sont des originaux, non ?

— Oui, on peut dire ça. »

C'est surtout que, quand mon père est allé déclarer ma naissance, il se souvenait plus du prénom qu'ils avaient choisi avec ma mère. Il avait un peu trop fêté mon arrivée… Alors, quand la dame lui a demandé comment il voulait m'appeler, il a regardé autour de lui, il a vu une carte de l'Amérique, et voilà.

« N'empêche, je m'attendais pas à vous rencontrer. J'ai même vu Jane Fonda tout à l'heure ! Y a souvent des vedettes ici ?

— Tu plaisantes ? Tout le gratin se bat pour être invité ! Pour ça, les fêtes de Hef, c'est mieux qu'une soirée des Oscars ! »

Je sais pas si elle exagère pas un peu quand même. Elle continue :

« Ici, c'est les Oscars, les Emmys et les Grammys réunis ! »

Il y a une femme qui entre. Une jolie femme blonde. Je lui donne vingt-sept ans, comme à Cher.

« Oh, je savais pas que t'étais là ! s'étonne la blonde.

— Aux toilettes ? répond Cher.

— Non ! À la *Mansion* !

— J'habite juste à côté. Je suis venue en voisine. »

Elle se tourne vers moi :

« America, je te présente Goldie. Goldie, je te présente America… qui aime pas son prénom.

— Tu as tort ! C'est très bien d'avoir un prénom qui sort de l'ordinaire. Moi, je suis ravie que mes parents m'aient appelée Goldie. (Elle me montre Cher.) Tiens, tu sais comment elle a appelé sa fille ?

— Non.

— Chastity ! »

Je me tourne vers Cher, qui précise :

« Chastity Sun.

— Tu vois ! » fait Goldie.

Je préfère encore America. Goldie reprend :

« Alors, bien sûr, quand j'ai décidé de devenir actrice, j'aurais pu prendre mon deuxième prénom, Jeanne. Mais "Jeanne Hawn", c'est fade. Tandis que "Goldie Hawn"… ! Ça se retient ! Là, au moins, je me souviendrai que j'ai rencontré une ravissante America dans les toilettes de la *Mansion*. D'ailleurs, à ce propos, il faut que je vous laisse, les filles. C'est pas que je m'ennuie avec vous, mais je suis pas venue ici pour discuter… ! »

Elle va s'enfermer dans une cabine.

On la laisse et on rejoint la fête. Quand je vois tout ce monde, je peux pas m'empêcher de penser à mes parents qui reçoivent jamais personne. Je me demande s'ils ont eu des amis un jour.

« Tu devrais aller un peu au soleil, le temps que ça sèche.

— Oui, bonne idée. »

On sort toutes les deux.

« Bon, je vais essayer de retrouver Sonny… À plus tard, ma belle.

— À plus tard… Cher… »

Elle me caresse la joue et se dirige vers un groupe d'invités un peu plus loin. Tout le monde se retourne sur son passage. J'en vois quelques-uns qui me regardaient pas tout à l'heure et qui me voient maintenant.

Une femme passe devant moi, dans une longue robe blanche, un chapeau couvert de fleurs blanches sur la tête. On dirait la couverture de mon livre.

MON LIVRE ! Qu'est-ce que j'en ai fait ?

Je réfléchis.

J'ai dû le laisser sur le transat ce matin. Je l'avais pas quand je suis allée voir les animaux. Je file voir les transats, qui sont tous occupés, et je trouve un petit monsieur avec une grande mèche brune qui est en train de lire mon bouquin. Il me voit le regarder.

« C'est à toi ? » qu'il me demande en me montrant la couverture.

Il a un drôle d'accent. Il a l'air tout jeune, mais je lui donne quand même trente-neuf ou quarante ans.

« Oui. Je l'ai oublié là.

— Tu l'as lu ?

— Oui, mais j'ai pas fini.

— Ça te plaît pas ?

— C'est un peu ennuyeux. »

Il rigole et me demande :
« Tu sais que c'est un immense écrivain ?
— Peut-être, mais c'est pas pour ça que ça doit me plaire. Vous aimez, vous ?
— Beaucoup. J'avais lu autre chose de lui, *Jude l'obscur*, un très grand roman, mais j'avais pas encore eu l'occasion de me plonger dans celui-là. »
Il regarde derrière mon épaule et appelle :
« Eh, Jack ! »
L'autre gars, un peu plus jeune (trente-six ans), nous rejoint. Il a de belles dents.
« Qu'est-ce que tu fous avec un bouquin ?! T'es au courant qu'y a une fête ? »
Le petit monsieur rit et se lève. Il me tend mon livre. J'hésite et je lui dis :
« Vous pouvez le garder si vous voulez.
— Oh. Tu es sûre ?
— Oui. »
Je le finirai pas, de toute façon.
« Bon… D'accord. C'est gentil. Merci. »
Hef arrive à ce moment-là, avec un perroquet sur l'épaule ! Un beau perroquet bleu. Il me sourit (Hef, pas le perroquet) :
« Bien dormi ?
— Oui.
— Tu as fait la connaissance de Roman et Jack, je vois ?
— Elle m'a offert un livre, dit Roman. Très intéressant.
— Ça ne m'étonne pas d'elle. C'est une jeune fille pas banale. »
Tout le monde fait comme si c'était normal qu'il ait un perroquet sur l'épaule.

« Je savais pas que vous aviez un perroquet, je lui dis.

— Je te présente Macbeth. (À l'oiseau.) Dis bonjour à Amy ! »

Le perroquet hoche la tête, mais il dit rien. Roman s'étonne :

« Tu l'as appelé Macbeth… ?

— Oui. Je l'ai adopté au moment où je produisais ton *Macbeth*. »

Ah, alors ce Roman est réalisateur…

Jack regarde tout autour de lui :

« Vous avez pas vu Angie ?

— Si, elle était là tout à l'heure…, répond Roman. Elle discutait avec Caan et Coppola.

— Tu la retrouveras bien assez tôt ! lance Hef. Allez, on se la fait, cette partie de croquet ?

— Et comment ! répond Jack. Je veux ma revanche ! »

Du croquet… Je croyais qu'il y avait que dans *Alice au pays des merveilles* qu'on jouait au croquet ! Hef se tourne vers moi :

« Tu te joins à nous ?

— Euh… d'accord. »

Je les suis.

« Merci encore pour le livre, me dit Roman en l'agitant.

— De rien.

— Ah, *Tess d'Urberville* ! s'exclame Cher, qui fait la bise à Jack. Ça ferait un bon film, cette histoire !

— Oh, pour l'instant, répond Roman, je suis concentré sur le film qu'on doit tourner avec Jack en septembre[1]…

---

1. *Chinatown*, avec Jack Nicholson et Faye Dunaway.

— En tout cas, si tu cherches une actrice pour jouer Tess, je peux faire seize ans avec un bon chef op' !

— Euh… d'accord, répond Roman sans conviction.

— Je plaisante. De toute façon, j'ai aucune envie de me lancer dans une carrière d'actrice[1]… »

Elle me regarde et me dit :

« Toi, ma belle, je sais pas qui t'a maquillée, mais tu es éblouissante ! »

On échange un sourire, elle arrange un peu mes cheveux et me pince la joue, avant de s'éloigner.

Avec Hef, Roman et Jack, on marche vers le terrain de croquet, mais le soleil m'éblouit. Je remarque que la plupart des femmes ont un chapeau.

« Je vais chercher mon chapeau ! J'arrive ! »

Et je fonce dans ma chambre au premier étage, où je le récupère. Quelqu'un écoute un disque d'Elton John dans une autre pièce. « Your Song ». Bonnie l'avait aussi, celui-là. Elle me l'a laissé. En m'approchant, j'ai comme un doute. J'avance encore, la porte est ouverte et non, c'est pas un disque. C'est Elton John qui chante au piano ! Il a un costume en satin jaune, des grosses lunettes de soleil avec des strass et un boa mauve autour du cou. Quand il me voit, il me fait un petit signe de la tête, pour me dire d'entrer. J'entre et je me rends compte qu'il y a une fille très grande avec lui, brune, les cheveux longs, appuyée contre le piano, de profil. Je me mets à côté d'elle.

« *I hope you don't mind*

---

1. Roman Polanski réalisera *Tess* en 1979 avec Nastassja Kinski. Cher remportera un Oscar quelques années plus tard, en 1987, pour *Éclair de lune*, de Norman Jewison.

I hope you don't mind
That I put down in wooords
How wooonderful life is while yoouuu're in the wooorld[1] »

Lorsqu'il a fini de chanter, on applaudit toutes les deux. Il boit une gorgée de la coupe de champagne qui était posée sur le piano et me dit :

« J'adore tes chaussures !

— Merci.

— J'ai un peu les mêmes. »

Il finit sa coupe.

« Bon, qu'est-ce que je peux vous jouer maintenant ? (À moi.) À ton tour de choisir. Je t'écoute. Y a quelque chose qui te ferait plaisir ? »

Je réfléchis.

« Euh… vous connaissez John Gershwin ?

— *George* Gershwin ?

— Oui, voilà. Euh… "Summertime" ? »

Il se lève et va jusqu'à la porte, qu'il referme, avant de revenir s'asseoir.

« Comme ça, on reste entre nous », qu'il dit en se servant une autre coupe.

Et il commence à jouer. D'un coup, je me retrouve dans l'appartement de Glinda… Je ferme les yeux et elle est là, juste à côté de moi. Elle me sourit : elle est contente que j'aie posté sa lettre. Les dernières notes, toutes douces, me donnent la chair de poule.

On applaudit. Il vide sa coupe et la remplit.

---

1. « J'espère que ça t'ennuie pas/J'espère que ça t'ennuie pas/Que j'exprime par des mots/Combien la vie est belle, parce que tu existes »

« Allez, une dernière chanson, qu'il nous dit. Ce que vous voulez. »

On se regarde, avec la brune.

« Choisis, qu'elle me dit.

— "Over the Rainbow" ? je propose.

— OK…, fait Elton, surpris. (À la brune.) Je crois qu'elle aime pas mes chansons…

— Oh, pardon ! »

Je dois être toute rouge. Vexé, il réarrange son boa. Je bafouille :

« En plus, je… j'adore vos chansons… "Tiny Dancer", c'est…

— Non, n'essaie pas de te rattraper, qu'il me dit. C'est pas grave. Tant pis pour moi. »

Il commence à jouer.

« T'inquiète, tout va bien, me chuchote la brune. Il te met en boîte.

— *Somewheeere ooover the raiiinbow, way up hiiiiigh*

There's a land that I heaaard of once, in a lullabyyy[1] »

Cette fois, je suis en voiture avec Liza. Elle chante, on se raconte nos histoires, on rit. Je me dis que c'est grâce à elle si je suis là, avec Elton John. Si elle m'avait pas donné son chapeau…

« *Birds flyyy ooover the raiiinbow, why then, oh whyyy caaan't I*[2] *?* »

---

1. « Quelque part, par-delà l'arc-en-ciel, tout là-haut/Il y a un pays dont j'ai entendu parler un jour, dans une berceuse »

2. « Les oiseaux volent par-delà l'arc-en-ciel, alors pourquoi pas moi ? »

Elton s'arrête avant la fin de la chanson. On n'ose pas applaudir tout de suite. On attend qu'il attrape sa coupe de champagne, et là on applaudit.

« OK, qu'il dit en la reposant sur le piano. Je vais choisir la dernière. Comme ça, je suis sûr qu'elle sera de moi ! Désolé, ma chérie, tu vas devoir supporter une de mes chansons… »

La brune rit. Pas moi. Mais il me rassure :

« Je plaisante. J'adore Judy Garland, moi aussi. D'ailleurs, vous gardez ça pour vous, mais j'ai enregistré au mois de mai un titre en hommage au *Magicien d'Oz*. Ça doit sortir en octobre, mais vous allez en avoir la primeur… »

Avec la brune, on se regarde, tout excitées. Il s'éclaircit la voix.

« C'est la première fois que je vais la chanter en public. Enfin, "en public"… si on peut dire. »

Il joue quelques notes.

« Ça s'appelle… "Goodbye Yellow Brick Road". »

Puis il entonne :

« *When are you gonna come dooown ?*
When are you going to land ?
I should have stayed on the farm
I should have listened to my old maaan[1] »

J'ai l'impression d'être dans un rêve… J'ai des images de mon voyage qui me reviennent. Mais pas des paysages. Des gens. J'aimerais qu'ils sachent tous

1. « Quand est-ce que tu vas redescendre ?/Quand est-ce que tu vas atterrir ?/J'aurais dû rester à la ferme/J'aurais dû écouter mon père »

que je vais bien, que je suis arrivée de l'autre côté de l'arc-en-ciel.

« *Oh, I've finally decided my future lies*
Beyond the yellow brick roaaa-aaa-aaad[1]
Aaah ah ah ah aaah
Aaah ah aaah aaaaaah »

Quand il s'arrête de chanter, le silence retombe dans la pièce. Un silence très particulier. Elton, l'air inquiet, attend un commentaire. La brune dit :

« C'est… »

Elle cherche ses mots.

« … magique. »

Il sourit.

« Ouah…, qu'elle dit encore.

— J'avais l'impression d'être dans un rêve », je dis.

Elton s'incline. Puis il me dit :

« Tu verras, j'aurai mes chaussures rouges sur la pochette du disque. »

Il se lève et tape dans ses mains.

« Bon, il faut que j'aille surveiller Bernie. Et surtout je crois qu'il est grand temps que j'aille mettre un peu d'ambiance dans cette fête ! »

Il donne son bras droit à la brune.

« Miss Huston ? »

Il me donne son bras gauche.

« Miss… ?

— Euh… America.

— Miss America ?! C'est vrai ?

— Oui. C'est mon prénom.

---

1. « Oh, j'ai enfin décidé que mon avenir se trouve/Par-delà la route de briques jaunes »

— T'entends ça, Angelica ? Nous avons une Miss America avec nous ! »

Elle me sourit.

On sort tous les trois, bras dessus, bras dessous, comme Dorothy, l'Épouvantail et l'Homme de fer blanc. Elton commence :

« *We're off to see the wizard...* »

Et on chante tous les trois :

« *The wonderful wizard of Oz*[1] *!* »

Pour une première boum, c'est quelque chose !

Lorsqu'on descend les escaliers, tous les regards se tournent vers nous. Enfin, vers Elton. Jane Fonda s'approche et dit à Angelica :

« Angie ! Jack te cherchait partout. Il est allé jouer au croquet avec Hef. »

Ah oui, c'est vrai ! Le croquet ! J'avais complètement oublié.

« Au croquet ?! s'exclame Elton. J'adoooore ! »

Il nous lâche le bras pour attraper deux coupes sur un plateau et on sort dans le jardin. Je mets mon chapeau.

« C'est par où ? demande Elton.

— Suis-moi », lui dit Angie.

Moi, je reste clouée sur place.

Il est là.

Oliver.

Ryan.

Il discute avec un type. Sous une sorte de parapluie ! Il est… très grand, beaucoup plus que j'imaginais. J'arrive pas à détacher mes yeux de lui. Il doit le sentir parce qu'il jette un coup d'œil vers moi… Puis un deuxième…

1. « On va voir le magicien/Le merveilleux magicien d'Oz ! »

J'imagine que j'ai l'air un peu « ahurie » (comme me dit souvent ma mère), parce qu'il me demande :

« Ça va ? »

Je sais pas si ça va. Je sais même pas si je respire encore : il m'a parlé !

Il s'approche, inquiet. L'autre type s'avance avec lui. Ryan me repose la question :

« Ça va ?

— "J'arrive pas à respirer. Est-ce que c'est possible de se casser un poumon ?" je lui demande.

— T'es tombée ? » veut savoir l'autre type.

Comme si on pouvait se casser un poumon en tombant !

« Non…

— C'est une de mes répliques, lui explique Ryan. Dans *On s'fait la valise, docteur ?*.

— Ah…, fait l'autre. Je l'ai pas vu, celui-là.

— T'es mon agent et tu l'as pas vu ?!

— Mais je compte bien le voir. Dès que j'aurai un moment. »

Ryan se tourne vers moi :

« J'en déduis que tu l'as aimé ?

— Je l'adore. »

Il sourit et répond :

« J'adore les gens qui adorent ce film.

— Et j'adore les gens qui adorent les gens qui adorent ce film. À votre tour. »

On rit.

« Quoi ?! demande son agent.

— C'est encore des répliques de *On s'fait la valise*. Tu le saurais si tu l'avais vu… Enfin, dans les vrais dialogues, on parle d'Emerson. Le philosophe.

— Ah… D'accord… Bon, je crois que je vais vous laisser… Mais on reparle de Stanley tout à l'heure.

— S'il me refait faire cinquante prises, je… Je sais pas ce que je ferai, mais je le ferai ! »

Il fait des grands gestes et manque de mettre un coup de parapluie à son agent, qui lui répond :

« Tu feras rien du tout. C'est un génie. S'il veut que tu fasses cinquante prises, tu fais cinquante prises. S'il veut tirer des vrais boulets de canon autour de toi, il tire des vrais boulets de canon autour de toi… En attendant, reste sous ton ombrelle ! Y a pas de soleil en Irlande[1] ! »

Et il s'en va. Ryan soupire, énervé.

Après, il y a un grand silence, comme je les déteste. Je sais pas quoi lui dire. Au bout d'un moment, il me demande :

« Et toi, tu… t'es actrice ?

— Non. Je sais pas encore ce que je veux faire. »

Il trouve que je ressemble à une actrice !

« Mais… tu vis à Los Angeles ?

— Oui, je suis arrivée hier.

— Oh. D'accord. Mais tu… tu viens de… ?

— Philadelphie.

— Ah oui. OK. Je connais pas bien. »

Il regarde autour de lui, puis son verre, et il boit une gorgée.

« Moi, je suis né ici.

— Je sais.

— Ah oui ?

— Oui, je l'ai lu.

---

1. Ryan O'Neal avait débuté en mai le tournage de *Barry Lyndon* de Stanley Kubrick.

— Ah.

— Dans un magazine. »

J'ai envie de me gifler. J'ai Ryan O'Neal en face de moi et je trouve rien à lui dire ! Je dois avoir l'air complètement tarte. Pourtant, dans mes rêves, je lui disais que des choses drôles et intelligentes… Et il tombait fou amoureux de moi !

Une *bunny* passe avec un plateau de cookies. Ryan en veut pas. Moi, j'en prends un.

Je demande à Ryan :

« Vous voulez qu'on fasse moitié-moitié ?

— Non, merci. »

Alors je le mange toute seule. Tant pis.

Nouveau silence.

« Et donc… tes parents sont là ?

— Pourquoi ?

— Comme ça. Je me demandais… T'es très jeune. T'as quel âge ? »

La question qui tue. J'hésite à me vieillir un peu, mais je peux pas lui mentir. Pas à lui.

« Treize ans.

— Treize ans… Mais… t'es pas un peu trop maquillée pour ton âge ? »

J'en pleurerais presque.

« C'est Cher qui m'a mis un peu de rouge à lèvres et de mascara…

— Ah oui… Je comprends mieux.

— Elle m'a dit que j'étais très jolie comme ça. »

Elle a même dit « éblouissante », mais ça me gêne de le répéter.

« Oui, c'est vrai. Mais… tu serais aussi très jolie sans… tout ça. Une très jolie petite fille. »

C'est foutu. Pour lui, je suis qu'une gamine.

« Je sais pas si j'aimerais voir ma fille maquillée comme ça… »

Sa fille ?! Quel rapport ? C'est un bébé ! Elle a neuf ans !

C'est vraiment foutu.

« Tu pleures ?

— Non… »

J'essuie mes yeux.

« Je suis désolé. Je voulais pas te faire de peine. »

L'amour, c'est n'avoir jamais à dire qu'on est désolé. C'est ce que Jenny dit à Oliver. Mais je peux pas lui dire.

Barbi arrive avec une très jolie fille. De vingt ans… Il manquait plus que ça ! Elle me dit :

« Je comprends pas : Bonnie (elle me montre l'autre fille) n'a pas de sœur de treize ans… »

Je comprends pas non plus…

« C'est pas Bonnie », je réponds.

Elles se regardent.

« C'est pas Bonnie, je répète.

— Bien sûr que si, c'est Bonnie ! répond Barbi. Bonnie Large. Miss Mars. »

Là, je crois que je vais me sentir mal.

« Non… Bonnie *Pryde*… Ma sœur, c'est Bonnie *Pryde*… »

Le très grand roux d'hier s'approche de Barbi :

« Miss Benton, il faut que vous veniez tout de suite. Ozzy Osbourne s'est enfermé dans la volière… »

Barbi me regarde, affolée :

« Je reviens. »

Et elle le suit, en courant presque.

Entre Ryan qui m'aime pas et Bonnie qui est pas Bonnie, ça fait beaucoup, et je fonds en larmes.

« Calme-toi, me dit Ryan. Ça va aller… Qu'est-ce qui se passe ?

— Pleure pas, me console Bonnie *Large*. Explique-nous.

— Ma sœur… Bonnie… elle est partie de Philadelphie pour venir à la *Mansion*. L'année dernière. Elle voulait être *playmate*. Et, quand je suis arrivée hier, tout le monde avait l'air de la connaître. Je pouvais pas deviner qu'il y avait une autre Bonnie…

— Attends voir…, me dit l'autre Bonnie. Y a une Bonnie qui est venue travailler ici, y a quelques mois. Je crois bien qu'elle venait de Philadelphie. Elle faisait le ménage. Mais elle est pas restée longtemps. On avait discuté un peu, justement parce qu'on avait le même prénom.

— Tu vois, tout va bien, me rassure Ryan. Tu vas la retrouver.

— La dernière fois que je l'ai vue, ajoute la vraie Miss Mars, elle m'a dit qu'elle allait travailler au… Attends, que je réfléchisse… Euh… je crois que c'était… à l'hôtel Bel-Air. Oui, c'est ça, au bar de l'hôtel Bel-Air. Je m'en souviens parce que je m'étais fait la réflexion qu'elle allait vraiment pas loin : c'est juste à côté d'ici.

— Eh ben voilà, tout s'arrange ! me dit Ryan. C'est à cinq minutes en voiture.

— Mais j'ai pas de voiture…, je dis.

— Moi non plus, regrette Bonnie Large. (À Ryan.) Vous pouvez pas l'emmener, vous ?

— Euh… »

Il la regarde.

« Ce serait tellement gentil », qu'elle insiste.

Il me regarde moi.

« … euh… OK…

— C'est vrai ? » je demande.

J'arrête de pleurer.

« Si je te le dis.

— Merci ! Je vais chercher mes affaires ! J'en ai pas pour longtemps ! »

J'y vais en courant. J'essaie de rien oublier dans ma chambre. C'est bizarre, j'ai toujours l'impression d'oublier quelque chose. Déjà chez Glinda. Déjà au motel. Mais non, j'ai beau regarder dans tous les coins, il y a plus rien à moi nulle part.

Quand je redescends et que je retrouve Ryan en bas, il est plus avec Bonnie Large, mais avec son agent qui le tire par le bras :

« Je vais te présenter Richard Attenborough. Il discute avec James Caan.

— Euh… (Ryan me regarde, embêté.) C'est urgent ? J'ai dit à la petite que je l'emmenais voir sa sœur au Bel-Air… »

L'agent me regarde aussi, comme si j'étais rien du tout. Il demande à Ryan :

« Tu te fous de moi ?

— Non.

— Allez, viens. »

Il l'entraîne avec lui et commence à lui expliquer :

« Richard veut réaliser un film tiré d'un bouquin… »

Mais Ryan se dégage :

« De toute façon, je suis sur le tournage de Stanley, et tu sais comment il est, ça peut durer deux ans !

— Oui, mais bon, c'est pas pour tout de suite…

— Eh ben, si c'est pas pour tout de suite, on a le temps de voir.

— Tu veux pas tourner avec Richard ?

— Si, mais on en discutera tout à l'heure. J'emmène la petite au Bel-Air, je reviens, et on discute. Il peut attendre dix minutes, non ? »

Ça me gêne, alors je leur dis :

« Moi, ça me dérange pas d'attendre, si vous voulez. »

Ryan hésite, avant de me répondre :

« Non non, on y va. S'il peut pas patienter dix minutes, c'est que je l'intéresse pas tant que ça.

— T'es dingue, lui dit son agent. Il est dingue… !

— Peut-être. (À moi.) T'es prête ?

— Oui.

— Alors on y va. »

Il prend mon sac et on se met en route.

« À tout de suite », qu'il dit à son agent.

Avec tout ça, j'ose même pas aller dire au revoir à Barbi et Hef. J'espère qu'ils m'en voudront pas.

« Il est dingue… », répète l'agent.

Ryan lui lance :

« S'il me veut vraiment, il m'attendra[1] ! »

*

1. Il l'attendra. Ryan O'Neal tournera *Un pont trop loin* sous sa direction en 1977. Avec un certain James Caan.

Dans la voiture, ça se bouscule dans ma tête. Pourquoi Bonnie est pas devenue *playmate* ? Elle rêvait tellement de faire des photos… Pourquoi elle a préféré faire le ménage ? Et qu'est-ce qu'elle fait au bar de l'hôtel Bel-Air ? Et où elle vit, si c'est pas à la *Mansion* ?

« Tout va bien, me dit Ryan. T'inquiète pas. Hein ? Je connais bien cet hôtel. On va la retrouver. Bonnie Pryde, c'est ça ?

— Oui. »

Il hoche la tête.

« Et… Et toi ? qu'il me demande.

— Quoi, moi ?

— Comment tu t'appelles ? Je sais même pas.

— America.

— C'est vrai ? America ?

— Oui.

— America… »

Ça me fait tout drôle de l'entendre dire mon prénom.

« J'en connais pas d'autres. Enfin, à part… la grande Amérique… Toi, t'es la petite Amérique… »

Je me retiens de pleurer encore. Jusqu'à ce qu'il ajoute :

« C'est très joli. Comme toi.

— Merci.

— La belle Amérique… »

Je suis la plus heureuse du monde.

« Tu sais comment je m'appelle dans le film que je suis en train de tourner ?

— Non…

— Redmond. Redmond Barry… J'aime beaucoup ce prénom. *Redmond*… Pas toi ?

— Si, c'est assez joli.

— Oui, je trouve. Si jamais j'ai un autre garçon, je l'appellerai peut-être Redmond… »

On arrive à l'hôtel Bel-Air, tout rose, tout magnifique. Sans Ryan, j'oserais jamais entrer. Je prends mon sac à l'arrière et on passe sur un petit pont, au-dessus d'un jardin et d'un étang avec des cygnes. J'aperçois un groupe. Ils sont presque tous habillés en blanc. C'est un mariage.

On marche jusqu'à la réception de l'hôtel. Je crois que le type derrière le comptoir reconnaît Ryan. Il le salue d'un mouvement de tête :

« Monsieur.

— Bonjour. J'aimerais savoir si une Bonnie Pryde travaille ici.

— Une petite seconde, monsieur. Je me renseigne. »

Il passe un coup de fil.

« Est-ce que vous pourriez regarder si une certaine Bonnie Pryde travaille ici ?

— (…)

— (À Ryan.) Pourriez-vous me dire comment vous écrivez Pryde, s'il vous plaît ? »

Ryan me regarde. J'épelle :

« P. R. Y. D. E. »

Le réceptionniste répète. Il nous adresse un sourire. Un sourire qui s'éternise… Puis on lui parle dans le téléphone.

« Oui ?

— (…)

— Ah…

— (…)

— Oui…

— (…)

— Mmh. (À Ryan.) Elle est restée chez nous un mois et demi, entre décembre et janvier.

— D'accord… Et vous savez où elle travaille aujourd'hui ?

— (À la personne au téléphone.) Vous savez où elle travaille aujourd'hui ?

— (…)

— (À Ryan.) Non, monsieur. Désolé.

— D'accord. »

Ryan me regarde, embêté. Il voit que je suis pas bien.

« Une dernière question, s'il vous plaît. Vous auriez son adresse ?

— Je suis navré, monsieur, mais le règlement nous interdit de fournir ce genre d'information.

— Oui, bien sûr, mais je suis avec cette jeune fille qui cherche sa sœur…

— Je comprends, mais… Je suis vraiment désolé.

— Pas de souci. En tout cas, je vous remercie beaucoup pour votre aide. Je vais appeler M. Drown et je lui dirai à quel point vous avez été formidable. »

Le réceptionniste sourit et raccroche.

« C'est vrai, poursuit Ryan, je suis sûr que votre patron va adorer cette façon que vous avez d'obéir scrupuleusement au règlement, même lorsqu'il s'agit d'aider une petite fille de treize ans qui n'a plus de famille, à part sa sœur dont vous refusez de nous donner l'adresse… »

Le sourire du réceptionniste disparaît. Ryan continue :

« M. Drown sera… bouleversé par tant de dévouement. En fait, vous savez quoi ? Appelez-moi Joseph tout de suite. Je suis sûr qu'il vous félicitera personnellement pour votre insensibilité. »

L'autre hésite.

« Allez-y, s'il vous plaît. Appelez Jo. »

L'autre avale sa salive.

« Je… Une seconde… »

Il décroche le téléphone. Il est pas très à l'aise.

« C'est encore moi. Est-ce que vous avez une adresse pour Bonnie Pryde ?

— (…)

— C'est très important. Quasiment une question de vie ou de mort. »

Il ose à peine jeter un regard à Ryan, qui acquiesce. Ensuite, il note une adresse.

« Merci. »

Il raccroche et tend une feuille à Ryan, avant de changer d'avis :

« Voulez-vous que je mette une voiture à disposition de cette jeune demoiselle ?

— Ce serait très aimable à vous.

— Installez-vous dans le salon. Je m'en occupe. Le chauffeur attendra devant l'hôtel d'ici une dizaine de minutes.

— Merci infiniment », lui répond Ryan avec son beau sourire.

On va s'installer sur un canapé du salon.

« Merci, je lui dis. Heureusement que vous connaissiez le propriétaire… »

Il se penche vers moi et me chuchote :

« Je le connais pas. »

Je le regarde, sciée. Il me fait non de la tête, et on éclate de rire. Si seulement Sandy pouvait me voir en train de rire avec Ryan O'Neal. Elle en croirait pas ses yeux. À ce moment-là, qui je vois arriver ? Son amoureux à elle ! Lee Majors, l'acteur de *La Grande Vallée.* Il est habillé tout en blanc et tient par la main une grande blonde d'une beauté inouïe, tout en blanc elle aussi, avec un grand chapeau. Le mariage dans le jardin de l'hôtel ! C'était eux[1]. Les mariés et les invités ont tous l'air heureux. Ça me rend triste pour Sandy. Elle épousera jamais Lee Majors.

Je regarde Ryan, qui est hypnotisé par la mariée[2]. Ça me rend triste pour moi. Je crois que j'épouserai jamais Ryan O'Neal…

La petite assemblée a fait que passer, mais c'est comme si leurs rires résonnaient encore.

« Votre voiture vous attend, m'annonce le réceptionniste avant de s'éloigner.

— Merci », je lui réponds en me levant.

Ryan se lève aussi et s'accroupit pour être à ma hauteur.

« America… »

Il me prend dans ses bras. Je lui dis :

« "Adieu. Et encore merci." »

C'est dans *On s'fait la valise, docteur ?*. Il sourit et enchaîne avec la réplique suivante :

« "Ne nous disons pas adieu. Disons-nous seulement au revoir.

---

1. Le 28 juillet 1973, à l'hôtel Bel-Air, Lee Majors épouse une jeune actrice encore inconnue, Farrah Fawcett.

2. Ryan O'Neal et Farrah Fawcett se rencontreront six ans plus tard et auront un fils, Redmond. Lee Majors, lui, retrouvera l'amour dans les bras… d'une *playmate*.

— Non, adieu, vraiment." »

C'était tellement drôle dans le film. Là, ça l'est beaucoup moins… Il me lâche et je le regarde droit dans les yeux. J'hésite une seconde… avant de l'embrasser sur la bouche !

Et je pars en courant, sans me retourner.

Je monte dans la voiture et je dis au chauffeur de démarrer, comme dans les films. Je vois Ryan sortir de l'hôtel au moment où on s'éloigne.

Je crois que Liza serait fière de moi. Elle a eu son baiser de Jim Morrison, j'ai eu mon baiser de Ryan O'Neal.

Mon premier baiser.

*

On met trois quarts d'heure avant d'arriver devant un petit immeuble. Je descends et je vois que le chauffeur a fait le tour de la voiture. Je sais pas pourquoi il est descendu, lui, vu que j'ai mon sac avec moi. Il referme ma portière et me demande s'il doit m'attendre. Je lui dis que non, que je suis arrivée. Il regarde l'immeuble, la rue, les passants noirs et latinos. Il me demande si je suis sûre de l'adresse et je lui réponds que oui. Je crois. Alors il me dit au revoir et il repart.

La porte de l'immeuble est ouverte. Je regarde les boîtes aux lettres dans le couloir. Il y en a une où c'est écrit « C. Dale & B. Pryde ». Je me demande bien qui est C. Dale…

Un homme entre derrière moi. Un Latino de trente ans.

« Tu cherches quelque chose ?

— Vous connaissez Bonnie Pryde ?

— Qui ça ?

— Bonnie Pryde… Bonnie. Une jolie fille avec des cheveux châtains… Les yeux verts…

— Ah oui ! Et des grosses fesses ?

— Euh… oui…

— Troisième étage, tout de suite à droite.

— Merci. »

On passe devant des poubelles pleines, au pied de l'escalier. On monte ensemble, moi devant. On se parle pas, c'est un peu gênant. Heureusement, on entend de la musique (je reconnais « Stairway to Heaven » de Led Zeppelin), des gens qui se disputent et aussi un chien qui aboie et comme ça on n'a pas à monter tous les deux dans le silence.

Arrivée au troisième, je lui montre la première porte à droite, il me fait oui de la tête et continue à monter. Je sonne, mais la sonnette a pas l'air de marcher, alors je frappe à la porte. Doucement, la première fois, puis très fort. J'entends des pas et je vois un peu de jour dans le judas : on vient de soulever l'œilleton, de l'autre côté. Je souris à celui ou celle qui me regarde. On ouvre une serrure, une deuxième serrure, et la porte s'ouvre sur Bonnie. La première chose que je remarque, c'est ses grosses joues et surtout son gros ventre. Elle est enceinte !

« Qu'est-ce que tu fous là ? »

Je crois que je tombe mal : elle est en peignoir, avec des bigoudis. Elle me regarde de haut en bas.

« C'est mes chaussures, ça !

— Oui…

— Eh ben, faut pas se gêner !

— Je croyais que…

— J'espère que t'as pas touché à mes disques.

— Non…

— QUI C'EST ? »

C'est un gars qui vient de gueuler derrière elle. Je vois juste ses pieds nus, sur la petite table du salon.

« C'EST RIEN, T'OCCUPE ! (À moi.) T'es venue toute seule au moins ?

— Oui.

— Quoi ?! T'es venue toute seule ?! Avec quel fric ?

— En stop. »

Là, je vois bien que je lui en bouche un coin.

« T'as traversé tout le pays en stop ?! *À douze ans* ?!

— Treize.

— Dans six mois !… Putain… »

Entre-temps, le type s'est levé pour voir qui est là. Un type en débardeur, un peu plus vieux qu'elle (vingt-deux ans). Il me parle sans retirer sa cigarette :

« T'es qui, toi ?

— C'est ma sœur, lui répond Bonnie.

— T'as une sœur, toi, maintenant ?

— Oh, c'est pas le moment… (À moi.) Bon, ben… entre quand même… »

Je la suis à l'intérieur. Le type ferme la porte derrière moi.

Il y a plein de mouches mortes par terre dans le salon. Bonnie voit que je les regarde :

« On l'a dit au proprio, mais il s'en fout. On sait pas d'où elles viennent. C'est comme ça tous les jours. Et j'ai autre chose à foutre que de passer mes journées à balayer ! »

Je regarde les rideaux.

Blancs.

Pas orange.

Bonnie se laisse tomber sur le canapé et s'allonge, les jambes en l'air.

« C'est la chaleur. J'ai les jambes qui gonflent.

— Oui, c'est à cause du bébé, m'explique le type. Tu vas être tata ! Au fait, moi c'est Clyde. »

Clyde ? Comme…

« Ouais, je sais. Comme *Bonnie and Clyde*. C'est dingue, non ? C'est le destin. »

Il s'entendrait bien avec mon père, lui.

« Ouais, je réponds. Faut croire.

— Et toi, comment tu t'appelles ?

— America.

— Sans déconner ! qu'il s'esclaffe en écrasant sa cigarette. America ?! Ils sont barrés, vos vieux ! »

Il se vautre dans le seul fauteuil et me montre une chaise. Je m'assois. Bonnie lui dit :

« Elle fait son intéressante. Tout le monde l'appelle Amy. Personne l'appelle America.

— Si… »

Cher, Elton John, Ryan O'Neal…

« Pourquoi t'es venue ?

— Pour te voir. J'avais pas de nouvelles. Pourquoi t'as pas écrit ? Tu m'avais dit que tu m'écrirais…

— Je sais, j'allais le faire.

— Comment tu l'as retrouvée ? » que son copain me demande.

Bonnie se redresse. J'avais pas vu toutes ces taches sur son peignoir.

« C'est vrai, ça, comment tu m'as retrouvée ?

— Tu m'avais dit que t'allais à la *Mansion*. Là-bas, ils m'ont dit que tu travaillais à l'hôtel Bel-Air. Et eux, ils avaient ton adresse. Mais euh... pourquoi t'es pas restée à la *Mansion* ?

— Ils ont pas su voir mon potentiel... De toute façon, ils me méritent pas.

— Oublie-les, c'est des cons », lui dit Clyde.

Non, c'est pas des cons...

Il se lève et prend une bière dans le frigo, qui est juste à côté (pour un peu, il aurait pu la prendre sans se lever). Quand il se rassoit, j'ai l'impression de voir mon père avec sa bière. Je regarde Bonnie et, tout d'un coup, je vois ma mère. Je sais pas où est passée ma sœur qui était tellement jolie et libre et ambitieuse. Je l'ai pas rêvée quand même !

Ou peut-être que si...

Je repense à nos conversations, le soir, dans son lit, quand elle me parlait de quand elle serait *playmate*, de son mari, sa maison... Elle parlait que d'elle, en fait. Elle me posait jamais de questions sur mes rêves à moi.

Ça me fait un choc de la voir dans cet appartement miteux, en peignoir en plein après-midi, avec ce type qui a l'air d'un vrai loser.

« Tu peux dormir ici si tu veux, qu'elle me dit, mais pas plus de quelques jours. »

Clyde se lève :

« Euh… je peux te parler ? »

Elle le suit et ils vont s'enfermer dans leur chambre. À la radio, en sourdine, Gilbert O'Sullivan chante « Alone Again (Naturally) ».

« Tu rigoles ou quoi ? Putain, Bonnie… ! Non, elle dort pas ici !

— On va quand même pas la mettre dehors ! Elle peut dormir sur le canapé… »

J'entends tout.

« Et si je veux regarder la télé ?

— Juste une nuit… s'te plaît !

— Moi, je t'emmerde pas avec ma famille.

— C'est normal, t'en as pas !

— Oui, c'est ce que je dis : je t'emmerde pas avec ma famille ! »

Je veux pas rester là. Je ramasse mon sac, j'enlève les mouches mortes qui sont collées dessous et je vais jusqu'à la porte. Bonnie sort de la chambre :

« Où tu vas ?

— Je rentre.

— Tu peux rester dormir ici, mais juste une nuit. Plus, ça va pas être possible… (Elle s'approche.) C'est pas que je veux pas, mais… c'est compliqué. Tu sais, on fait pas toujours ce qu'on veut dans la vie. Avec Clyde… Enfin… »

Clyde sort de la chambre.

« Qu'est-ce tu racontes ? T'es encore en train de te plaindre ?

— Oh, m'emmerde pas.

— Quoi ? Qu'est-ce t'as dit ?

— M'emmerde pas. »

Et là, ça part. Bonnie s'en prend une.

Clyde retourne tranquillement vers son fauteuil. Bonnie le suit et le frappe dans le dos. Il la pousse sur le canapé et lève la main…

« Arrête ! » je crie.

Il se tourne vers moi et devient tout blanc quand il voit mon pistolet.

« Oh, tire pas. Pas de blague. »

Il s'écarte, les mains en l'air. Tu parles d'un Clyde !

« Viens, Bonnie. »

Elle se lève.

« On s'en va », je lui dis.

Elle bouge pas.

« Où t'as trouvé ça ?

— Prends tes affaires. On se tire d'ici. »

Bonnie regarde Clyde, qui a toujours les mains en l'air.

« Non, je peux pas, qu'elle me dit. Je reste là.

— Tu vas pas rester avec ce con ?!

— Eh ! qu'il fait.

— On dirait papa », je dis.

Elle le regarde encore, mais je crois qu'elle, elle voit pas notre père.

« Je reste là. Je suis désolée. Tu comprendras un jour.

— "L'amour, c'est n'avoir jamais à dire qu'on est désolé."

— Hein ?! »

Je baisse mon arme et je sors.

« Qu'est-ce que ça veut dire ? qu'elle demande en me suivant. Ça veut rien dire ! »

Sur le palier, je remets l'arme dans mon sac.

« C'est un vrai ? » qu'elle me demande.

J'enlève ses chaussures, que je lui tends. Elle les prend.

« Salut, Bonnie.

— C'EST ÇA, CASSE-TOI ! gueule Clyde, depuis le salon.

— Attends… », dit Bonnie.

Elle rentre dans l'appartement une minute et revient avec trois dollars. J'hésite et puis, finalement, je les mets dans ma poche. Et je dévale les escaliers, pieds nus.

« AMY ! ATTENDS ! COMMENT TU VAS RENTRER ?

— LAISSE-LA ! que Clyde lui répond. ELLE A SU VENIR, ELLE SAURA RENTRER… !

— AMY ! »

Je lui réponds même pas. C'est qu'une fois arrivée en bas que j'enfile ma paire de tennis. Et je mets le pistolet au fond d'une des poubelles.

Avant de sortir de l'immeuble, j'entends encore Clyde qui gueule :

« BONNIE ! PUTAIN, LES COURANTS D'AIR ! FERME LA PORTE ET RAMÈNE TON GROS CUL ICI ! »

*

Je crois que j'ai rarement vu quelque chose d'aussi déprimant que Bonnie dans cet appartement. Je sais pas si c'est elle qui a changé ou si c'est moi, ou si c'est nous deux, mais j'ai pas reconnu ma sœur. C'est tellement triste que j'arrive même pas à pleurer. En fait, ça fait tellement mal que ça fait même plus mal. C'est comme si la Bonnie que j'aimais était morte. Je sais même pas si elle a existé un jour. Mais elle est morte. Peut-être plus morte que Sandy.

Cette fois, j'ai plus rien à faire à Los Angeles. Il me reste plus qu'à rentrer chez moi. Avec trois dollars et mon beau sourire. Quand je pourrai sourire.

L'idéal, ce serait que je tombe sur quelqu'un qui va à Philly, mais il faut pas rêver… C'est dommage, Bruce et les autres devaient rentrer à New York après leur concert, ils auraient pu m'emmener, mais ils sont à San Francisco…

Ah, mais en fait… Bruce a son rendez-vous cet après-midi, à cinq heures et demie ! Il a dit qu'il viendrait si le concert se passait mal. Avec un peu de chance, ça s'est mal passé… Quelle heure il est ?

Presque cinq heures… Je peux peut-être y être avant qu'ils repartent. L'adresse ! Je fouille dans mon sac, mais je trouve pas la feuille que Bruce m'avait donnée quand on est allées se promener avec Joan et Mia. Je fouille encore. Toujours rien. Je transpire. Je vide tout mon sac sur le trottoir ! Elle est nulle part. Je retourne tout et je secoue toutes mes affaires : mon blouson, mon pull, mon pantalon… Mon pantalon ! Je l'ai mise dans ma poche ! Elle est là, toute chiffonnée.

Je remets tout n'importe comment dans mon sac et je demande à une femme où je peux prendre le bus. L'arrêt est pas à côté, alors je commence à courir. Heureusement, il y a une voiture qui ralentit et qui klaxonne. Je m'arrête et le conducteur me demande, par la vitre passager :

« T'as l'air drôlement pressée ! Je peux te déposer quelque part ?

— Euh… à Hollywood. Vine Street… au 1750.

— Monte. »

C'est vachement sympa. Je monte avec lui et je pose mon sac à mes pieds.

« Merci. C'est vraiment gentil. »

Il redémarre. C'est une petite voiture, surtout à côté de celle de Ryan.

« Qu'est-ce que tu vas faire à Hollywood ? qu'il me demande.

— Je dois retrouver des amis et je suis en retard. On est loin ?

— Non, t'en fais pas. »

Il est souriant. Il doit avoir vingt-six ou vingt-sept ans.

« Je vais essayer de pas me perdre, qu'il me dit.

— Ah, vous êtes pas d'ici ?

— Non. Et toi ?

— Non, je viens de Philadelphie. C'est là que je vais. Je rentre.

— C'est drôle, j'ai vécu à Philadelphie ! Jusqu'à mes trois ou quatre ans. Au fait, moi, c'est Ted. Et toi ?

— America.

— Ah, c'est pas courant. T'es ma première America.

— La première que vous prenez en stop ?

— Oui… c'est ça. Et t'as quel âge ?

— Treize ans. »

Il hoche la tête. D'un coup, une sirène de police nous fait sursauter tous les deux. Il regarde dans son rétroviseur. Il a l'air paniqué.

« Merde… »

Je me retourne et je vois deux motards qui lui font signe de s'arrêter. Il se met à respirer fort et il s'essuie le front, mais il se calme quand un des policiers approche.

« Quel est le problème, monsieur l'agent ? »

Le flic se penche pour nous regarder. Il prend son temps avant de répondre à Ted :

« Vous avez bien un clignotant sur cette voiture ?

— Euh… oui…

— Vous savez que vous pouvez l'utiliser quand vous doublez… ?

— Bien sûr. C'est ce que…

— Parce que vous venez de doubler deux voitures sans mettre votre clignotant.

— Vous êtes sûr ? C'est pas mon genre… »

L'autre fait comme s'il avait pas entendu.

« Vos papiers, s'il vous plaît. »

Ted prend ses papiers dans la boîte à gants. Le deuxième flic, qui a fait le tour de la voiture, rejoint son collègue et me regarde. Le premier jette un œil au permis de conduire de Ted :

« Alors… monsieur… "Theodore Robert Bundy[1]". Vous allez où comme ça ?

— À Hollywood. Vine Street. »

Le flic donne les papiers à son collègue, qui retourne à sa moto.

« Vous pouvez remettre le contact et actionner votre clignotant gauche, s'il vous plaît ? »

---

1. Ted Bundy est un des tueurs en série américains les plus célèbres. Il a effectué un séjour en Californie durant l'été 1973.

Il va voir à l'arrière et Ted fait ce qu'il lui a demandé. J'espère que ça va pas durer des plombes. J'arriverai jamais à temps.

« IL SE PASSE RIEN, qu'on entend crier depuis l'arrière. LE DROIT MAINTENANT ? (Ted obéit.) ÇA MARCHE ! »

Il revient vers nous.

« Bon, vous n'avez plus qu'à faire réparer votre clignotant arrière gauche. Ça va pour cette fois, mais c'est dangereux, alors réparez-moi ça au plus vite.

— Comptez sur moi. »

L'autre policier revient, fait un petit signe de tête à son équipier et rend ses papiers à Ted.

« Vous pouvez y aller.

— Merci, messieurs.

— Et soyez prudent. »

Ted remet tout dans la boîte à gants et souffle un bon coup. Les motards redémarrent. Et nous, on bouge pas.

« Qu'est-ce qu'on attend ? » je demande.

Il répond pas.

« Vous voulez que je descende ? »

Toujours pas de réponse.

« Je peux descendre si vous voulez.

— DEUX SECONDES ! qu'il m'aboie dessus. TU PERMETS ? »

Il est pas net, ce type. Je lui ai juste demandé s'il voulait que je descende.

J'aurais été plus vite en bus. Je vais rater Bruce si ça continue…

Finalement, il redémarre, mais il dit plus rien. Machinalement, je baisse les yeux vers ma portière et… il manque la poignée ! Là, j'ai mon cœur qui s'emballe. Je sens bien qu'il y a un truc qui est pas normal.

« Euh… La… la poignée est cassée ?

— Mmh. »

Je crois que je suis tombée sur un barjo. Le même genre qu'à la station-service, qui va même essayer de me tripoter, si ça se trouve. Alors là, il a pas intérêt. Il me regarde deux secondes :

« J'aime bien tes cheveux.

— … Merci… »

Il est pas net. Il dit plus rien pendant trente secondes, et puis il me sort :

« Je déteste les cheveux courts. »

À tous les coups, c'est un pervers, comme celui qui voulait montrer ses tortues à Bonnie. Pourquoi j'ai jeté le pistolet ? C'est maintenant que j'en aurais besoin. Il faut que je descende de cette voiture, mais je peux même pas ouvrir ma portière. Peut-être par la vitre ouverte… Mais il roule un peu vite pour que je puisse sauter en mar… Un gros camion nous coupe la route !

« ATTENTION ! » je crie.

Ted freine et gueule. Moi, je manque de m'assommer contre le tableau de bord. Ça klaxonne autour de nous. Je regarde Ted : il a le nez en sang. On est sonnés tous les deux.

Le camion reste planté là, devant nous. Un camion de cirque, avec des barreaux à l'arrière, et qui a l'air vide. Et puis, d'un coup, je vois sortir de l'ombre un éléphant, qui me regarde ! Derrière ses barreaux. On se regarde tous les deux. Et sans réfléchir, je me jette par la vitre ouverte.

« Salope ! »

Ted attrape mes chevilles et je me retrouve à moitié dehors, le ventre contre la portière, mais je me débats en criant et j'arrive à lui foutre des coups de pied.

« Arrête, connasse ! »

La voiture derrière klaxonne, l'éléphant pousse un cri, alors Ted me lâche et je me laisse tomber sur la route. Je me relève et je m'éloigne en courant, jusqu'au trottoir. L'autre cinglé a l'air aussi furieux que sidéré. Sale tordu ! Je lui fais un doigt d'honneur.

Il manœuvre comme il peut pour faire demi-tour et coupe la route aux voitures qui arrivent en sens inverse. Un peu plus et un type allait lui rentrer dedans ! Ça klaxonne de tous les côtés. Il détale en quatrième vitesse.

Je regarde l'éléphant, derrière ses barreaux.

L'éléphant qui s'éloigne quand le camion redémarre.

Liza avait raison, on dirait.

*

J'ai laissé mon sac dans la voiture. Le sac de ma mère. J'ai plus rien, mais je crois que ça pourrait être pire. Au moins, l'autre maboul m'a pas tripotée. Je suis assez fière d'avoir réussi à me défendre, cette fois. Je crois que si ça m'arrivait maintenant de me retrouver coincée dans des toilettes avec un dingue, il serait pas déçu du voyage !

Heureusement que Bonnie m'a donné de l'argent : j'ai pu prendre deux bus, et le deuxième vient de me déposer pas loin de la maison de disques. Je cours aussi vite que je peux en espérant que Bruce et les autres sont venus et qu'ils sont encore là. Il avait son rendez-vous à cinq heures et demie, et il est plus de six heures et demie…

Quand j'arrive, essoufflée, il y a personne devant le bâtiment, et je vois ni le van ni la voiture. Je reprends mon souffle, et c'est seulement maintenant que j'y pense : Ted sait où je suis ! Je lui ai donné l'adresse ! Je regarde si je le vois… Mais non. Je pense pas qu'il oserait venir ici, après ce qu'il s'est pris. N'empêche, je vais faire attention.

Je rentre dans l'immeuble et je vais demander au type qui est au guichet s'il sait si Bruce Springsteen est venu et s'il est encore là. Il sait pas, vu qu'il a pris son service à six heures et qu'il y a rien de précisé sur son grand cahier. Il me dit d'attendre dans le hall si je veux, alors je vais m'asseoir et j'essaie de reprendre mon souffle. Je sais pas ce que je vais faire si Bruce est pas là, mais bizarrement je suis pas inquiète. Le copain de Bonnie a raison : si j'ai réussi à venir, je réussirai à rentrer. Mais, quand même, j'aimerais bien revoir Bruce, Joan et toute la bande.

L'arbuste que Mad Dog a déraciné a l'air d'avoir tenu le coup. Je me rends compte que c'était seulement hier matin. On frappe à la vitre derrière moi.

Joan et Mia ! Je sors les rejoindre. Je saute dans les bras de Joan, qui me rappelle :

« Je te l'avais dit qu'on se recroiserait !

— Qu'est-ce tu fais là ? me demande Mia.

— Je rentre à Philly.
— Déjà ?! s'étonne Joan. Je croyais que…
— Ouais, je sais. »

Moi aussi, je croyais.

« Ta sœur était pas contente de te voir ? » me questionne Mia.

Je sens les larmes qui me montent aux yeux et j'ai le nez qui me pique. C'est pas juste à cause de Bonnie, c'est aussi la fatigue, Ted, mon sac que j'ai dû laisser avec toutes mes affaires, le soulagement d'avoir retrouvé Joan et Mia…

Joan me prend dans ses bras.

« Ça va aller, ma chérie.
— Pardon, s'excuse Mia. Je suis désolée… »

Après, elles osent plus trop me poser de questions.

« Et sinon, le concert ? je demande.
— Nous, on a adoré, répond Joan, mais ils sont passés après Edgar Winter's White Trash, qui avait des feux d'artifice, des fumigènes…
— Bruce était furax parce que lui jouait sans effets, ajoute Mia, alors qu'il parle de feux d'artifice dans sa dernière chanson, "4th of July"… »

Celle où il est question d'une Sandy.

« Le pire, c'est que celle-là, il l'a jouée en acoustique ! me raconte Joan. Bref, du coup, il a joué quarante minutes au lieu des quinze prévues !
— Les gars de CBS étaient pas très contents…
— C'est pour ça qu'il est venu rencontrer les gens de Capitol Records.
— Chut, il arrive », chuchote Mia.

Je me retourne. Bruce traverse le hall et sort de l'immeuble.

« Donna ! »

Ça m'embête que Bruce et les autres connaissent pas mon vrai prénom, mais c'est pas le moment. Il me soulève et fait un tour sur lui-même.

« Je pensais pas te revoir si vite ! T'as retrouvé ta sœur ? »

Pas vraiment…

« Ouais. Mais je vais rentrer, en fin de compte. Et, justement, je pensais que je pourrais peut-être faire le voyage avec vous…

— Évidemment ! Les gars seront contents de te voir. Ils sont là-bas, chez Hody's. »

Bruce me montre du doigt la façade rose au coin de la rue. Et puis il regarde tout autour de nous.

« Qu'est-ce que t'as fait de ton sac ?

— Je l'ai oublié dans le bus. Mais c'est pas grave… »

J'ai l'impression qu'il essaie de lire dans mes pensées et je me concentre très fort pour penser à rien. Il insiste pas et s'exclame :

« On y va alors !

— Ça s'est bien passé, ton rendez-vous ? lui demande Joan.

— Très bien. Ils m'ont déroulé le tapis rouge. Je crois qu'ils se sont trompés de gus. »

On rit tous les quatre, mais ça m'étonne un peu de l'entendre dire ça, même si c'est une blague. Il a l'air tellement sûr de lui d'habitude. Je vois une voiture qui ressemble à celle de Ted. J'ai le cœur qui s'accélère. Je m'arrête.

« Ça va ? me demande Bruce.

— Oui… Je crois que je connais le gars dans la voiture, là-bas…

— Dans la Coccinelle ?

— Oui. »

La voiture tourne à l'angle. Je sais pas si c'était lui.

« Ça va ? me redemande Bruce.

— Ouais. »

On rejoint la petite troupe au restaurant, au coin de la rue.

« Donna ! » s'exclame Danny.

On dirait qu'il cherche quelqu'un. D'ailleurs, Garry lui demande :

« T'as perdu quelque chose ?

— Ta sœur est pas avec toi ? s'étonne Danny.

— Non, elle est restée à la *Mansion*… »

Je leur dis qu'elle est très occupée et que je préfère rentrer à Philly pour pas la déranger. J'ai pas envie de leur raconter la vérité. C'est trop triste.

« T'es pas marié, Danny ? lui demande David (qui a des chaussures, cette fois).

— Et alors ? J'allais pas forcément la demander en mariage ! »

On s'assoit, et Bruce, qui s'est mis à côté de moi, décide que CBS va « raquer » et que c'est eux qui vont nous inviter.

« Ça leur reviendra toujours moins cher que des feux d'artifice ! qu'il dit.

— Pas sûr, répond Danny. Avec Big Man… ! »

Tout le monde rit.

Bruce raconte son rendez-vous. Ils lui ont fait la cour comme si c'était une star.

« Enfin, peut-être pas au niveau des chiffres, mais, au niveau des courbettes, on y était ! Je leur ai quand même demandé s'ils étaient prêts à me payer des feux d'artifice et, là, je crois qu'ils ont pas bien compris. (Il se marre.) En tout cas, ils ont bien insisté sur le fait qu'ils ont mis le paquet sur la promo de *Dark Side of the Moon*[1]. Ça demande réflexion… De toute façon, le deuxième album est déjà sur les rails. Ce sera pour le troisième… J'ai le temps de voir venir[2]. »

Une fois qu'on a commandé, Bruce me glisse à l'oreille :

« Tu sais que c'est la première fois que je mange dans un vrai resto ?

— Non ?!

— Je te promets. Quand j'étais chez mes parents, c'était pas trop le genre de la maison. Mon vieux avait jamais l'argent et encore moins l'envie. Et de mon côté, quand je me suis retrouvé seul, c'est pas l'envie qui me manquait, mais j'ai jamais eu trop de thune.

— Ben, moi, j'y ai mangé pour la première fois dimanche dernier. Et là, c'est la… cinquième fois ! »

Bruce hoche la tête et fait une mimique comme s'il était très impressionné.

« Alors ? Et la *Mansion*, c'est comment ? » veut savoir Danny.

Je leur raconte le majordome, la cuisinière, les jardiniers. Le zoo, la piscine, le court de tennis, la salle de jeux… Et bien sûr Hef, Barbi, Cher, Elton… (Je garde Ryan rien que pour moi.) Et j'invente des retrouvailles fantastiques avec ma sœur. J'en profite pour leur dire

---

1. *The Dark Side of the Moon*, Pink Floyd, mars 1973.
2. Finalement, Bruce Springsteen fera toute sa carrière au sein de CBS.

que je m'appelle pas vraiment Donna, mais America. Tout le monde a l'air de trouver ça extra.

« *God Bless America !* » trinque Mad Dog.

Je me dis que je suis mieux ici qu'avec Bonnie, même si j'ai un peu honte de penser une chose pareille.

Je suis contente d'être avec toute la bande. Je me sens en sécurité. Même si Ted entrait dans le restaurant, il pourrait rien me faire.

Mais j'ai pas envie de penser à lui. Ni à Bonnie. Ni à mes parents. Surtout pas à mon retour chez eux. Pas maintenant. Pas ce soir.

À ce moment-là, Mia se lève, comme pour faire un discours. On est tous surpris, mais on se tait pour l'écouter.

« C'est pas comme ça que j'imaginais ce voyage. Je croyais que c'était une façon de parler quand Bruce nous a prévenues, avec Joan, qu'on s'arrêterait que pour faire pipi, le plein, acheter à manger et changer de conducteurs. Ça a été… difficile au début. Un peu. Mais je suis vraiment heureuse d'être avec vous ce soir.

— Tant mieux ! s'exclame Big Man. Tu regrettes pas d'être venue alors ?

— Non, pas du tout. Et justement… (Elle réfléchit une seconde avant de continuer.) Jusque-là, où que je sois, il fallait toujours que j'aille voir si c'était pas mieux un peu plus loin. Ma mère me disait que je serais jamais bien nulle part et que je serais jamais heureuse. Mais là, depuis que je vous ai rencontrés, j'ai plus cette impression de toujours rater quelque chose. Non, j'ai l'impression d'être là où je dois être. C'est… une sorte de soulagement. Et je crois que je pourrai peut-être être heureuse un jour, finalement. »

Il y a un petit moment de silence et puis Bruce l'applaudit. Tout le monde en fait autant, et elle se rassoit.

« Eh ben… commente Bruce, je sais pas si t'es où tu dois être, mais on repart ce soir ! »

On rit tous.

« Ce soir ? je demande.

— Ouais, on joue à Roslyn mardi. Et, si on pouvait ne pas arriver juste avant de monter sur scène cette fois, ce serait pas mal ! »

On mange tous de bon cœur et on parle de musique, de l'avenir, des trois astronautes qui sont partis aujourd'hui pour la mission Skylab 3… de musique, de l'avenir… de musique…

Bruce se pose beaucoup de questions sur son deuxième album, qui doit sortir en novembre. Il sait que son public l'attend et il voudrait pas décevoir tous ceux qui ont aimé son premier disque. Ce qui est compliqué, c'est que les gens veulent retrouver ce qu'ils ont aimé, et, en même temps, il peut pas refaire la même chose.

« Ce serait intéressant ni pour eux ni pour moi…

— Te pose pas tant de questions ! lui conseille Danny. Oublie le premier. Écris l'album que t'as envie d'écouter ! Point.

— Ouais… Ouais, t'as raison. »

Pour une fois, tout le monde est d'accord avec Danny.

Quand on sort du restaurant, Bruce est remonté à bloc, et le soleil se couche. Le temps de rejoindre le van et la voiture, de s'installer (on est répartis comme à l'aller, sauf que cette fois Mia a pas râlé), et on quitte

Los Angeles à la nuit tombée. Je me dis que ça aurait vraiment pu être formidable de vivre ici avec Bonnie. Tant pis. Je vais essayer d'être heureuse ailleurs. Sans elle.

En attendant, je peux pas m'empêcher de penser à mon père qui dit tout le temps : « Pourquoi partir ? De toute façon, il faut bien revenir ! » Sur ce coup-là, il faut bien reconnaître qu'il avait raison.

« Ça va ? me demande Bruce, assis à côté de moi.

— Oui. »

Pas sûr qu'il me croie.

« Je sais pas pourquoi tu dois rentrer, mais il faut pas que tu regrettes d'être partie. Déjà, t'as eu le cran de le faire. C'est énorme… T'imagines, à quatorze ans !

— Douze…

— Douze ?! qu'ils s'exclament tous.

— Et demi », je précise.

Joan me regarde, sciée, et éclate de rire :

« Eh ben, toi alors ! »

Elle me prend par le cou.

« Je sais pas ce que tu feras de ta vie, mais je suis pas inquiète !

— C'est sûr que je suis plus inquiet pour Danny… », lance Bruce.

Big Man, au volant, fait trembler le van. Ça faisait longtemps. Danny aussi est hilare. Il répond pas à Bruce, mais il finit par me dire, sans se retourner :

« Tu sais quoi ? Je pensais à un truc… Je crois qu'en cherchant ta sœur, c'est *toi* que t'as trouvée. »

Alors là, tout le monde se regarde. Big Man aussi nous regarde dans le rétro. Danny nous a tous scotchés et il s'en rend compte :

« Mais où je vais chercher tout ça, moi ? Pourtant, j'ai rien pris… Tu devrais la noter dans ton carnet celle-là, Bruce ! Ça pourrait te servir. C'est cadeau[1]. »

Après, Danny me pose encore plein de questions sur la *Mansion*, les *playmates*, les *bunnies*, Barbi, Bonnie… À la fin, Big Man lui coupe le sifflet en allumant la radio. Simon and Garfunkel finissent de chanter « America ». Je pense à Liza, qui était amoureuse de Garfunkel avant, même si lui l'a jamais su. Et aussi à Rob, quand il m'avait dit qu'il venait de déposer un gars qui retrouvait sa copine, Kathy, à Pittsburgh.

Tout le monde se met à entonner :

« *"Kathy, I'm lost," I said, though I knew she was sleeping*
"I'm empty and aching and I don't know whyyy"
Counting the cars on the New Jersey Turnpike
They've aaall come to look for Ameeericaaaa[2] »

Ils me pointent tous du doigt lorsqu'ils chantent mon prénom.

« *Aaall come to look for Ameeericaaaa*
Aaall come to look for Ameeericaaaa »

Qu'est-ce que je les aime, tous !

On continue à chanter tout ce qui passe, et, lorsqu'on connaît pas les paroles, on les invente.

Petit à petit, on se calme, et Big Man baisse le volume. La nuit est noire. On voit pas la lune ce soir.

---

1. À ce jour, Bruce Springsteen ne s'en est toujours pas servi.
2. « "Kathy, je suis perdu", j'ai dit, même si je savais qu'elle dormait/"Je me sens vide et meurtri et je sais pas pourquoi"/Je compte les voitures sur l'autoroute du New Jersey/Ils sont tous venus à la rencontre de l'Amérique »

Lorsqu'il y a plus d'autre lumière autour de nous que celles des quelques phares de voitures qu'on croise, je commence à avoir froid. Bruce, qui me voit frissonner, me prête un pull. Il est tout seul à fredonner encore lorsque je ferme les yeux. Deux minutes. Juste deux minutes…

J'ai dormi une bonne heure. Joan et Danny sont toujours pas réveillés, eux. Bruce me sourit et me dit tout bas :

« Dors encore un peu si tu veux.

— Non, ça va. T'as pas dormi, toi ?

— Non. J'étais en train d'imaginer ce que les pionniers pouvaient ressentir lorsqu'ils traversaient ces espaces immenses dans leurs chariots. Avec les Indiens qui pouvaient leur tomber dessus à tout moment… »

Je pense à Niyol et à Yanaha, et je lui fais remarquer que :

« Peut-être que les Indiens aussi avaient peur quand ils voyaient arriver ces gens… »

Il me regarde d'un drôle d'air, comme étonné, et me répond :

« Euh… peut-être, oui… Sûrement, même… »

Il hoche encore la tête et ajoute :

« T'es vraiment pas banale comme fille ! »

On se tait un moment. Et puis il reprend :

« Tu sais ce qui me foutait la trouille la nuit quand j'étais petit ?

— Non.

— Mon vieux. Quand il avait picolé et qu'il cassait tout dans la maison… Je l'entendais hurler après ma mère… C'était pas un mauvais bougre, et je crois qu'il nous aimait, mais quand il avait bu… »

Je savais bien qu'il comprenait, quand j'ai parlé de mon père, l'autre fois.

« Le mien aussi, je crois qu'il nous aime, je lui dis. Mais, des fois, je me demande. Il déteste tout le monde. »

Il détesterait Bruce…

D'un coup, ça me frappe :

« Il aurait détesté tous les gens que j'ai rencontrés ! Il déteste ceux qui ont fait le Viêtnam, ceux qui ont pas fait le Viêtnam, les juifs, les allumés, les drogués, les capitalistes, les hippies, les "tapettes", les Indiens, les chanteurs, les musiciens…

— Tout ça ? s'amuse Bruce.

— … les Noirs, les millionnaires, les pauvres, les fils à papa, les acteurs, les vedettes en général…

— Toute l'Amérique, quoi ! »

Il se marre.

« Ouais. Il déteste tout le monde… Même s'il a jamais rencontré de hippies, d'Indiens, de musiciens…

— Justement, c'est parce qu'il en a jamais rencontré qu'il les déteste. »

Je le regarde. Mais oui, il a raison. Peut-être que s'il en rencontrait… Que si je lui présentais Bruce et toute la bande, que j'aime tellement.

Pourtant…

« J'avais décidé de plus aimer personne après Sandy.

— Ta copine.

— Mmh.

— On passe tous par là. Je veux dire, toute notre vie, on perd des gens autour de nous. Des fois, on les perd juste de vue… »

Comme Bobby Jean.

« … et, des fois, on les perd tout court. Ouais, la vie est une suite de… (Il réfléchit.) … de deuils. Toutes sortes de deuils : de notre innocence, d'endroits qu'on doit quitter, de certains rêves, certains espoirs. Parce qu'il faut pas seulement renoncer à ce qu'on a perdu, il faut aussi apprendre à renoncer à ce qu'on n'aura jamais… »

Il s'interrompt quelques secondes, avant de reprendre :

« Mais, encore une fois, tout le monde passe par là. Tiens, en ce moment, c'est l'Amérique tout entière qui est en train de faire le deuil de ses illusions, avec la guerre du Viêtnam et le Watergate… »

Pendant le silence qui suit, je pense à Harry qui a tout perdu, même ses cheveux. À Rob qui a perdu son meilleur ami au Viêtnam. À Glinda qui rêvait d'être pianiste, à Liza… Elle, elle a dû apprendre à vivre sans ses parents. Je pense à Roxy et à Trent aussi, qui ont perdu leur innocence. À Gino, qui a dû faire une croix sur la fille qu'il aimait. À Hank et aux autres, à Tulsa, qui rêvaient d'un monde meilleur…

Je me rends compte que tous les gens que j'ai croisés étaient en deuil, d'une façon ou d'une autre.

Jerry, qui arrive pas à oublier sa copine, Lorraine et Yanaha, qui vivent sans les pères de leurs enfants. Flossie, deux fois veuve. Bobbie, qui épousera jamais son fiancé. David aussi, qui aura jamais le père qu'il aurait voulu…

« La vie nous fait des cadeaux qu'elle nous reprend, me dit Bruce. C'est pour ça qu'il faut profiter de ce qu'on a tant qu'on l'a.

— Eh ben ! » s'exclame Danny en se retournant.

On croyait qu'il dormait, nous !

« C'est tout ce que t'as à lui raconter ?! Si j'arrive à me rendormir, moi, avec tout ça… ! (À moi.) L'écoute pas, va. C'est son côté artiste torturé. Écoute-moi, moi : la vie est une fête. Bon, OK, des fois, tu te réveilles avec la gueule de bois… (Il rigole.) Mais ça passe.

— Ce qui compte, continue Clarence, c'est ce que tu fais des épreuves que tu rencontres sur ta route. Regarde, toi : t'aurais pu rester dans ta chambre à te morfondre, mais, au lieu de ça, t'as pris ton sac et t'as traversé les États-Unis…

— Et t'as rencontré des gens formidables ! ajoute Danny. Bon, à part Bruce. »

Bruce secoue la tête en souriant.

« Tu vas en avoir des choses à raconter à tes parents ! me fait remarquer Clarence.

— C'est vrai », je dis.

Peut-être que mon père va changer d'avis sur tous les gens qu'il aime pas.

« T'as deux familles, maintenant, me dit Joan (qui dormait pas non plus !). Ta famille de naissance… et ta famille de cœur. Celle que t'as choisie.

— Moi, je me suis créé la mienne, confirme Bruce. Avec Danny, Big Man… C'est mes frères.

— Peut-être pas par le sang, mais…, commence Joan.

— Si si, l'interrompt Bruce. C'est mes frères de sang. »

Je comprends ce qu'il veut dire.

Puisqu'on est tous réveillés, Clarence rallume la radio, et on se retrouve à chanter en chœur avec John Denver :

« *Country roaaaads, take me hoooome*
To the plaaaace I beloooong

West Virginiaaaa, mountain mamaaaa
Take me hoooome, country roaaaads[1] »

Je vais essayer de profiter des heures qu'il me reste à passer avec eux.

De profiter de ce que j'ai.

Tant que je l'ai.

1. « Petites routes, emmenez-moi à la maison/À ma terre/ En Virginie-Occidentale, à mes chères montagnes/Emmenez-moi à la maison, petites routes », « Take Me Home, Country Roads », 1971.

Dimanche 29 juillet 1973

J'ai pas beaucoup dormi pendant le reste du trajet et, une des rares fois où j'ai piqué du nez, j'ai fait un drôle de rêve. Je frappais à la porte de chez moi, ma mère m'ouvrait, et elle me reconnaissait pas ! Elle me disait qu'elle avait une fille qui me ressemblait, mais qu'elle était pas aussi jolie que moi. Là-dessus, mon père arrivait en patins à roulettes, sauf que c'était pas vraiment mon père, c'était le réceptionniste du Bel-Air… Il arrivait et il me faisait entrer dans un salon immense avec une grande cheminée tout en bois. Je lui demandais si elle pouvait pas prendre feu, mais il me répondait que non. Je remarquais aussi qu'un des deux côtés de la cheminée était sculpté. Au début, je voyais pas ce que c'était, mais plus je regardais et plus ça ressemblait au visage de Ryan. Mon père m'expliquait que c'était Elton John qui avait fait ça avec un canif. Et là, je me suis réveillée.

Le reste du temps, j'ai pas arrêté de réfléchir et de me poser tout un tas de questions. J'espère que j'ai pris la bonne décision. Je devrais peut-être rester avec Bruce et les autres et aller à New York. C'est vrai, eux aussi, c'est ma famille maintenant. Mais c'est pas possible, avec l'école, leurs tournées, tout ça.

J'ai une boule dans le ventre. Je reconnais la route : on va pas tarder à arriver. Plus que quelques miles. À la fois les plus longs et les plus courts.

Je sais pas comment ils vont réagir quand ils vont me voir. Je m'attends à tout. C'est sûr qu'au téléphone ils étaient… Mais bon, c'était au téléphone.

Je regarde mon reflet dans la vitre et j'arrange mes cheveux. Ils sont pas si mal, tout compte fait.

Lorsque le van s'arrête, personne dit plus rien. C'est moi qui me lance. Si on peut dire.

« Bon… »

Joan soupire :

« C'est dommage que tu puisses pas venir à New York avec nous.

— Je sais…

— En tout cas, tu vas me manquer.

— Tu vas *nous* manquer, corrige Bruce. À tous. »

On finit par descendre. Mad Dog, David, Garry et Mia attendent déjà à côté du van. Tout le monde m'entoure. C'est le moment de se dire au revoir. Encore. C'est la deuxième fois qu'on se sépare. Mia essaie de détendre l'atmosphère :

« J'ai comme une impression de déjà-vu ! »

Les uns après les autres, ils me prennent dans leurs bras, à commencer par Mia, qui me dit :

« Je crois qu'on a pas mal grandi, ces derniers jours, toutes les deux.

— Il paraît que c'est les voyages qui font ça.

— Ouais, il paraît. Ce qui est sûr, c'est que tu fais partie de mon histoire maintenant.

— Et toi de la mienne.

— Allez… C'est qu'un au revoir, ma grande.

— Ouais.

— On se dit à la prochaine alors… »

J'y crois qu'à moitié, mais je lui réponds quand même :

« À bientôt. »

Et aussi :

« Sois heureuse. »

Danny me demande :

« Tu te rappelles mon conseil, la première fois qu'on s'est dit au revoir ?

— Euh… Pas d'herbe avant quinze ans, c'est ça ?

— C'est ça. Déconne pas, hein…

— Ouais, je sais. Ma croissance.

— Non, ça, c'était pour te faire peur.

— Ah…

— T'es une chouette gamine. Change rien.

— Toi non plus.

— Enfin, change un peu quand même. Tu vas pas avoir douze ans toute ta vie ! »

On rigole.

David s'étonne :

« T'as douze ans ?!

— Et demi.

— C'est drôle ! Tu sais quoi ? J'ai commencé à jouer dans des clubs à treize ans, mais, comme j'étais très grand, je disais que j'en avais dix-neuf. Et tout le monde faisait semblant de me croire. En fait, ça fait six ans que j'ai dix-neuf ans ! »

J'essaie de l'imaginer à treize ans. Je suis sûre qu'on aurait été copains.

Big Man a l'air tout triste. Il se contente d'un :

« *Ciao*, ma belle. »

Il me garde un moment dans ses bras.

Quand il finit par me lâcher, Garry, qui est celui que je connais le moins finalement, me dit :

« On s'est pas beaucoup parlé tous les deux, mais ça m'a fait plaisir de croiser ta route.

— À moi aussi », je réponds.

Et je le pense.

Vient le tour de Mad Dog. Égal à lui-même, il me recommande :

« Trace ton sillon, accroche-toi à tes rêves, et surtout… laisse personne t'emmerder !

— Promis. »

Bruce m'embrasse sur la tête, comme il doit le faire à sa petite sœur.

« Je suis sûr que t'as une belle et longue vie devant toi. Ça va être un vrai feu d'artifice… »

Je sais pas ce qu'il a avec les feux d'artifice…

« Et c'est peut-être ce voyage qui sera l'étincelle ! Il faut toujours une étincelle, au départ.

— Ouais.

— Il peut pas y avoir de feu sans étincelle. »

Il réfléchit une seconde et il attrape son carnet.

« Je t'oublierai jamais, je lui dis quand il a rangé son carnet.

— Tu pourras pas, de toute façon. T'as pas fini de m'entendre à la radio ! »

Je souris. Il conclut :

« Moi non plus, je t'oublierai pas. »

Bruce s'écarte, et Joan est la dernière à m'enlacer. Sans un mot. Ensuite, elle retire un de ses bracelets, toujours sans un mot, et le passe à mon poignet. J'enlève ma montre, que j'attache à son poignet à elle. Je vois qu'elle a les yeux humides, elle aussi. Je la serre fort contre moi, une dernière fois. C'est plus dans mon ventre, c'est dans ma gorge qu'il y a une boule maintenant. On finit par se séparer, à contrecœur.

Je leur fais un petit signe de la main à tous, et je m'éloigne. Je fais de mon mieux pour pas pleurer. C'est fou, j'ai plus de mal à les quitter que j'en ai eu à quitter ma vraie famille.

Je sens leurs regards derrière moi, et ça m'aide un peu au moment où je m'approche de la maison. J'appréhende un peu ce qui va se passer. Est-ce qu'ils seront contents de me revoir ? Surtout vu la façon dont je suis partie.

Je frappe. Plus fort que j'aurais voulu. Je me retourne vers Bruce, Joan et les autres, qui me font des petits signes d'encouragement, de loin. Clarence prend Joan dans ses bras, comme pour la consoler.

J'entends du bruit à l'intérieur. Quelqu'un qui arrive. Je me demande qui. Mon cœur bat tellement fort que j'ai l'impression qu'il va exploser.

La porte s'ouvre sur…

Lorraine.

Elle a l'air étonnée de me voir, mais aussi heureuse. Son grand sourire me rassure tout de suite. Son regard se porte sur le petit groupe derrière moi. Je me retourne et je les vois lui faire coucou. Elle les salue en retour.

C'est à ce moment-là que les jumeaux déboulent. Dès qu'ils m'aperçoivent, ils se mettent à hurler de joie avant de se jeter dans mes bras.

Je viens d'avoir la réponse à toutes mes questions et je sais que j'ai fait le bon choix en m'arrêtant ici. Je me suis jamais autant sentie chez moi que chez eux. Avec eux, que j'ai choisis.

Niyol et Yanaha, qui ont forcément entendu les jumeaux, viennent voir ce qui se passe. Ils ont l'air contents, eux aussi. Quand nos regards se croisent, Niyol baisse les yeux en rougissant.

Liza le sait pas, mais elle a peut-être changé ma vie lorsqu'elle m'a dit cette phrase qui m'a guidée jusqu'ici : « Va là où tu es aimée. »

Je sais pas si je reverrai un jour tous ceux que j'ai croisés cette semaine. J'ai envie de croire que oui, mais…

En attendant, comme Sandy, ils auront toujours le même âge, le même visage, la même voix. Rob klaxonnera toujours les gars qui font pipi au bord de la route, Glinda se lassera jamais de me jouer « Summertime », Roxy et Trent continueront à faire moitié-moitié au restaurant. Liza sera toujours prête à me raconter son baiser à Jim Morrison, Barbi et Hef seront amoureux pour l'éternité, Bruce et Danny se taquineront toute la vie, et Joan me prendra dans ses bras, encore et encore.

Ils me donneront les mêmes conseils, ils riront aux mêmes blagues, ils chanteront les mêmes chansons.

Ils vieilliront pas.

Et mourront jamais.

La boutique de Flossie à Budville, au Nouveau-Mexique.

Bruce Springsteen et ses musiciens en 1973.
Le groupe adoptera le nom de E Street Band l'année suivante.
De gauche à droite : Clarence « Big Man » Clemons,
Bruce Springsteen, David Sancious,
Vini « Mad Dog » Lopez, Danny Federici, Garry Tallent.

La *Mansion*, le Manoir Playboy, à Los Angeles.

Cher, une voisine du Manoir Playboy,
et Elton John, un autre habitué des lieux.

Roman Polanski, Irene Tsu, Hugh Hefner
et Barbi Benton à la première de *Macbeth*, en 1971.

Ryan O'Neal entouré de Playmates à la *Mansion*.

Partie de croquet à la *Mansion*, en 1973.
Sur l'épaule de Hugh Hefner, Macbeth, un de ses perroquets.

Mariage de Farrah Fawcett et Lee Majors
le 28 juillet 1973 à l'hôtel Bel-Air.

Remerciements

Notre tout premier merci va naturellement à notre tout premier lecteur, Sébastien Manchette, pour son implication et son enthousiasme stimulant depuis le début.

Merci à Danielle Strullu, toujours bienveillante, toujours de bon conseil, toujours là.

Merci à Patrick Seguin, un ami sur lequel on peut compter et qui nous délivre régulièrement des obligations du quotidien pour nous permettre d'écrire.

Pour leurs retours et leur amitié, merci à nos autres premiers lecteurs : Marion Bessay, Mélanie de Truchis de Lays, Christel Salgues, Marie-Dominique et Gérard Christory, Claire et Patrick Fabry, Patricia et Jean-Louis Fouassier, Corinne Hulin, Marie-Pierre Salay, Hélène Croq-Vourc'h et Patricia Hood.

Merci à Imene Sellaoui qui est toujours disposée à nous prêter main-forte et qui fluidifie le trafic parisien comme personne.

Merci à Sylvie Saracino qui n'a pas regretté d'avoir mis de côté ses thrillers et ses biographies de tueurs en série pour suivre Amy sur la route.

Merci à Lecia Caris, notre Sandy à nous, heureusement bien vivante.

Merci à Jean Le Gall pour sa confiance et son goût du risque, ainsi qu'à toute l'équipe du cherche midi : Benoit André et Angélique Vimont, pour leur présence au quotidien et nos rapports privilégiés, Bérengère Gaullier et Justine Dupré pour leur calme olympien en toutes circonstances, Aurélie Schaller, Salomé Marie, Cécile Rémy, Cécile Rauby, Maëva Saudrais, Sabine Mille, Valérie Borgèse, Nathalie Omnès, Elisabeth Stempak et Sophie Farhi. Merci aussi à Nord Compo pour la carte des États-Unis, à Edith Darenjou pour les recherches iconographiques et à l'équipe d'Interforum.

Merci à toute la team Pocket, et particulièrement à Julie Cartier, Perrine Brehon, Emmanuelle Vonthron et Roxane Bascoul qui cèdent à (presque) tous nos caprices.

Merci à Niemsky pour sa magnifique couverture.

Merci à Brigitte Grynblat, Sam Bernett, Dennis Hogan et Rebecca Stoneman-Washee pour leurs réponses.

Merci à Stéphanie Ruhlmann et Noëlle Meimaroglou, les deux bonnes fées à l'origine de cette belle aventure.

Merci à Bruce Springsteen, Elton John, Cher… À toutes celles et ceux, connus ou moins connus, qui apparaissent dans le roman et auprès desquels nous avons passé ces deux dernières années.

Merci aussi à toutes celles et ceux que nous avons croisés ou rencontrés depuis la sortie d'*Alabama 1963* : libraires, lectrices et lecteurs qui nous ont fait confiance, nous ont témoigné leur soutien et nous ont encouragés pour la suite.

Merci à nos familles de sang et à notre famille de cœur.

Enfin, merci à vous de nous avoir lus.

Composition et mise en pages
Nord Compo à Villeneuve-d'Ascq

Imprimé en Espagne par
Liberdúplex
à Sant Llorenç d'Hortons (Barcelone)
en février 2023

POCKET - 92, avenue de France - 75013 Paris

S32933/01